U0609737

〔加〕 曾晓文 著

穿粉红衬衫的巨人男孩

THE GIANT BOY
IN THE PINK SHIRT

天津出版传媒集团

百花文艺出版社

图书在版编目（CIP）数据

穿粉红衬衫的巨人男孩 / (加) 曾晓文著. -- 天津：百花文艺出版社, 2024.8
ISBN 978-7-5306-8869-4

Ⅰ.①穿… Ⅱ.①曾… Ⅲ.①中篇小说-小说集-加拿大-现代②短篇小说-小说集-加拿大-现代 Ⅳ.①I711.45

中国国家版本馆 CIP 数据核字(2024)第 104246 号

穿粉红衬衫的巨人男孩

CHUAN FENHONG CHENSHAN DE
JUREN NANHAI

〔加〕曾晓文　著

出 版 人：薛印胜
选题策划：汪惠仁　韩新枝
责任编辑：张　烁　助理编辑：张凡羽
美术编辑：郭亚红
出版发行：百花文艺出版社
地址：天津市和平区西康路 35 号　邮编：300051
电话传真：+86-22-23332651（发行部）
　　　　　+86-22-23332656（总编室）
　　　　　+86-22-27862135（邮购部）
网址：http://www.baihuawenyi.com
印刷：天津联城印刷有限公司
开本：880 毫米×1230 毫米　1/32
字数：150 千字
印张：8
版次：2024 年 8 月第 1 版
印次：2024 年 8 月第 1 次印刷
定价：55.00 元

如有印装质量问题,请与天津联城印刷有限公司联系调换
地址：天津市宝坻区新安镇工业园区 3 号路 2 号
电话:(022)29937958
邮编:301800

目 录

鸟巢动迁

1

朱利安对六月里的这个早晨，充满期待。

收音机准时响起，加拿大国家音乐台正播放男歌星"闪电"的金曲。闪电刚刚斩获格莱美奖、加拿大朱诺奖、美国公告牌热门歌曲第一名，名气狂涨。他是黑白混血儿，既英俊又亲和，在社交媒体上哪怕只发送一个感叹号，都会赢得万人点赞。

"哦，亲爱的，这世间隧道的尽头没有光，光就在你身上。"歌声颇具磁性。

朱利安起床拉开窗帘。阳光像被隔在演出会场门口的万千歌迷，潮水般涌入。加拿大最盛大的音乐节暨北美第二大音乐节进入十日倒计时。身为音乐节的执行总监，他在文沙上爬行、在会海中浮沉整整一年,似乎在追逐一个巨大的海市蜃楼,这天终于踏上坚实的土地:架设舞台。音乐节的全部内容早已熟稔于心:一个主会场、六个功能场地、五个户外舞台,还有一座室内剧院;演出曲目高达两千多首,覆盖流行、蓝调、民间、摇滚和世界音乐。根据往年盛况,预计今年会吸引三十多万观众,甚至总理特鲁多也承诺出席主会场的开幕式。主会场将设在拥有"国家象征"美誉的国会山上,而亮丽登台的明星,正是万千宠爱集一身的闪电。

朱利安拿起床头柜上的苹果手机,通过音乐节的"脸谱网"和"推特"账号发布信息:"音乐节的里程碑,架设舞台日。"手指有些抖,险些出现幼稚的拼写错误,比给情人发短信还紧张呢。音乐节在社交媒体上的追随者有十几万,一条信息常常掀起千层浪。

果然浪涛声传来!儿子在屏幕上露出苍白的小脸,圆框镜片后一双淡棕色的眼睛怯怯地望着他。他心一惊,以为按错键接通了视频电话,定下神来才看清是"脸谱网"自动发出的点赞提醒,跳跃而出的不过是儿子的小照。眼前这个十三岁的少年和记忆中的孩童早已无法吻合。

他轻叹了一口气。时光长出的不是一双脚,而是一对翅膀,一直在飞。

朱利安到达国会山时,发现平日游人如梭的广场出奇的安静,国会大厦的哥特式建筑似乎多了几分威严。在音乐节预定的主会场舞台的中心位置,早已停满一连串装载设备的卡车;音响师们和建筑工们更是整装待发。

华人女子沙珮在人群中最先把目光投射过来,直烤得他两颊发热。黑裙装、高跟鞋、精心化过的妆容,大热天的,难为她庄重得像出席葬礼。沙珮是音乐节最大投资商 Lee 先生的代理人。Lee 先生真人不露相,通过她交涉所有业务。坊间有一些关于 Lee 先生的传闻。据说他靠打猎赚下第一桶金,把大象、犀牛、貂熊、雪豹、羚羊等统统变成了枪下鬼,随后进入房地产业,下令手下人片甲不留地拆除几座城,高速建起鳞次栉比的高楼大厦,再后来登上了福布斯富豪榜。Lee 是很容易引起歧义的姓氏。Lee 先生也许是白人,也许是亚裔,因为广东人、台港澳人姓李的,也会这样拼写。总之,他藏在一团迷雾中,派沙珮游走在光天化日之下。

朱利安刚走进人群,沙珮立即说:"总监,你快下令吧,他们都不敢动手。"

他疑惑地看看众人。众人大气不出一声,只不约而同地向他示意,把他的目光牵引到对面不远处的水泥地上。一只小鸟站在鸟巢旁,巢里还赫然地躺着四颗蛋!朱利安在业余时间常去森林中远足,顺便看鸟,立马把积累的鸟知识派上了用场。身材娇小,背褐腹白,胸前两条匀称的黑羽,脸上长满褐色绒毛,显然是一只雌性可嘀儿。黑亮的双眼,棱角分明的嘴巴,无不显露个性;腿脚细长,有几分享亭玉立的范儿。再看那鸟巢，一个大约一尺见方的浅坑，底部潦草地铺着细碎的石块。她也许被他的凝视惹恼了，叫了几声。叫声称不上甜美，类似"可嘀"，稍显喧闹，难怪获得学名"喧鸻"，不过此刻在这静谧的广场上，她肩负孵育下一代的使命，沉着面对庞大的机器和人群，特立独行。

朱利安在三百六十五个日夜的反复筹划中，在最疯狂的想象中，在午夜惊魂的噩梦中，都没料到音乐节会遇到这样的意外。

"偏偏把鸟巢搭在预计的电缆线路上，讨厌！"沙珮抱怨道，接着督促，"你快叫工人把它挪走！"

"我必须请示联邦政府。"朱利安低声说。

沙珮迷惑地看着他，似乎他说的不是英语，而是鸟语，随即愠怒遮盖脸颊上精心打出的腮红。在这个"抵达里程碑"的关键时刻，他怎么可以开如此恶意的玩笑？

沙珮求救似的望望周围人。不料，他们都一脸郑重地点了点头。她的眼神突然变得惊恐，仿佛无意间闯入了鬼节大游行的队伍。

事不宜迟。朱利安立即拿出手机，拨叫音乐节法律顾问，法律顾问拨叫市政府，市政府拨叫联邦环境保护和动物保护的有关部门。在一连串的咨询和讨论之后，他得到了明确答复，随即向沙珮和众人从实道来。可嘀儿虽不是濒危物种，但其数目在过去的五十年间下降了一半，被列入加国迁徙性鸟类保护法令，有权驻留在筑巢的地方孵蛋。任何人要动迁鸟巢，必须获得两家政府部门的许可：联邦环境保护和气候改变部门、首都管理委员会，否则以违法处置。他不得不下令推迟架设舞台，进入申请许可的程序。

沙珮听了，把下唇咬成了紫桑葚色。过了几分钟，终于吐出一句话："我前辈子作孽了。"

半小时后，以国家广播电视台为首的各路媒体记者蜂拥而来，很快发送新闻："加拿大最盛大的音乐节因四只小小的鸟蛋被紧急叫停。"

朱利安望着可嘀儿妈妈的圆眼睛，揣摩她的心思。她悠悠然站立，一副善良无辜的模样，守着一个简陋的鸟巢、四颗小小的鸟蛋，还有水泥缝间的几缕杂草，仿佛一位将领，不动一兵一卒，就阻止了音乐节筹备大军的脚步，阻止了明星会聚的举国狂欢。素昧平生，无冤无仇，她凭什么打破自己的宏伟计划？

2

可嘀儿妈妈受了惊吓。

她遵循同样的迁徙路线，秋冬客居美国中部，春夏回到加国东部，一路上在海滨、河滩、湖泊、池塘、沼泽、水田上栖息，欣赏不同的风景。她经常遇到人们俯视的目光，自知身材渺小，会被成人的一只手掌罩得严实，但她擅长飞翔。在地面上苦行的人们，永远体验不到自由飞翔的飘逸感觉。她不介意孤独,因为朋友来了又走,天敌永远在生活中停留。日子似乎一成不变,直到两年前在渥太华河上,她瞥见了水中一个健美的身影。当时她站在一块岩石上歇息,水、风,还有光,不约而同地静下来注视,空中飘浮的全是他的气息。她无须触摸,就能感受到他的羽毛的温暖。

从此告别单飞。

后来,她不止一次对他说:"我最先爱上了你的影子。"

入秋后,一场过早到来的罕见风雪,断了他们的食物来源。他上天入地寻找,把饥饿万分的她带到了一个马厩里,在草丛下发现了可吃的昆虫。她原本信奉一夫一妻,不像水雉鸟尽可夫,在熬过那个寒秋后,更立誓与他白头偕老。生活开始顺风顺水,他们成功抚育了两窝鸟宝宝。

去年春天在美国中部,他在一家高尔夫球场的边沿上筑了巢。周六晚上,高尔夫球手们都离开了,留下青草映夕晖的风景给这一对小夫妻独享。在不远处的俱乐部里,一场婚礼正在举行,传出浪漫的歌声。她专心地孵蛋,还享受他偶尔的亲吻。突然,他们被一阵激烈的枪声惊醒。一刹那,魂飞魄散的人们从俱乐部里冲出来,彼此推搡,四处逃窜。他们同时俯身保护四只鸟蛋,却被一只穿皮鞋的硕大的脚踢出几米远,重重摔落在地。可嘀儿妈妈忍痛爬起来,看到另一只穿皮鞋的硕大的脚踩碎了她的鸟蛋。汁液飞溅,还带着她的体温,随后,身穿纯白婚纱的新娘迎面走来,用手捂着血流不止的胸口,慢慢地倒下。

一个亡命徒直接枪杀了十五位无辜者，间接枪杀了可嘀儿夫妻的四个宝宝。

今年初夏，可嘀儿夫妻渐渐从伤痛中解脱，又飞回到渥太华附近，再次为孕育后代做准备。他尽心尽责，在四个地点搭巢：停车场旁的碎石间、田野、沙砾屋顶、国会山。她认真地勘察一番。田野上可见度低，容易遭受天敌袭击；屋顶不理想，小宝贝出生后起飞会有困难。在停车场旁又担心成为车轮下的牺牲品，最终选择了最安全的国会山。她很快下了四颗蛋。圆圆的、淡灰的壳上长着黑斑纹，每一颗都可爱。她甚至给小宝宝们取好了名字：春、夏、秋、冬。

在最近的三个星期里，她和他轮流孵蛋，风雨不误。可在这六月里的明媚早晨，竟出现不测风云。在他外出觅食时，一群操纵各种机器的人，在不远处对她的四个小宝贝虎视眈眈。她暗暗告诫自己保持镇静，迎接领头的黑眼睛男人的灼灼目光。

3

朱利安请众人暂时离开广场，自己开车来到了位于下城的音乐节组委会办公室。

在短短的几小时内，"四只小小鸟蛋叫停加拿大盛大音乐节"的新闻被世界几十个国家转发、几千家网站转载，引发社会各界的火爆争论。组委会的座机、手机铃声不断。朱利安在电话里和闪电的代理人，一个钢牙铁齿的家伙，费尽口舌地解释，仿佛表演脱口秀的桥段。工作人员一时间乱了阵脚。有的走钢丝，对包工公司轻易许诺；有的扮小丑苦中作乐，笑容满面地安慰抱怨者。如果支上一顶帐篷，简直可以组成一个马戏团。

朱利安深知当务之急是呈递鸟巢动迁的申请。当他在网上搜索到了申请表格时，立即害上了偏头痛。表格长达五页，要求详列时间、地点、人物、事件，外加足足两页的动迁理由陈述和具体计划。他在心里痛骂，难道联邦政府要逼迫每位申请人成为短篇小说家吗？更要命的是，必须由一位野生动物专家亲自制订计划，亲临现场实施动迁，而市内野生动物保护中心仅有五位专家。哇，比找一位格莱美音乐奖的得主还难！

"砰"的一声，他的手机发出短信提醒。短信来自一个陌生的号码。对方自称是儿子的紧邻。

"救你儿子！他被继父关禁闭！不要报警！"就这么简单的一行字。

儿子从没向他求救过，这是第一次。那张苍白的戴圆框眼镜的小脸似乎又在屏幕上浮现。

会不会是一个骗局？或许儿子被绑架了？他拨打儿子的手机，听到的是留言；拨打波兰裔前妻的手机，无人接听，给她发短信，杳无音信。

离婚那年，儿子才五岁。前妻获得了儿子的抚养权，很快嫁给了一个长鹰钩鼻子的男人。朱利安暗地里叫他"鹰"。鹰、前妻带着儿子搬到西班牙的一座富人聚集的岛屿上，在那里生活了大约七年，说是做房地产生意，半年前从海外归来，定居在西海岸的温哥华。这些年里，朱利安和儿子聚太少，离太多，当然地理距离是最大障碍。去西班牙费用不菲，前妻又找出无数借口阻止儿子回国探望。几个月前，儿子通过闪电的脸谱网页发现了他是音乐节中的重要角色，加他做"朋友"。儿子是闪电的铁杆粉丝，把自己当作通向闪电的媒介。当然，这只是朱利安的猜测而已。闪电不是没有负面新闻，吸毒就是其中一条，但儿子似不介意。迷恋一个人，意味着要给他所有的弱点找到充分理由。

如果当年前妻肯给自己的弱点寻找理由，生活也许是另外一种样子，他想。他没留过鹰的号码，因为不想听到鹰傲慢的声音，此刻有些后悔自己的决定。

音乐节组委会的财务总监，一个小个头的比利时裔，走了过来，递给朱利安一份财务预测报告。朱利安不看都可以想象组委会的巨额开支：已支付的策划费、建筑费、广告费，已预付的场地费、明星出场费，等等。如果音乐节不能按时举行，失去门票收入，即使保险公司支付部分费用，也将面临破产，来年重整旗鼓的希望微乎其微。

他心烦意乱地推开财务报告，在电脑上登录市内野生动物保护中心的网站，却看到了首页上的通知：全体员工出行一日，野外考察暨团队建设活动。这个六月的日子，似乎从一位前程似锦的女子变成了一个穷途末路的巫婆。百般无奈,他只有等第二天再联络。

当天夜里,他又给儿子和前妻打了一通电话,结果还是无人接听。他躺在床上,可嘀儿妈妈那双黑亮的圆眼睛一直在眼前晃动。实在睡不着觉,他索性起床,从壁橱里找出一个鞋盒,决定去"拜访"一下鸟巢,神不知鬼不觉地动迁。

月黑,风倒不高,国会山广场上静悄悄。他尽可能地放轻脚步,可还是听得到恼人的回音,终于走近了鸟巢。"嘀!嘀!嘀!"可嘀儿妈妈突然发出激愤的叫声,"唰"地张开黑白相间的翅膀和褐色的尾羽,像张开一把扇子,使形体膨胀一倍,还不停地拍打翅膀,想把他吓走。她见他纹丝不动,就快步离开鸟巢,踉跄跌倒,发出痛苦的呻吟,接着缓慢站起,拼力扇动一只翅膀,而把另一只绵软地贴在地面上,似乎已经折断。他不由自主地向她靠近,但她在转眼间箭一般展翅飞向天空。

一杆长枪冰凉地贴在了朱利安的肚腹上。朱利安吃了一惊,扔掉了手中的鞋盒,看清对方是一位身穿警卫制服的印度裔后,这才知道首都管理委员会已派人保护鸟巢。朱利安乖乖地拿出驾照证明身份。警卫用手机上的电筒仔细地照了照他的脸,认出了这个刚上过新闻头条的"倒霉的音乐节执行总监"。

可嘀儿妈妈从空中看到他被警卫制服,立即飞回到了鸟巢旁。

朱利安请求和小鸟儿说说话，发誓绝不动她的一根羽毛。警卫黑着脸同意了，随后走出几米远，留给他一些空间。

朱利安在可嘀儿妈妈的身边坐下来，说："你刚才的表演，达到获奥斯卡金像奖的水平了。"

"那叫'折翅'，假装受伤，把敌人从鸟巢边引开。我的敌人不少，海鸥、乌鸦、狐狸、土狼，当然还有像你这样的人。为保护小宝宝，任何表演都不算过分。"

"如果我是一只可嘀儿，我希望你是我的妈妈。"朱利安说，在不自觉间用孩子般的语气。

妈妈。这个词儿，像东方的土地那么陌生、遥远。

二十世纪六十年代末，一位华人女子从香港到安省的一座小城读大学，和一位白人相爱，生下了朱利安。朱利安五岁那年，在上幼儿园的第一天就被同学们打了一顿，因为他"是一个少见的杂种"，继承了爸爸的金头发和妈妈的黑眼睛。他坐在幼儿园的门口，哭泣着等妈妈来接他，等她警告欺侮他的同学们。

妈妈没有出现。他一个人走过两条漫长的街区回到了家。

后来他无数次在精神恍惚中回到家中的厨房。他一年年长高，厨房日显狭小，但空气中永远弥漫着漂白粉的浓重气味。妈妈似乎尽全力，驱散了他熟悉的葱油饼香气。妈妈经常把番茄酱均匀地涂在刚煎好的葱油饼上，然后卷进一根热狗里的香肠给他吃。那是他最喜欢的中西合璧的食物。

他后来听说在香港当警察的外祖父与一群游客发生了冲突，身负重伤。妈妈作为独生女，必须回港照顾外祖父，爸爸坚决留下了他。妈妈一去不返，从没和他联络过。有传言她搬到了新西兰，还有传言她出家当了尼姑。日积月累，朱利安不用照镜子，就能看到自己眼神中的被遗弃的忧郁，而他从儿子在脸谱网上的小照上，也捕捉到同样的忧郁，忍不住一遍遍自问，他是遗传者，还是制造者？

他抓着自己的头发，对可嘀儿妈妈说："我没保护过儿子，我不如你……"

可嘀儿妈妈并不反驳，只是轻轻挪动细长的脚，走近鸟巢，用温暖的小身体覆住了那四颗著名的鸟蛋。

朱利安离开后，茫茫然地在街区中穿行。家家户户都在沉睡中，妈妈不在任何一扇窗下等待自己。他借着路灯光，看到了身后摇曳的影子，也许自己是一个穿着成人衣服的五岁男孩。

4

朱利安结束了凌晨的漫游，直接开车去了音乐节组委会，在早晨八点之前虔诚地填好了鸟巢动迁的表格。

他又给前妻发了一条短信，随即想到城市之间的时差，她可能还在睡梦中。如果儿子被关禁闭,她真能安睡吗?他越发如坐针毡,决定给航空公司打电话。接线员是一位语调和蔼的女士,居然帮他订到了一张两小时后直飞温哥华的机票。

他嘱咐财务总监接手鸟巢动迁事宜,对方露出为难神色。就在这时,沙珮风风火火地闯进来,还是一身黑衣,脸上的妆容因为流汗褪去大半,遮不住黑黑的眼圈。

沙珮嚷道:"Lee 先生气坏了,要撤出投资!"

工作人员仿佛听到法槌落定,同时屏住呼吸。一阵电话铃声刺耳地响起,但没人敢去接听。

"请给我一点儿时间,把鸟巢动迁申请搞定。"他请求。

"老板对你的优柔寡断非常失望!"她的语气冷硬如钉。

他听得出,不仅老板,她也对自己失望了。

她接着又抛出一句:"你知道,我只可成功,不可失败!"

他应该知道的。

一个月前,他和沙珮、闪电约好在渥太华河畔酒吧见面,谈演出的事情,结果闪电临时有事,只好失约。当时的场景是电视剧导演们偏爱的:僻静的露天庭院,茂盛的花草,舒适的木桌藤椅,一对生活背景天差地别的男女。几杯本省产的红酒,加上两尾名厨料理的新鲜金鲈鱼,把他和她的距离终于拉近。晚餐结束后,意犹未尽,他建议到河边走走。一对可嘀儿鸟贴着水面轻盈飞过，不远处，国会山的哥特式建筑安然矗立，晚霞给褐墙绿顶点染上童话色彩，甚至使她的黑衣变得柔和，何况她的淡妆恰恰好。她化淡妆时，和他的妈妈有些相像。或许城里的每一位华人女子都和照片上的妈妈有一点相像，椭圆脸、杏仁眼、薄唇。他至今保存着自己和妈妈的合影，那也是平生唯一的一张。

朱利安和沙珮之间的话题，从音乐节转向了个人生活。朱利安年轻时一心想当演员。很多年里，在北美的电视上，几乎见不到华人和其他族裔的混血儿。他不服气，到处应征，哪怕是为了一个小角色。但他四处碰壁，又因为常年没有固定收入，以致妻离子散。这些年来，他和儿子越来越疏远。他前几年先后和两个女人同居过，但都无疾而终。

她拍拍他的手臂，似乎想帮他掸去心头一层悔恨的薄灰。

好在他后来放弃了，安下心来，从秘书开始做起，慢慢进入管理层。几次跳槽，还算顺利。上一届音乐节的执行总监退休后，他就接替了这个职位。

"这届音乐节一旦成功，你的事业就会达到顶峰。"她说，眼神中流露出崇拜。

崇拜，简直是一杯浓烈的威士忌，没有几个男人不为之陶醉，他也不能免俗。

这时，一辆卖冰激凌的卡车发出欢快的音乐声。

"你想吃冰激凌吗？"她问。

他微笑着摇摇头，说："不过我可以请你吃。"

"不,我自己买。"她买了一个草莓口味的冰激凌。

她小心地舔冰激凌的样子,多少有些性感呢。他想。

她出生于一座靠近沙漠的城市,一个低收入的家庭。第一次吃到哈根达斯牌的冰激凌,是十五岁那年在同学姐姐的婚礼上。那天她发誓要赚很多钱,在任何时候想吃冰激凌,就可以毫不犹豫地去买。她仿佛一个倔强的猎手,一旦锁定目标,就不惧上天入地、跨洋过海。她终于做上了Lee先生的代理人,经手巨额投资。她是单身母亲,不得不把十岁的女儿留在自己的母亲身边,而她们此刻在万里之外。

"每个人都在为生活挣扎,不过挣扎的幅度有大小。"朱利安说。

"谢谢你的理解。"她轻轻地说,很是温柔。

那晚告别时,他想过在音乐节结束后和她正式约会一次,也许两人之间有靠近的可能。

没想到此刻她完全换了一种声调。

他说:"没人愿意失败。"

"Lee先生今晚到渥太华,要你去机场接他,和他面谈!"

看来Lee先生被一只小鸟惊动了,终于决定露面了。朱利安摇摇头说:"很抱歉,我马上要去温哥华找我的儿子。他需要我!"

"你好几年都没看过儿子了,为什么偏在这种时候去?你好不容易做上高管,怎么不珍惜自己的机会?"沙珮的口气简直是审讯了。

他那晚在渥太华河畔，用悔恨的火烧灼自己，似乎无意中铸了一把剑，使她此刻轻而易举地反手刺痛他。

他丢下她，出了门，直奔机场。

在后来的三天里，发生了一系列不大不小的事件。Lee 先生来了，又离开了。此行期间他见到了首都管理委员会的负责人，要求立即派警察动迁鸟巢，但对方表示爱莫能助。音乐节的财务总监联系上了市内野生动物保护中心，被告知"本中心无权处理和迁徙鸟类有关的事件"。朱利安得知后急火攻心，从温哥华打电话给多伦多附近的野生动物保护中心。谢天谢地，他找到了女专家八月的电子邮箱，立即发信求助，一天后得到了回复。不过她在欧洲出席国际会议，搭乘的飞机因暴雨停飞，被滞留在布达佩斯。等他们从世界的不同角落出发，不顾长途疲惫，在周五下午分别抵达国会山时，一群狂热的动物保护者正举行示威游行，抗议音乐节对小鸟造成的潜在伤害。警察以可嘀儿鸟巢为中心，封锁方圆一公里的区域。

朱利安错过了在周末之前呈递申请的机会，音乐节的筹备完全陷入停顿。与此同时，网民对"鸟巢事件"的争论愈演愈烈。有人抨击政府小题大做，挪动一个鸟巢还要什么鸟申请？立即就有人还击，法令一旦出台，公民必须遵守，不然国家不就乱套了？小鸟只要落在加拿大国土上，就有自由、生命和追求幸福的权利。闪电的歌迷们不太"发烧"法令和权利，只担心不能按时看到演出，在社交媒体上把朱利安骂了个狗血淋头,仰仗多元的文化背景,竟使用了高达五十种语言!

朱利安在两夜无眠之后,终于熬到了星期一。他一大早就穿上郑重的西装,到联邦环境保护和气候改变部门、首都管理委员会面递鸟巢动迁申请。

八月驾车五小时赶到了。小麦色的皮肤、明亮的眼睛,草绿色的 T 恤和牛仔裤,似乎挟带一股森林里的清风。朱利安在网上搜索过,八月是英格兰人后裔,三十五岁左右,从小热爱动物,近几年为保护野生动物四处奔走。她显然有备而来,在鸟巢附近向官员们详细陈述了鸟巢动迁的 A 计划和 B 计划,当场获得批准。

转天是一个雨天。早晨十点整,鸟巢附近清场。西方七国峰会在渥太华召开那天,国会山的气氛似乎都没这么严肃过。

沙珮也来了,见到朱利安,不咸不淡地打了个招呼。

八月从卡车里拿出一个大托盘。托盘上摆着一个鸟巢,那是她精心搭建的,完全可以乱真。她走近可嘀儿妈妈和她的鸟巢,开始实施 A 计划:小心翼翼地把四颗鸟蛋转移到人工鸟巢上,挪动一米的距离。这时,可嘀儿爸爸出现了,在鸟巢的上空身姿矫健地盘旋,一路护航。

"干吗不一次挪得远远的?"沙珮问。

"根据我多年的观察,如果移动鸟蛋超过一米,就可能把可嘀儿妈妈搞糊涂,她甚至会放弃孵蛋,"八月有些不好意思地解释,"可嘀儿的智商不太高。"

沙珮紧张地追问:"要是小鸟不跟着走,怎么办?"

"八月有 B 计划,把鸟蛋转移到野生动物庇护所孵化。"朱利安低声回答。

"最好由可嘀儿妈妈孵育, 没有什么比得上母亲的体温!"八月说。

这时,可嘀儿妈妈挪动了纤细的脚步,向自己的鸟巢走去!

八月每过二十分钟,把鸟巢挪动一米。她做得那么专心致志,仿佛挪动的不是四颗普通的鸟蛋,而是深藏了一亿年的价值连城的恐龙蛋。

沙珮不时地摇头、耸肩,小声嘀咕:"按这速度,圣诞节也搬不完!"她终于失去了耐心,对朱利安说:"搬完后,打电话给我。"

在八月去吃晚饭时,朱利安接替了她的工作。他关了手机,在挪动鸟巢的间隙,和可嘀儿妈妈聊天儿,确保她跟随自己的脚步。他说,前几天在温哥华下城东区,在一幢破败的半独立屋的地下室里,儿子扑进了他的怀里,像暴风雨中的一只小鸟般颤抖。暗淡的光线、发霉的家具,还有地毯上陈年的肮脏痕迹,那么触目惊心,似乎在无声指责他身为父亲的失败。那一刻,这场令他万分牵挂的音乐节,突然变得遥远缥缈。

真相总是不堪。鹰和前妻到西班牙后万事不顺。鹰心情郁闷,常拿儿子出气,甚至关他禁闭。他们花光了储蓄,只好回国再谋生路。鹰只找到一份看仓库的差事,前妻做替补接待员,两人欠下一堆信用卡债务。儿子用自己在"星巴克"打半日工攒下的钱,订了一张机票,准备去渥太华看闪电的演出。鹰和儿子争吵,一怒之下对儿子拳打脚踢,把他关进地下室,还收走他的手机。儿子猛敲邻居的墙壁,哀求邻居替他发呼救短信,但嘱咐不要报警。如果警察发现家暴,就可能把他送交社会服务组织。如果他被安排到寄养家庭,那么他和孤儿又有什么两样呢?

朱利安默默无言,只把儿子抱得更紧……

此刻他从可嘀儿妈妈眼神中,读到了赞许。

经过了二十四个小时漫长的迁移,人工鸟巢上的四只鸟蛋终于定居安全地带,距离主会场舞台二十五米远。可嘀儿妈妈忠实地跟随搬迁,满意地继续孵蛋。

朱利安似乎刚跑完一场马拉松,上气不接下气地打电话通知音响公司和建筑公司的经理们:"正式开始搭建舞台!虽然离音乐节开幕式只有三天,但我相信你们有能力把失去的时间夺回来。音乐节后,我到河畔酒吧请客,一醉方休!"

5

在音乐节开幕前四小时,可嘀儿妈妈的四个小宝宝破壳而出，果然每一个都毛茸茸的，可爱、灵动。

音乐节盛况空前。在主会场的舞台上，当闪电唱到那句经典歌词："哦，亲爱的，这世间隧道的尽头没有光，光就在你身上……"万众欢呼。朱利安搂着儿子站在最前排，热汗淋漓地且歌且舞。他已经向温哥华法庭提交了申请，要求获得儿子的抚养权。

音乐节闭幕后，朱利安收到沙珮的短信。沙珮说，Lee先生对音乐节的"投入和产出"还算满意，但决定明年不再投资，认为"小鸟的戏剧太滑稽"。朱利安看后，一笑，暂时不想考虑明年的事情。她随后语调一转，请他下周六吃晚餐，显然是要约会了。

他想了想，简短地回复：下周六没空，要带儿子去国家公园霹雳角看鸟。他的眼前已出现一幅画面：湖天一线，蔚蓝醉人，群鸟飞翔，太阳闪耀着莹洁的光，仿佛向水面撒下了千百万粒钻石。

特洛伊木马·2015

1

　　薇琪走进浴室,把苹果手机放到洗脸池旁,脱下睡衣。镜子里的中国女人眼神有些无奈。过四十岁的身体,是一条缺雨的内陆河,被日光吮吸,每一年都比前一年少些丰沛,谁都不能抗拒生命的减法,但右侧腰间惊现的点点红斑,绝对是个异数。她低头细打量,扭身时竟隐隐地痛。前几天穿过一件新法兰绒衬衣,难道是皮肤过敏?

　　平常早晨赶着上班,她为省时淋浴,泡浴成为奢侈。这一天是周日,她决定享受一下。在浴缸里放满水,还心血来潮地丢进一个薰衣草浴包。春天里,她和男友 L 相约去法国的普罗旺斯旅游,却因公司的移动手机系统瘫痪,无法脱身,临时退了机票,大煞风景。L 给她带回来这盒香草包。她供职于 C 建筑集团公司,IT 总监,周末经常加班,L 做软件营销,一年中有一半时间出差。两人恋爱三年,聚少离多,充其量算彼此的"半职情人"。

前一天,她更新公司的数据库系统,晚上回到家倒头便睡,没定闹钟。早晨自然醒来,给幸福添加了一条含义:不被闹醒。每天被各式机器驱动:闹钟叫醒,电脑、手机、服务器警报提醒。日程表是一座座外表相似的方屋,被超薄木板分隔,她移动身心,从上一间挤进下一间,总嫌狭小紧张。今天总算可以安排一些轻松的事情:上午整理行装,明早要搭六点钟的飞机,去硅谷参加 IT 科技大会;下午去美容店剪发,头发也是生命中不能承受之重;傍晚已和 L 约好一起吃川菜,接下的内容会转向玫瑰色的"儿童不宜"。她躺进浴缸,闭上眼睛,身上的毛孔无声舒张,把普罗旺斯的清馨一并吸进去。

这时,手机铃声大作,"哗"地撕破浪漫遐想的暖雾。她睁开眼,旋即又闭上,后悔选这款号角声彩铃,但来电者锲而不舍。她不情愿地起身,舍弃一池温暖,披上浴袍,按下扬声器接通。对方是她的部下、资深技术支持诺拉。

"我打算更新明天要用的培训资料,发现服务器上的几百份文件被加密,打不开了!"诺拉的声调,让薇琪联想到海啸中的小鸟扑打翅膀,可怜地发抖。诺拉生于乌克兰,年幼时随家人经历过多种苦难,平时言语一副酷酷的做派。老办公室里的天花板有一次突然塌落，碎片横飞，同事们大呼小叫地逃窜,她照旧戴着耳机听音乐,嘴里还大嚼口香糖。她此刻惊慌,看来事件非同小可。

"公司的网络系统染上了电脑病毒!"诺拉说。这消息像被打翻进浴缸的一瓶墨汁,污染了散发着香草气息的早晨。公司网络设有防火墙、互联网过滤器,不仅每一台服务器都有,而且每一台电脑都装有防病毒软件,但新病毒还是乘虚而入了!薇琪脑子里出现一阵短路,身上的水珠似乎没有滴到瓷砖上,而是掉进油锅,一一炸开。

诺拉问:"怎么办?"

"怎么办?"这既古老又现代、每日让薇琪头痛的问题,她在心里从 1 数到 5,告诫自己不要轻易回答。走出浴室,扑到家庭办公室里的电脑旁,抓起鼠标,启动,上网,连接虚拟专用网络,在共享文件夹间跳跃,果然打不开众多文件,说明病毒已大肆入侵。她像一位勤恳的看林人,在一场意外的风暴后,惊骇地巡视遍地狼藉的树木。"深呼吸,再深呼吸,镇静些。"她对自己说,但无法控制肩背肌肉的紧缩。公司下属的建筑工地办公室分布在加拿大各地,有些员工周日加班,使用共享文件。她在第一时间做出决策,群发电子邮件给全体员工:"系统出现病毒,为防止扩散,立即关闭网络和服务器。及时沟通杀毒进展。"几分钟后,全公司的网络运作和电子通信陷入停顿。

网络管理员还在希腊休假。她吩咐诺拉:"到办公室和我碰面，一起应对。"诺拉沉默几秒钟说："我不能很快赶到，但相信你可以控制局面。"薇琪挂断电话时想，房屋面临倒塌，自己需要的不是薄纸般的奉承，而是木梁般的支撑。

她机械地穿好内衣、黑牛仔裤，套上白 T 恤衫、灰色纯棉休闲外套。她在匆忙时常选这经典的黑白灰三色搭配，以提醒自己，世间万事既不黑也不白，而是灰的，包括危机。T 恤衫摩擦到皮肤，腰间又莫名其妙地痛起来。

2

她驾车出车库，发现天下起了雨，像油漆工随意打翻颜色桶般，把整条街用秋叶涂得凌乱。很快，她便进入多伦多西部的三岔口区。从十九世纪末起，四条铁路在此穿过，提供运输便利，许多工厂大举兴办，蓝领们如成千上万的铁钉被磁石吸引，前来应聘，纷纷搬到附近居住。钢铁街 100 号，是一幢占地约五万平方英尺、红砖青瓦的大楼，地处三岔口区的中心地段，已过百岁年纪。在一个仅有二百多年历史的国度，"一百"无论如何都是可圈可点的数字。其间，世界发生过许多大事：汽车、飞机、青霉素、比基尼和互联网，若干场战争爆发又终结，令人感慨的是，这幢大楼仅两易其主。第一任房主是食品厂老板，据说当年他隔出几个房间租给一位医生开诊所。二十世纪六十年代,食品厂倒闭,钢材加工厂入驻。几年前,钢材加工厂被廉价的外国同类企业冲击,与一度的辉煌含泪告别,把大楼卖给了 C 公司的老板们。

薇琪第一次走进钢铁街 100 号,满怀 IT 人特有的敏感,在灰土扬尘的庞大机器间,寻到高科技的些许踪迹:几台笨拙的台式电脑、一架带圆拨号盘的电话,还有一个老牛拉车般缓慢的电缆联网接口。在接下来的一年里,她协调罗杰斯和贝尔等电信巨头和城建公司,因有关人员缓慢的办公速度她几乎耗尽全部耐心,促使他们联手在临街的马路上掘地三尺,连接光纤光缆,终于实现 C 公司成为全区第一家高速光纤上网的公司。

刷卡解除电子锁系统,楼门自动打开。旧工厂原始保守的风格早被现代开放所取代。视频会议设备、新型笔记本电脑、IP 电话、彩色激光多功能一体机……一切似乎符合 2015 年的潮流。她曾为"改朝换代"引进高科技、提高工效而得意,岂不知是打造了一把双刃剑。员工们借高网速的风,任情任性地在网海上扬帆,招惹来黑客的船舰。病毒偶尔会侵入一两台电脑,小打小闹,还从没像今天这么刀剑林立、来势凶猛过。

她走进自己的办公室,连接服务器,在共享文件夹中搜索,确认可疑文件的制造者是项目管理部的 X。她立即来到他的办公桌前,用系统管理员的密码登录他的笔记本电脑,像病毒分析师般在显微镜下专注观察。所有的症状都箭头般地指向臭名昭著的"特洛伊木马"病毒。

她熟知古希腊神话"特洛伊木马"。特洛伊王子帕里斯是位年轻帅哥，到希腊斯巴达国王墨涅拉俄斯的宫殿赴宴，迷上国王的妻子海伦。海伦据说是世上公认的最漂亮女人。两千年前所谓的"公认"能有多少可信度？那时互联网和电视直播选美大赛还没出现。不过漂亮女人大多不安分，这一点中西共通、古今一致。海伦抛夫弃子随帕里斯私奔到特洛伊国。国王丈夫怒发冲冠为红颜，召集一千艘战船和五万名士兵，向特洛伊宣战，不料一打就是一场十年马拉松，劳民伤财，攻城无果。希腊军队撤退，留下一只外表诱人的巨大木马。特洛伊人喜滋滋地把木马当战利品带回城内，饮酒狂欢直至沉睡。夜深人静时，希腊伏兵从木马中钻出来，攻占了特洛伊城，把特洛伊人打得落花流水。"特洛伊木马"从此成为插入敌人心脏、里应外合的典故，到二十世纪，演变成一种流行电脑病毒的代名词。

几年前，黑客在隐秘的网络上游弋，翻手为云，覆手为雨，把"特洛伊木马"病毒种植到被攻击者的电脑程序里。程序一旦被激活，病毒立即如伏兵般跳出来，任意占有和毁坏本地与内部网络的文件，甚至窃取商业机密，杀伤力超过飓风和火灾，给北美企业造成上亿美元的损失，后来这种病毒逐渐被控制。谁料到它改头换面，卷土重来。X打开过一封陌生人寄来的电子邮件，其中附有皇家豪华邮轮公司高达五百加元的优惠券，轻轻一点附件，就把"特洛伊木马"病毒引进城门。看似过于美好的事情，往往不美好，这简直是放之四海而皆准。以前大人警告孩子："不要和陌生人说话。"现在要稍做改变："不要点击陌生人的邮件。"比电脑软硬件更脆弱的，是人的贪欲。黑客不动一兵一卒，就能实现遥控，还将"特洛伊木马"牵进极具传染性的"蠕虫病毒"，随即会在系统文件夹中肆意蔓延。

3

"叮"的一声，屏幕上惊现对话框，挽联般的黑幅白字。黑客发来勒索信："在二十四小时内支付一千美元，换取修复系统文件的软件，一手交钱，一手交货！"森冷的目光如利剑出鞘般射来。黑客通过遥控摄像头，放任地注视她的一举一动。她的心狂跳起来，像在侏罗纪公园撞见怪兽，还听到对方得意示威的狂笑。她立即关闭摄像头。这时，呼吸声在不远处响起，像从老式破败的风扇里吹出，粗重且杂乱。她启动另一台电脑，进入数字视频监控系统。三十二个监视镜头对准大楼的不同角落，在屏幕上均匀地呈现三十二幅画面，其中办公用品间的一幅画面引起她的注意：一个神秘的光圈悬浮在半空。她壮起胆子走过去。这里没有窗户，监控画面上的光圈是什么？幽灵，还是黑客？

她在各种 IT 人士聚集的场合遇到过若干男女系统程

序员。这些人聪明平易,不修边幅,看不出哪一位戴着面具。黑客常受雇于相互竞争的大公司。此刻,素不相识的黑客已把毒剑悬到她的头上。迎战,还是屈服?这几乎是哈姆莱特式的问题。如果迎战,公司可能失去大量文件,网络陷入瘫痪,造成难以估量的经济损失,她会引咎辞职。她在职场赤脚一路踩过丛丛荆棘,终进入管理层,就此毁于一旦?如果屈服,怎么咽得下这口气?无辜者受害,是世间一大不公平。一千美元是区区小数目,但她还不知道全公司有多少台电脑已被劫持。黑客在敲诈得手后,可能玩撕票游戏,也可能变本加厉,再说所谓的修复文件软件是否有效,还是一个未知数。

半杯水摆在面前,乐观者看到半杯满,悲观者看到半杯空。L曾问她是悲观者还是乐观者,她回答两者都不是。当水杯被打翻在地,她不惜扎破手指,鲜血淋漓,也要从地上一一拾起碎片,重新拼接。

她切断 X 的笔记本电脑和公司网络的连接,既然它已成"僵尸",就要彻底被隔离。她回到自己的办公室,搜寻享有信誉的杀毒软件网站,和专家对话。黑客不断测试病毒,一旦释放,就像打开潘多拉的魔盒,散布祸害、灾难和瘟疫。她小时候家住得离中药铺不远,对那里的一切好奇:靠墙一排的漆黑柜子,每个柜子上都有若干精致的小抽屉,里面装着药材。她坐在高门槛上,托着下巴,看老中医慢悠悠地配药。老中医留着花白胡子,神闲气定,回想起来他有些像圣诞老人。此刻她想向圣诞老人要一个中药柜，在每一个小抽屉里都藏着一张不同的杀毒软件光盘。她颇费一番周折，下载到有效的杀毒软件，立即扫描服务器上的文件。文件像千百只搬家的蚂蚁，在屏幕上缓缓移动，一点点侵蚀她的耐心。她一直不见诺拉的踪影，就打电话叫技术支持阿布和查理来加班。

　　一列火车轧过窗外百年前铺成的铁轨，轰隆隆地驶过。室内重新安静下来。一个男人在抽泣，像丧妻公羊的哀吟，却因靠近狼群不得不压抑。是哪位没出息的同事，周末跑到办公室里来宣泄？还宣泄得这么窝囊。她不无恼怒地走遍办公楼的每一个角落，却不见一个人影。抽泣声停顿片刻，又响起。这一次她判断声音出自地下室。是黑客躲在那里作案，还是魔鬼在万圣节前蠢蠢欲动？脚下的水泥地开始倾斜。她尽量保持身体平衡，沿着时有断裂的楼梯扶手，走进地下室。哭泣声戛然而止。她从裤袋里拿出苹果手机，打开内置的电筒，借着微光找到电灯开关。老式的吊灯还在苟延残喘，但光线昏暗。她步入一架庞大的时光机器，看到在过去一百年中留下的庞杂物件，从机器到家具，从医疗仪器到健身用品……踮起脚尖，幽灵般地无声移动，担心跌入陷阱。西南角有一间储藏室。室内没什么出奇，家具倒是实木。在一张镶嵌铜把手的书桌上，散放着大沓发黄的报纸，一本硬皮账簿在报纸下露出褐色的一角。她拿起账簿，翻看里面用花体字记下的明细。账簿对于她，早是不折不扣的古董。她结合电子邮件、图像处理和电子付款系统，使 C 公司不仅在财务运作中彻底消除账簿，还停止使用任何纸张。账簿中间夹着的一张黑白小照：一位西裔女人和一个小男孩的合影。女人长发卷曲，明眸俏鼻秀唇，丰胸细腰，身着轻钢丝架支撑的长裙。小男孩也长有一头鬈发，表情活泼生动。她被好奇心所驱使，把账簿和照片带回办公室。

阿布最先出现。他生于叙利亚，九岁时随父移民，大学毕业后一直做 IT 这一行。他平常不修边幅，胡子拉碴，这天两眼猩红，越发潦倒，走路的姿态像在梦游。她吩咐他先扫描所有会议室里的电脑，他点头答应，并不多话。

随后查理到来，并非孤单一人，带着他的小狗。他化身好莱坞动画片里的人物查理·布朗，行头齐全：仅有几撮毛发的假头套，黄黑两色的 T 恤衫；小狗装扮成 Snoopy（史努比），戴飞行员的绿呢帽和红围巾，脑门上挂一副大号太阳镜。

"你们俩去拍电影吗？"薇琪不无惊讶。影视制作公司经常在多伦多市中心拍片，她以为查理找到了一个出镜的好机会。

"不是。我和史努比刚参加了'万圣节'化装比赛，得了一等奖！"查理的声调比平常兴奋，像刚喝下一大杯咖啡，或刚吸过大麻。

查理是血统高贵的爱尔兰人后裔，生于加拿大，学过机械工程,试过戏剧演出,最近在社区大学攻读网络系统管理,被薇琪招来实习。他还是一个事业"寻觅者"。薇琪在西方人公司工作多年,学会斟酌词句,轻易不肯使用刺激性名词"失败者"。他展示奖品:一个手机充电器、一个猪骨头玩具、一盒火鸡肉罐头,还有一盒小薄饼。他搞不清小薄饼是人食还是狗食,包装上没有明确标识。她不得不打断他冗长的介绍,叫他扫描非管理层人员的电脑。他有些"迟钝",委婉的说法是"智力上受到挑战",但相信他总能分清正常和被损害的文件。

诺拉终于露面。淡妆,新剪超短发,时尚的黑色小西服配九分裤。棉衬衫加牛仔裤是她常年的风格,这一换装,直达走红地毯的水准,着实让人惊艳。薇琪问:"哇!今天又有什么特别的节目吗?"

"我晚上要出席一个派对!"诺拉一脸激动的潮红。

她还有心情参加派对,薇琪想。鉴于诺拉的工作经验丰富些,派她清除管理层人员的电脑病毒。

过了不久,阿布气喘吁吁地跑过来叫道:"我发现了一种新病毒!"他声调异常,像被人掐住脖子。这真体现 IT 部门的典型气候,一旦下雨,便是倾盆暴雨。薇琪随阿布奔进主会议室。那台电脑被植入"流氓软件",每分每秒都跳出"伟哥"广告诱惑男人,让她哭笑不得。她猜想前一天客户来开会,未经允许就把随身带来的 U 盾插入电脑,引来病毒。

她叫来诺拉处理。不料,诺拉在阿布离开后,支支吾吾,脸涨成红番茄颜色说:"我想跟你说一件事,你可能不知道,我喜欢女孩。"

薇琪早就猜出诺拉是同性恋者,但从未触及这个话题。性倾向、宗教信仰、年纪、收入等都是隐私。要命的是她什么时候"出柜"不好,偏选这么个危机四伏的时刻?诺拉拿出手机,翻出她和女友的靓照给薇琪看。薇琪瞄了一眼,不知该用什么词句奉承,只含糊地说:"她和你看上去很亲密。"

诺拉的姐姐对诺拉"沦为感情异类"不满,在过去的三年里对她不理不睬,这让诺拉很受伤、很无奈。她不能选择性倾向,就像鸟儿不能选择不飞翔。前些天,她意外地收到姐姐的电子邮件。姐姐大婚在即,邀她出席婚前单身派对,还请她当伴娘,而派对就在当晚六点,所以她精心地打扮。这将是人生中的一场破冰之旅,只要不地震,她就绝不会错过。

薇琪说:"我们还有很多病毒扫描工作,明天一大早员工上班就要用电脑。"

诺拉点点头,又摇摇头。"可是……"这该被诅咒的"可是"!"我几年都没和姐姐见面了,和家人隔绝,不被社会接受,你懂得这样的痛苦吗?"

每个人在生活中都背着一副不同的十字架,薇琪当然懂得,于是为诺拉放行。

4

薇琪很快发现这款"流氓软件"并无出奇之处，便尝试使用服务器上现有的杀毒软件，竟然奏效。她松了一口气，双眼一阵阵疲倦，再也集中不起精力。这时，手机发出敲竹梆的声音：L 的短信彩铃。L 问："我在餐馆已等半小时，你在哪儿？"她才想起当晚的约会，心中冒出一声加拿大国骂。窗外，天空早已褪尽玫瑰色的晚霞，她又一次让他的希望落空。

三年前，北美建筑业 IT 技术应用奖的颁奖典礼在纽约的四季酒店举办。她早晨出门前，一时兴起，穿上一件大红的紧身裙装。L 在酒店的走廊里，向她打听会议大厅地点，显然把她错认成会务人员。他个头中等，一身哈利·罗森牌的西装无可挑剔，一张典型的东方面孔，一口地道的英语。她上台领奖，在等待摄影师拍照的一瞬，遭遇台下他的目光，捕捉到其中的火焰，不知是她的红衣投影，还是他的惊喜折射。在这间被西裔男性主宰的宽阔大厅里，她和他不可避免地生出几分"惺惺相惜"。

几天后，她从办公室电话的留言机里听到他的声音。她每天接到兜售各式电脑软硬件的电话，但从来不接，过后过滤留言，当然十有八九不回话，但对他破了例。她十几年前技术移民，发誓在此地扎根。她的未婚夫登陆两个月后即回流，大约在途中就把他们的婚约丢进了太平洋。近年来他发达了，亲友们纷纷替她惋惜，她倒觉得做"花瓶"也许嫌郁闷。她后来也恋爱过，但没体验过小说里描述的朝思暮想、全身心投入。L两岁时随父母移民，受过整套的西方教育。东方男人的敬业内敛，加上西方男人的绅士风度，他应是情场上一个不错的"折中方案"。他早已离异，十岁的女儿平常生活在他的前妻身边，周末住他家，薇琪很难找到和他单独相处的时间。

她回复短信，用三言两语解释自己正在抗衡"特洛伊木马"，表示抱歉。他要再约一个时间，可她明天一早要出差，过一个星期才回来。何况如果病毒继续扩散，公司不能正常运作，她的日程将被全部打乱。无法给予承诺，是她和他几年来共同的挣扎。

查理的小狗无缘由地叫起来，不知道是饿还是烦。他当然对杀毒的必要性一无所知，只想跑出门去，到公园里，在铺满柔软树叶的草地上撒欢。她寻声望去，查理从一张办公桌旁站起身来，无奈地冲她摊开两手，耸耸肩。

这时阿布走过来，请求离开，突然倾诉家事。"前些天我姨妈从叙利亚逃难，被困在希腊了！我六个月大的时候，我妈在战乱中死了，姨妈把我养大。"

薇琪大吃一惊。叙利亚境内的战乱和难民潮的画面每天都在电视上出现，无辜者受害、被杀，是频繁上演的人间悲剧，没想到受害者家属近在眼前。她一贯奉行北美人处世原则,别人不谈的家事,就绝对不问,此刻不免惭愧,或许应该多多关心部下。

阿布接着说:"我打电话联系不上姨妈,心里着急,就通过脸谱网和一位在希腊'无国界医生'取得了联系。他不但治病救人,还很有爱心,居然在科斯岛的难民所找到了我姨妈!"

"谢天谢地!"薇琪松了一口气。

"我姨妈写了一封家书,托医生带给我。我早已和他约好,今天傍晚六点在飞机场附近的星巴克见面。"

"为什么不让医生把你姨妈的信扫描,然后通过电子邮箱传给你?"她建议道。IT从业者何不使用现代通信手段?

阿布惊讶地看她一眼,她立即觉得冒昧失言,也许信中藏有家庭秘密,也许姨妈的笔迹让他感到亲切,世间总有高科技无法取代的传统亲密,中国古人早说过"家书抵万金"。她对阿布说不出一个"不"字。

她修复完总公司服务器上的文件,接下来连接温哥华分公司的服务器,没想到它在沉睡,并不回应。她似乎在黑暗的隧道中行走,看到隧道尽头的亮光,却被迎面而来的一列火车撞翻。很快她收到服务器蓄电池的自动信息,原来是一场暴雨导致的短促停电。

查理的小狗又开始吼叫,冲破她的忍耐底线。小狗头上的飞行员帽和太阳镜早被摘掉,眼神倦怠得可怜兮兮。

查理满面忧虑："宝贝儿吃了我们得的奖品火鸡罐头，开始拉肚子。我得赶快带他去看医生。"他大概猜出她不会正式雇用他，便早早放弃努力；从另一个角度讲，因为他不尽责，她也不会给他机会，只能听任他在职场的怪圈里徘徊。查理抱着小狗离开，整幢办公楼里只剩下她一个人。她扫描剩余的电脑，还有卡尔加里和渥太华分公司的服务器文件。经过了漫长的两个小时，温哥华恢复了信号！

5

她饥肠辘辘，昏昏欲睡，到餐厅里热一块比萨吃下，然后捧着一杯咖啡回到办公室。像被幽灵用一根无形木棒痛击腰部，她不得不坐到沙发上休息。

"这样的夜晚是不是很难熬？"有人在她背后说。她惊跳起来，把咖啡泼到鞋子上，好在鞋子是防水的鹿皮。她转过头，一位中年西裔绅士站在门口：三件套西装中规中矩，马甲上的第三粒纽扣上还挂着一条纯金怀表链，微卷的头发被梳理得驯服，一双蓝眼睛深邃忧伤。

他自称医生 D。"我的账簿在你手里？"

她向他道歉，把账簿递给他。他拿出里面夹着的黑白小照，蓝眼睛越发悲哀，说起往事。"你这间办公室，原来是我的私人诊所。诊所刚开张的时候，生意不错，我以为好景会常在，就和太太在贵族区买下一套豪宅。超前消费病，我们那代人先患上，你们这代人不过是受传染。后来，一位从美国留学回来的名医，在附近也开了一家诊所，抢走不少病人。病人到我的诊所里来，女接待员会先给他们倒一杯咖啡。我想出一个主意，在煮咖啡的水里下砒霜，只一点点。砒霜是白色粉末，无臭无味，没有人看得出来。"

薇琪警觉地看了一眼手中的杯子。

他摇摇头，笑得比黑咖啡还苦，说："不用担心，我早洗手不干了。"

薇琪说："你后继有人，不过，他们不把毒倒进咖啡里，却植入特定的程序，传染电脑。"

他并不理会，仍沉浸于讲述："我的病人们成了回头客。那时医生可以卖药。抱怨头痛的，卖止痛片；抱怨失眠的，兜售失眠灵；对病情严重的，比如知觉麻痹、运动神经麻痹，就推销健身器材。这样一来，我就可以维持舒服的生活。"

"你不会在良心上谴责自己吗？"薇琪问。

"你以为我无缘无故在这儿游荡吗？"他反问，"照片上的女人叫海伦，是我的情人，我相信她比古希腊神话中的海伦还美！这个男孩是她给我生的儿子。1916年的万圣节前夕，我瞒着妻子，带他们去纽约庆祝儿子的三岁生日。没想到儿子突然发烧、呕吐，脖子变得僵硬，像个木偶。我们正赶上小儿麻痹症病毒大暴发，所有的医生都束手无策。"

"那时人们对小儿麻痹症病毒一无所知，发明出疫苗是多年后的事情，"薇琪说，"生物病毒天然存在，电脑病毒却是人为制造，但可以像生物病毒一样繁殖。"与绝大多数人无异，她总能从别人的痛苦故事中联想到自己的受害处境。

"那场灾难导致六千人死亡，两万多人瘫痪。我们回到多伦多后，儿子虽然退烧了，但双腿落下残疾。海伦无法整日面对一个残废的私生子，彻底绝望，把儿子溺死在浴缸里……"他停顿下来，凝视地面，面如灰土。

"我真为你们伤心。"她说。

他后来问："你参观过多伦多东城的当谷监狱吗？"

她点点头。当谷监狱是典型的意大利风格建筑，曾被称作"监狱宫殿"，但"宫殿"里没有阳光和新鲜空气。她清晰地记得里面有窄小的牢房、硬邦邦的铁床，还有白瓷便盆。

"海伦在那里被处绞刑。后来囚犯们常常在夜里听到海伦唱歌，哄儿子入睡。"

她脖子后的毛发一根根竖起，手中的咖啡杯冰浸骨髓，但仍控制不住好奇心："那你后来怎么样？"

"我活了六十几岁，在同代人中不算短寿。可怕的不是心碎而死，而是心碎了还活着，死后又不得安宁，在故地游荡。"

薇琪的电脑发出警报，到检查文件扫描结果的时间了。她扑到电脑前，感谢苍天，文件扫描完毕！待她抬起头来,医生D已杳无踪影,他的账簿安静地躺在办公桌上。她急忙翻开,那张黑白的小照片仍在:鬈发的海伦搂着表情生动活泼的儿子。

她遇到新阻力,无法恢复温哥华市场部软盘上的许多文件。这头在沙漠上跋涉的孤独骆驼,几乎被落到后背上的最后一棵稻草压倒。她从防火保险柜里拿出硬盘,拷贝备份文件。凌晨三点,她启动服务器,恢复网络,通知部下早晨上班后扫描远程电脑,密切关注可疑现象,但没有必要生活在恐惧中;随即又群发邮件给全体员工:"电脑病毒得到控制,当然还需继续监察。公司周一如常运作。"

6

她用手机软件预租了车,回到家挣扎着整理好行装,这时离登机时间仅剩两小时。她听到车轮声,出租车已如约抵达,便拖着行李箱出门。从汽车里走出的竟是L!她不敢相信自己的眼睛,惊讶程度不亚于见到医生D的鬼魂。几个月前,她的手机出现故障,L替她开租车账户,并抄送短信到自己的手机。当她叫车时,L被确认短信叫醒,便当了一回"黑客",打电话取消她的预约,亲自出车。她不是貌美的海伦,从不奢望哪个男人为争夺她发动战争,但感念他在她最脆弱的时刻伴送一程。

"快上车吧,别误了飞机。"他说。帮她把行李放进后备箱，替她打开车门，还自然地把手搭在车门上，免得她撞头。她太累了，无力琢磨这样的细节源于体贴还是教养，但在度过一个紧张白天和一个无眠黑夜后，把沉重的头依到他的手掌上，是那一刻舒心的向往。

这是少有的安谧时光。街上车辆寥寥，几乎没有行人，也听不到风声。多彩的树叶一路静卧，怀抱秋的宁静。他用左手握着她的右手，不轻也不重，既不施加压力，又给予足够安慰。她拥护自由党，他力挺保守党，两人还一直小心翼翼地避开有关政治话题，甚至找不到共同喜欢的足球队和乐队。此刻，这些差别变得微不足道。他们偶尔交谈。L的女儿最近在学校里表现不错，弹钢琴也有进步，前几天还问起她。她简述医生D的故事，前人曾在她的办公室里承受砒霜的折磨。

L说："长期疲惫会让人产生幻觉，你需要好好睡一觉。"

到机场后，他吻她的唇，比以前更有温度和力度，还用中文说："我会惦记你的！好想更靠近你。"他以前只会说一点可怜的中文。她平时少言寡语，却喜欢在做爱时天女散花般倾诉，说英文总难尽兴。此刻，他这句新学的中文特别性感，让她心旌摇曳，几乎想放弃登机。

她到硅谷后，腰间的红水泡张牙舞爪地密密盘踞，串成一条龙。她全身似被一把火炬时时燎烤，恨不得在火中被烧成灰，然后蜕变成凤凰。第二天，她只要稍稍转动，疼痛立即传遍半身。水泡的颜色变深，透着成熟的阴森，像藏着无数钢针，每一针都扎到神经末梢，令她彻底体验"神经敏感"的含义。到了第三天，她痛得几乎撞墙，终于听从酒店经理的建议，去附近看门诊。

诊所里的摆设再普通不过，但当医生出现时，她不由得心惊肉跳，周遭变得诡秘。他长得太像医生 D，那个和她深夜交谈的鬼魂，不过比 D 年长许多。他看看她填写的健康情况表格，又观察她腰间横卧的"火龙"，问道："你小时候出过水痘吧？"

薇琪恍惚记得出水痘的日子，便点了点头。

"你是做 IT 业的，最近工作有压力吧？记住，压力不是时时都工作，而是时时想着工作。"

她不得不承认。

"水痘虽然在多年前被控制了，但病毒还潜伏在你的身体里，准确地说在脊髓后根的神经节上。因为工作压力，你的免疫功能减弱，诱发水痘病毒再度活动，引起急性皮肤病带状疱疹。"

"有没有生命危险？有没有特效药？"她问。

"应该没有。我只能给你开抗生素和高效止痛片。一个星期后，如果没有明显好转，你再来，或者回加拿大看医生。"

薇琪离开诊所，来到街上，伸手拦住一辆出租车，坐进去，要求去最近的一家药店。白头发的司机见她双眉紧皱，识趣地保持沉默。窗外掠过国际高科技巨头的建筑，像一艘艘漂浮在大海上的战舰，在里面发生的一切曾经、正在、即将影响世界。战争的硝烟袅袅升起。原来在她的身体里，多年来也藏着一匹"特洛伊木马"。病毒从木马里骤然钻出，挥舞长剑，肆意刺扎。经历近乎虚幻，疼痛却是真实。她要恢复元气，还要面临一条漫长的路。

寡妇食物指南

秋紫在成了寡妇的第五天早晨，感觉自己肚子里生出了一条饥饿的毛毛虫。

前一天在多伦多西城的一家殡仪馆里，她给丈夫办了简朴的葬礼。女儿从美国加州的一所大学赶回来，在葬礼过后就满面泪痕搭乘飞机返校了。秋紫不堪面对主卧室人去床空的骤变，躺在二楼女儿房间里的单人床上，挨到凌晨才迷糊了一小会儿，随即被冰雨惊醒。倾斜的风暴烈而执拗，驱使雨鞭抽打窗前的白云杉树，直把前几日的新生枝叶抽得七零八落。

丈夫在 R 通信公司做技术支持，平日恪守朝九晚五的坐班制，上个星期去佛罗里达出席 IT 大会。在大会开幕前夜的派对上，海滩夜色，热风热摇滚，金发香肩女子的诱人气息，还有一杯杯浓烈的鸡尾酒，令他在脱离日常生活轨道后飘然欲仙。派对散场后，他浑身燥热，就约了两位同事下海游泳。谁知劲风来袭,大海换上妖魔脸,后浪狂推前浪,两位同事在惊慌间爬上了岸,他却做了异国水鬼。

秋紫把葬礼后的晚餐安排在一家餐馆的包间里。出席者大多是她和丈夫的朋友同事,松散地坐了两桌。她隔着墙壁听到几个顾客在高声谈笑,就要求男服务生,一个穿白衬衣黑马甲的年轻人,去提醒他们放低声音,不料对方冷漠地耸耸肩,不置可否。这简直是在她的伤口上撒盐!她怒形于色,咽不下一口饭。人人照常享受生活,全然不顾她的悲恸。朋友杰登见状,善解人意地坐到她的身旁,轻轻拍了拍她的肩膀,通过指尖传送安慰。

蓝眼睛的杰登有英国贵族血统,是一位洒脱不羁的自由职业者,偶尔拍拍电视广告,或导演社区话剧。他的妻子黄玉出生于越南华裔家庭,身材小巧,天性热情。秋紫的丈夫刚移民到多伦多时,历经求职艰难,后来在新移民就业指导中心认识了志愿者黄玉。他通过黄玉的介绍,进入 R 通信公司工作,安稳地做了十几年,对她一直心存感激。两家人住得仅隔两条街,逢年过节时常聚会。秋紫觉得两家人能保持友谊还有深一层的原因,那就是她和杰登彼此之间的欣赏和无伤大雅的调情。身为当地华语电台的播音员,也客串过华语电视台节目主持,她和他同为"距离大红大紫仅一步之遥"的艺术工作者,却只能为彼此的家庭赚些零花钱,经常感叹"一步之遥"有时就是一生的距离。黄玉曾一度能量四射，在政府管理教育基金，还主持家务,把一儿一女都送进了美国名校读大学。不幸的是，她几个月前发现自己患上肺癌，一直接受各种治疗,因为体弱缺席葬礼,但给秋紫发了吊唁电子邮件。死亡似乎是一片神秘莫测的海,黄玉顽强地拒绝走近,谁料到丈夫倒一头扎了进去呢?

秋紫昨晚回到家里,发现冰箱里空空如也,就只喝了一杯茶;午夜时分,在橱柜里找到几块饼干吃下了,想不起那饼干是哪年哪月买的。早晨醒来时她身子蜷缩,手脚冰凉,腹中前所未有地空旷。她在女儿三岁那年,买过一本美国人写的童话书《饥饿的毛毛虫》,还和女儿一起读过很多遍。书中的红脑壳、绿身子的毛毛虫在星期一吃了一个苹果,觉得饿;星期二吃了两个梨子,仍觉得饿;在后来的几天里连续狂饮暴食。这条毛毛虫似乎在她的肚子里高高地弓起身来,吞掉残余的饼干渣,还吸干最后几滴茶水。这时,一阵鸡汤的香气飘进室内,那么轻渺,在她吸一下鼻子的瞬间就消失了。也许她太饿了,幻嗅到丈夫的拿手鸡汤,像沙漠上的跋涉者望见海市蜃楼。

她和丈夫多年的婚姻生活,堪称一部品汤的历史。她没学会做中餐,又对西餐不感兴趣。虽说一星期只坐两天班,但每天都等丈夫回家做饭,因此被黄玉戏称为"婚姻六合彩大赢家"。丈夫做事高效,早晨离家前用慢锅煲汤,还把红肉或海鲜从冷冻柜挪进冰箱;傍晚下班一进家门,立即把白米放进电饭锅，着手做菜；一小时后，就把丰盛的晚餐摆在餐桌上，届时汤的味道也恰到好处。他煲香菇排骨、烤鸭、鲫鱼等家常汤；在她处于特殊的生理期时，比如月事、怀孕、生产、生病，煲红参石斛竹丝鸡、扁豆薏米炖鸡脚、当归羊肉汤等中药高汤……家里弥漫着中药气味，害得女儿从不好意思邀请白人同学到家里做客。秋紫在大多伦多地区风味齐全的中餐馆里，还没喝到过对胃口的东西，可谓"曾经沧海难为汤"。

门铃短促地响了几声。大概是报童吧。在下雨的日子，他常会按门铃提醒丈夫拿报纸，免得被淋湿。现在很少有人订阅报纸，丈夫却坚持，说是喜欢"紧握在手的质感"。她挣扎着起了床，从壁橱里找出一件开衫毛衣套在睡衣外面，下了楼。一打开门，就被扑来的冰雨刺痛了脸。她发现门廊上放着一个蒙着白餐巾的竹篮，立即把它拿进屋里，放到厨台上。一个仿银链拴在竹篮的把手上，链子串连七颗心形坠。她好奇地掀开餐巾，看到一个印有海滩棕榈树图案的饭盒、一条刚出炉的法式面包，还有一张水粉蓝色的卡片。卡片上是手写的一行小字：来自关心你的朋友。

哪一位关心她的朋友？还这么在意细节，送上浪漫的心形坠？是杰登吗？他脑子里不会有"寡妇门前是非多"的概念，没必要暗自送饭啊，再说他的厨艺和她的一样糟糕。也许他使用了点餐服务，决意带给她意外的惊喜？也许是哪位暗恋她的华人男子？她在异性的世界里雁过留声,收获过一些文艺中年人的爱慕。

她打开饭盒盖,鸡汤的气味弥漫扑鼻。她小心翼翼地喝了一口,味道出乎意外的香郁浓厚,一股暖流霎时驱赶了全身的寒意,汤里的鸡茸和蘑菇碎片也爽口。那一刻的生活几乎是正常的。联想到丈夫精心熬煮的清润鸡汤,心里生出隐隐的背叛感。她对寡味的面包一向缺乏兴趣,但撕下来一小片品尝,竟顺利地咽了下去。身体里的毛毛虫似乎张开大口,贪婪地吞食,直把所有的食物一扫而光。

她把饭盒洗干净放进竹篮里,然后把竹篮放回到家门口。在不知不觉间,风雨停歇,门前的白云杉树挂满雨滴,散发初春特有的新鲜气息。

转天早晨,有人取走了竹篮中的饭盒,留下一个装着蔬菜沙拉的银边碗。绿生菜、白煮蛋,还有樱桃小番茄,无不新鲜诱人。她顺顺当当地吃完沙拉,感觉恢复了一些精力,肚中的毛毛虫也满意地舒了一口气。碗底的图案是熟悉的海滩棕榈树。

她期待遇见送餐人,但连续几日总在早晨睡熟,对方也不再按门铃,遗憾地一再错过。虽然如此,她享受到了不同食物。到了周六,一个装满意大利面配肉丸的饭盒出现在竹篮里,还有一本宣传小册子:《寡妇食物指南》。她一边吃一边翻阅,对自己加入寡妇行列心有戚戚。小册子由"康复集团"印发,色彩含蓄,但图文并茂,贴心地为新寡妇指点迷津,列出在丧夫一星期内、一个月内,乃至一年内的食物清单,并引用营养学家、心理学家的研究成果,证实寡妇食物系列对"治愈心灵创伤"的高效作用,最后总结一句话:"你的康复,是我的使命!"

她周日早晨醒来害偏头痛,浑身出冷汗,站在门廊上失魂落魄,因为赖以生存的竹篮杳无踪影。她面临一系列的难题:她的车停在家里的车库里,丈夫的车却在车道上堵着门,又是她不会开的手动挡车;丈夫出差时把车钥匙带到了佛罗里达,两者一去不返;她没有精力坐公交车去购买食物。这时,她的紧邻,牙买加移民利卡多,把他的丰田二手车停到了自家门口,下了车。两家的房子都属半独立座,共同拥有西墙。利卡多五十岁左右年纪,人高马大,但有些驼背,高大得不免累赘;皮肤浊黑,缺少奥运冠军牙买加"百米飞人"博尔特的巧克力色光泽;唯一可圈可点的是他的眼睛,黑白分明,偶尔闪露光亮。至于他家的住客,经常引发诸多争议。一个红发褐眼的女人和他同居过。女人话不多,似乎没为他家做过贡献,但也没惹出什么麻烦,后来就无缘无故地消失了。最近几年搬进搬出的有他的大女儿和外孙、侄子全家,还有将近一打牙买加新移民。他家的后院可谓临时废品收购站,堆满了四处搜集来的金属罐头盒、易拉罐、旧纸箱,不时散发馊气。去年丈夫把漏水的马桶放到门口等垃圾工收走,结果利卡多先行一步。夏日里秋紫坐在后院乘凉,透过两家之间的栅栏总能看到那个扔不掉的旧马桶,一次次犯恶心。邻居们众口一声地抱怨,因为他不打理屋前花园和后院,害得附近地段的房产升值缓慢。

从利卡多的车里,走下来了三个蓬头垢面的流浪汉。利卡多见到秋紫,绽出一脸的笑,说要请几位朋友在后院吃烤鸡,邀她参加。她虽然饥肠辘辘,但瞻仰一下这"几位朋友"的尊容,似乎又闻到了熟悉的馊气,便一口谢绝。

她转身进了家门,肚子里的毛毛虫开始张皇奔走,大脑似乎渐渐失去氧气。她从厨台上拿起《寡妇食物指南》,咬咬牙上网注册,申请成为康复集团的会员。注册时她必须输入介绍人号码,好在她从扉页上找到了:0078。她用信用卡付款,在一分钟内就收到电子贺信,并在当晚收到了一个食物篮。第二天早晨睁开眼,一份销售培训的邀请函已在等候自己。如果她说服其他寡妇从康复集团购买食物,就可以拿到分红;她的下家再找下家,金字塔式地层层发展,她将从自己所有下家的销售额中赚取利润。

分红!此刻这个词儿比世间任何食物都更具诱惑力。原如小溪流水的生活突兀落崖,变成大瀑布兜头泼下来。丈夫的人身保险理赔,还不够支付把他跨国运回多伦多的费用。房贷、地产税、水电通信费,女儿的学费、她和女儿衣食行的开销……账单接二连三,快让她喘不过气了。她作为新寡,通过电台话筒传播甜美的声音过于为难自己,更不要提那微薄薪水。她想过卖房子,还清房贷,剩下的钱也许够买一个一居室公寓,可是(生活中永远会遇到一些倒霉的"可是")却在转瞬间"归零"。她和丈夫为供这幢房子,省吃俭用许多年。丈夫尸骨未寒,她怎么可以轻易向现实投降?怎么能在双方的亲朋好友面前抬起头来?再说女儿正和一个家境富裕的白人男孩约会,怎么能带他到一居室的公寓里做客?

秋紫卖掉了丈夫的车,打点行装奔赴纽约,参加康复集团的销售培训。两百多学员挤在机场酒店的一间会议室里,其中大半是女性,肤色各异,但神情无不热气腾腾。培训老师是销售明星,一位中年白人女性,满头金发,穿着时尚,仿佛刚从"巴黎时装周"的T台上走下来的模特。据她介绍,传销起源于摩门教,历史可以追溯到1880年,可以说与美国同时产生,而第一位传销先驱"雅芳女士"更是家喻户晓。培训老师传授RITA(recruiting is the answer)原则。以秋紫的理解,即发展新会员是诀窍,找下家才是硬道理。康复集团销售的不仅有食物,还有营养品、精神健康药品等。寡妇们是推销对象,对鳏夫也不可错过。"改变人生,把握时机!""勇者必胜,强者必赢!"⋯⋯当培训抵达高潮,她随学员们高呼这些口号,汗流浃背地上蹦下跳,心里对这宗教般的狂热既兴奋又惊悸。

有人脉才有下家。在她认识的人中,数黄玉交友广泛。她一回到家就给黄玉发了一条短信,但等了几个小时没收到回音，只好发给杰登。这时她才知黄玉病情恶化，又住进了总医院。

她赶到了总医院，看见杰登坐在病房门口，几乎认不出他了。他耷拉着脑袋，眼睛似乎由蓝变灰，胡子拉碴，而卧病在床的黄玉面如灰土，更令她大吃一惊。她轻握黄玉的手，一时想不出合适的安慰话，找下家的事儿更说不出口。一年前的黄玉还生气勃勃，夏日里和杰登一起来秋紫家做客。他们在烛光下，享受尼亚加拉大瀑布地区出产的红酒，还有丈夫烹调的美食，畅谈生活中大大小小的事情。酒到酣处，还随音响轻唱中英语金曲。她鼻子一酸，把泪滴到了黄玉瘦小干枯的手背上。

秋紫心情沉重地回到家里，拿起当天的报纸读讣告。在她看来，讣告是迷人的文体，每一篇似乎都是精彩的微型小说，常以几百字总结死者的一生，不但交代死者的姓名、年龄、居住地、职业、葬礼的时间地点等具体内容，还刻画死者性格，有的侧重高尚，比如多年担当志愿者；有的强调爱心，比如为子女付出牺牲。在一则痛失爱夫的讣告中，一个熟悉的名字跃然纸上：崔玉顺。崔玉顺在附近的发廊工作，给她剪过很多次头发，免不了和她聊些家长里短，算是半生不熟的朋友。

秋紫根据讣告上的信息，身穿剪裁合体的黑色小礼服，来到崔玉顺丈夫的葬礼地点，下城的一座小教堂。当她踏入红栎木雕花的大门，教堂里珍藏的一口百年铜钟正好奏响,仿佛命运发出呼唤。她捕捉到崔玉顺眼神中的惊讶和感动,默默拥抱对方,此时无声胜有声。在随后的一个星期里,她每天把康复集团递送给她的食物放进一个小竹篮里,送到玉顺家。一个月后,首战告捷,把玉顺发展成了自己的"下家"。

在接下来几个月的推销中,她没有做到过关斩将,创下业绩,反倒入不敷出,忍受了许多歧视、冷眼、甚至辱骂。在夜深人静时,她常对着丈夫的照片伤心。他要是还在,她就不必这么舍着脸疲于奔命,但多伦多不相信眼泪。她在沮丧之余加入了教会、校友会、同乡会、网球俱乐部等一系列组织,活跃在政选大会、文艺晚会、体育场地、野餐会、慈善派对上,总之场景不同,目标只有一个:寻找伤心下家。

她面容姣好,开始节食瘦身,细心地"梳理羽毛";她言语体贴,还善于制造情调,懂得如何在男女最脆弱的时刻接近对方。她通过一年多的艰苦努力,捷报频传,成为加拿大销售同行中的佼佼者。童话中的毛毛虫变得又肥又大,还自造了一幢叫"茧"的小房子,躲在里面积累能量,终于咬了一个小洞钻出来,变成了一只漂亮的蝴蝶。她只需在年底再发展一名会员,就可获得集团销售金奖,包括一座水晶奖杯和一笔优厚的奖金。

冬至后,杰登打电话给她,说是必须出外拍摄一场演出来增加一些收入,请她帮忙来家里照顾黄玉一天。黄玉几进几出医院，终于回家了，不是因为康复，而是因为医术已回天无力。她希望蜷缩在自己的床上，度过生命的最后时光。

秋紫薄施脂粉，穿上新置的紫羊绒大衣，按预约时间出现在杰登夫妇家，还带去了鸡茸蘑菇汤。他们家一片混乱，仿佛随时准备搬离。杰登因为长期过着既无规律又忧心忡忡的生活，走在街上恐怕会被人当作流浪汉。

"看看你！完全变成了一个新人！"杰登艳羡道。

她浅浅一笑，用前播音员的声调说："你要是拿上摄像机跟随我，会发现我演出的是最高水准的角色。我多年表演经验的积累，就是为了传销做准备。"随后把右手轻轻放到他的肩头，鼓励道："如果你做这一行，也会成功的！"

他偏过头，把脸颊放到她的手背上，只短短的几秒，无助、眷恋。男人的脆弱也可以这么动人。电光四射喷溅，她面对着他微张的双唇微微战栗，腹中一条新生的毛毛虫扭动灼热的身体，为欲望的饥渴挣扎呼号。

她在杰登匆忙离开后，走进了主卧室。黄玉饱受病魔折磨，身如纸薄，面无表情，说不出一个完整句子，似乎认不出她了。当她用调羹把鸡汤送到黄玉的嘴边，黄玉却大口地喝起来，还用五指铁钳般抓住她的手臂，使她痛得几乎叫出声来。床边的输液架上挂着一个点滴瓶，瓶中的葡萄糖通过一根细管，一滴滴进入黄玉手臂上的血管，维持她奄奄一息的生命。如果她还有清醒意识，一定渴望从痛苦中永远解脱，秋紫想。

当晚下了一场冬雨。西北风把雨一滴不落地打到窗玻璃上，惊心动魄。秋紫发现一条巨型毛毛虫睡在自己的身边，吓出了一身冷汗。在两眼蒙眬间，毛毛虫幻化成了一头蓝眼狼。蓝眼狼伸出长满白毛的手臂，热乎乎地揽住她的脖子，一往情深地凝视。天哪，那分明是杰登的两汪湖水般蓝色的眼睛！湖水无忌地漫溢，把她的身子，一片灼热细软的沙滩，淹没了……

某天早晨她从一则新闻中获悉，安省的一个中年胖护士在几家养老院工作过，先后给八位老人注射过量胰岛素，导致他们因血糖过低而死亡，竟然在多年中未被发现，最后她本人向心理医生坦白，才被捉拿归案。几天后，秋紫又坐到了黄玉床边，那个新闻莫名其妙地出现在她的脑海里，然而此时黄玉的生命已然走到了终点。

她在黄玉的葬礼后，安排给杰登寄送《鳏夫食物指南》，并引荐他成为康复集团的最新传销员，自己的下家。

新年伊始，她收到了集团年庆派对的电子请柬。派对将在集团老板泊在迈阿密海湾的豪华游艇上举行。据说大老板，一个长年扎花领带的六旬白人，将亲自开直升机去好莱坞接一位当红男星，返程后直接降落到游艇的顶层，惊艳亮相。令人激动的生活展现在了她的面前。

临行前一天，微雪飘飞，天气阴冷。她出外购物，买了两套色彩鲜艳的比基尼,想象自己即将远离寒冬,在游艇上乘暖风舒展肌肤,情绪格外高涨。归来时发现家门口窄小的街道居然热闹起来,进入车库的路被一辆搬家卡车和一辆电视台的面包车挡住了。她恼怒地把自己的车临时停到街旁,下了车,准备抗议。三个男人正吃力地把一个破沙发往卡车上搬,被她一眼就认出来了:曾到利卡多家后院吃烤鸡的流浪汉!利卡多要搬家了!老天开眼。看来这家伙支撑不下去了。没有一份正经职业,怎么负担得起一大家子人的开销?记者来采访什么?高房价对普通人生活的巨大影响?

利卡多此时站在家门口,身穿一件还算体面的黑皮夹克,后背似乎比平素挺直了些,正接受金发女记者的采访。每晚六点把电视频道换到城市台,经常会见到这位女记者的熟悉面孔。秋紫无奈地停下脚步,站在自家门廊上等,因为距离他们仅有几米,把两人的对话听得一清二楚。

原来利卡多是一家牙买加风味餐馆的老板,他的拿手菜"牙买加香辣烤鸡"上过多伦多最佳食物排行榜。在二十几年里,他多次向救助无家可归者的慈善组织捐款,还不断把餐馆里的剩余食物送到下城的粥棚,供流浪汉们食用,因此,获得了加国年度优秀志愿者的荣誉。去年餐馆因失火停业,他承受了惨重的经济损失,但把流浪汉们请到了家里做客。他卖掉现有住房,搬到房价相对低廉的小城,用赚到的钱重建餐馆,希望尽早重新开张,并继续帮助无家可归者。他在餐馆里施工时不慎被电锯割伤,还伸出黑乎乎的双手,向记者展示留下的瘢痕。记者问:"是什么促使你长期坚持善举?"他眼含热泪地答道:"我也曾经露宿街头。"

秋紫要不是亲耳听到,会以为这是天方夜谭。

利卡多在采访结束后,走近秋紫,说:"祝贺你获得康复集团销售金奖。"

"你怎么知道?"她心一惊,险些跳起来。

利卡多表情沉着,仿佛一个老练的赌家亮出底牌:"我是你的上家,我当然知道。"

"这不可能!"她厉声地叫起来,似乎在大白天撞见了鬼。

三个流浪汉都停下手来,诧异地望着她。利卡多从卡车驾驶室里拿出来一个竹篮,篮子上拴的仿银链和七颗心形坠叮当作响。他脸上露出得意笑容, 问:"你认识这个吧?你记得介绍人号码 0078 吗?"

秋紫在流浪汉们随即爆发的笑声中, 只觉天旋地转,过了好一会儿,才责问道:"你怎么不早告诉我?"

利卡多眼中闪动着奇异的光亮,反问:"如果我早告诉你,你我会有今天的成功吗?"

"为什么拴七颗心形坠?"她追问。

他不假思索地回答:"一周七天,你天天为我工作!"

利卡多驾驶着载满流浪汉和二手家具的卡车离去了。秋紫不记得手中的购物袋是什么时候掉落的,甚至感觉不到手的存在,只全身瑟缩地倚门而立,听冷风从空荡的街上前赴后继地穿过。

时光之翼

　　人老了，睡眠有些像头发，一日日稀疏，前半夜一两个小时安睡，随后清醒，凌晨两三个钟点，遮不住一脸的疲惫。

　　郑澜阳教授睡不踏实，做了几个梦。一架老式电影放映机立在黑暗的房间中央，把胶片上的人和物反射到屏幕上：白雏菊，蜂拥而来的游行人群，华盛顿国家广场，一排排刺刀出鞘的长枪，还有救护车。车身上的红字并不规则，像被人用手指蘸血涂出来的。警笛声由远而近，刺破了晨曦安静的薄膜。

　　他在卧室的床上醒来，瞄了一眼床头柜上的电子钟：五点整。为了不惊醒妻子黛博拉，他悄悄坐起身，摸索前晚放在脚旁的睡袍。在过去的多年中，他一直重复这个动作，偶尔会触碰到妻子的脚。妻子喜欢常年在森林中远足，一双脚结实健美，加上藏掖在被窝里一整夜，总是温暖的。他把手悄悄探过去,似乎要调皮地捕捉一对栖息的小鸟,却扑了个空,无奈扭身打开了床头灯。身边的空位在灯光下无所遮拦,仿佛绷着一张冷脸。

妻子早已住进了老年人长期护理院。

他叹了一口气,缓慢地穿上睡袍,走进了厨房。多年来,他恪守严格的时间表,晚十一点睡觉,早六点起床,对这额外的一小时无所适从,只好提前启动了咖啡机。他搬进这套一居室公寓两年了,始终不习惯厨房里狭窄的空间,总觉得走错了门。

以前的家宅地处芝加哥城外,是一套三层独立屋。起居室、书房、厨房均在一层。在记忆中,纯木橱柜、不锈钢厨具、大理石厨台等都是静止的,妻子忙碌的身影却活跃。独立屋背靠一座小山和一片森林。春天里群鸟在森林中竞争"最佳偶像歌手"的桂冠,小松鼠兴奋地蹿来蹿去。妻子在屋前的小花园里种下了两人喜欢的杜鹃、延龄草、郁金香,还有紫罗兰。日子随林中小溪悠悠前行,似乎一成不变,直到有一天,仿佛一块突兀的岩石从山顶滚落,粗暴地隔断水流,妻子失踪了。

那天他下课回到家,不见妻子的身影,只见到她放在厨台上的手机,就惊慌起来,打电话问遍了邻居、亲朋好友,但无人知道她的下落。警察调来直升机,发动了社区里所有的志愿者,进行"地毯式搜索",最后发现妻子躺在森林中一棵倒地的枯树旁,几乎冻僵饿晕。原来她在散步后彻底迷了路。

妻子被医生诊断得了阿尔茨海默病。他在一夜之间挑起家庭的重担,才知道掌管一个家要操心那么多细节。他决定退休,全身心照顾妻子的饮食起居,但一周七天、一天二十四小时守候,即使铁人也会败下阵来。有一天,妻子趁他淋浴的时候跑出家门,害得他裸身裹着一条浴巾冲出去追赶。她个头比他高,更不知从哪儿来的力气,把他推翻在地,一路狂奔冲向森林,似乎那里藏着一座伊甸园,充满果实诱惑。

狼狈不堪的他只好再次向警察求助。

妻子在奔跑中不慎扭断了脚踝,失去了自由走动的能力。他不得不把她送进了城外小镇的一家长期护理院,每月用他们大半的退休金支付住院费。他卖掉了独立屋和大部分家具,买下这间公寓,既节约费用,又能住得离她近些。他在大学里研究了将近四十年的宇宙学,一直希望证明其他星球也有生命。人类孤独地生活在地球上,这种想法有些可怕,此刻他在局促的空间里转来转去,几乎是人类命运的缩微版本。

咖啡煮好后,他给自己倒了一杯,细品最初入口的微妙馨香,双手借着杯子取暖。他踱到窗口,向外眺望。月亮悬在黛蓝的天空,启明星在它的东北方默默陪伴。对面鞋盒式呆板的建筑,立在披雪挂霜的沙棘树旁,一并沐浴星月光,几乎构成了一道风景。

春秋冷暖难测,夏天美好而短促,唯有冬季,因为漫长而发生许多事情。那是半个世纪前的一个飘雪的早晨,在大学校园附近清冷异常的咖啡馆里,他和同学吉姆坐在窗边讨论功课,准备应考。吉姆健壮英俊,留着齐肩的天然金色鬈发,人送绰号"卷毛儿吉姆"。他抱怨功课太难,缺少休闲时间,发誓要和见到的下一个女生约会,不管美丑。话音未落,一位个头高挑的白人女生推门走进来,挟带一身新雪,对服务生嚷道:"早上好!噢,快给我一杯咖啡!咖啡!我熬了一夜,终于把论文写完了,不然就有麻烦啦。"她脱掉厚外套,摘下大红的毛线滑雪帽和围巾,把麦秸般的直发、丰润面容、棕绿眼睛一览无余地呈现在他们的面前,散发清冽的气息。

吉姆开怀一笑道:"哈,算我运气好,就是她啦!"

郑澜阳的目光仍逡巡不去,仿佛在注视一幅欧洲乡村少女的头像。吉姆横起右手在他的眼前摇晃,还在他的耳边嘀咕:"我想提醒你,你打她的主意,可要瞎忙一场!"他当然懂得吉姆的意思。他和她之间,隔着的不是一张方桌,而是一座大峡谷。那时美国绝大多数的州仍判定异族通婚是"非法行为",在校园里几乎看不到亚男西女相依偎的身影。再说,他凭什么和吉姆竞争呢?他身材清瘦,戴一副玳瑁眼镜,还操一口港式英语。

女生注意到他们的眼神,端着咖啡杯走过来,问:"看什么?我脸上有你们考试题的答案吗?"

吉姆嬉笑道："当然,有一切问题的答案!快请坐!"

女生大大方方地坐到吉姆身边的椅子上。因为比郑澜阳高半头,看他不免俯视,说:"这家伙看起来挺聪明的,他可以帮你解答!"

吉姆立即大声抗议:"这太不公平啦!你不测试就断定他比我聪明?"

"我猜你是学物理的!"她饶有兴趣地看着郑澜阳。

校园里的女生很少饶有兴趣地看过他。他的确是学物理的,专攻宇宙学。

吉姆迅速把话题转移到流行的音乐和体育运动上,很快和她熟络起来。郑澜阳一直当听众,也了解到一些她的情况。她叫黛博拉,在挪威出生,十三岁时随父母移民美国,读社会学。他的眼前出现了这样一幅画面:挪威的森林,一个穿红短裙的小女孩在林中采摘野果,阳光穿越树枝的间隙,顺着她的直发不停地滑落到肩背上。

他那个学期正在研读爱因斯坦的相对论。爱因斯坦说,在宇宙中时间和空间是一个整体,叫时空(Spacetime)。华人早在西汉年间就定义"上下四方谓之宇,古往今来谓之宙"。人生坐标的横轴是时间,纵轴是空间,他与她在那个早晨那家咖啡馆里的相遇,交会出一个奇妙的亮点,万千星辰瞬间暗淡。

新年前夜,吉姆召集一群同学开派对,邀请了他和黛博拉。几十位同学把校园对面的酒吧挤得水泄不通。酒吧中央有一个小舞台,台上安装着简单的音响和麦克风。酒至酣处,吉姆跳到台上,带头高唱"甲壳虫"乐队的新歌。大家唱得口干舌燥了,就停下来添酒,随后有人建议竞技外语歌。一位意大利裔的男同学唱了歌剧《塞维利亚理发师》中的一段,黛博拉唱了一首挪威乡村民谣,随后同学们起哄要他献艺。吉姆毫不迟疑,把他挟持上台。

他没有出头露面的经验,还未张口,就已心率过速、手心冒汗,思忖片刻,说:"我给大家唱一支思乡的歌吧,叫《明月千里寄相思》。"他随即唱了起来:"夜色茫茫/罩四周/天边新月如钩/回忆往事恍如梦/重寻梦境何处求。"懵懂少年时,他在一个雪夜,告别住在偏远村庄里的父母。他走到村口的千年银杏树下,回望故乡的冰封大地,只见新月如钩。

他一向内敛,竟在表情、眼神、声音中泄露出丰富的内容。同学们来自美国各州,虽不懂歌词,却对绵绵乡愁感同身受,都举着酒杯安静地听。酒吧里的腾腾热气渐渐消散,铺雪的夜路又呈现在眼前。他回到了东方的天空下、田园上,此时山川耸立,河流静默。因家境贫寒,他没穿过新衣,甚至没有过一支像样的铅笔,常拿树枝在沙地上练字、算数;他升入初中时,必须到离家很远的镇上住宿就读,家里负担不起。身为长子,合该下田种玉米养家,他就闹着辍学,但父母坚持送他去香港投奔远房亲戚。母亲举债买来面料,一针一线地为他赶做了一件黑棉袄、一条蓝棉裤,还有两双鞋；父亲从镇上给他买来了三支珍贵的铅笔……天知道五音准不准，他只庆幸记得每一句歌词："人隔千里路悠悠/未曾遥问星已稀/请明月代问候/思念的人儿泪常流……"透过泪眼，他撞见了黛博拉的目光。她站在最前排，捂着胸口，惊讶且温存地望着自己。他到香港后，因为不懂粤语和英语，在边缘、在角落形单影只，但苦学后变成优异生；高中毕业后获得美国大学的奖学金，把台下这群衣衫光鲜的年轻人唤作"同学"。离家那夜的新月依然高悬，思绪一次次准确无误地把心钩疼。

当他在一片静寂中走下台，黛博拉伸出双手拥抱他，唇间呼出的热气轻拂他的耳畔，几乎令他血液倒流。

手中的咖啡杯渐渐变冷，室温似乎也降低了。他打了个寒战，立即回到卧室，找出一条棉绒裤穿上，必须照顾好自己，尤其在今天。他周一应邀回母校，来去用了三天时间，在旅行、演讲、交流、晚餐中独自过着"正常生活"，却不时承受负罪感的折磨。两年来，他几乎每天都去看望妻子，那三天是自她住院后最长的一次分别。他想早一点见到她，更何况今天是他们结婚四十五周年，蓝宝石婚纪念日。

他按部就班地做了几件事：读报、吃早餐、看书，在沙发上打了个盹儿。到了下午，他穿上自己最好的一套行头：藏蓝色的羊绒大衣和纯毛西装、黑皮短靴，还戴上了赤霞色的羊毛围巾。那是五年前妻子送给他的生日礼物。

他早在一个月前就把全部日程安排好了。第一件事情是到鲜花店,取预订的一束蓝玫瑰。当他抱着一簇裹在玻璃纸里的鲜花走在街上时,他感觉自己像一位对抗枯寂冬日的浪漫勇士。

妻子住的长期护理院位于小镇北部的一座小山上,在一幢五层楼的建筑里,背后没有森林,但栽着两排松树。即使在冬季,松树枝也给人一些青葱希冀,令他不难想象妻子注视它们时的欢悦。他为寻找合适的护理院,费了许多周折,在价格、服务、地理位置等方面比来比去,终于锁定这一家。随后自己搬进了附近的公寓,怀着"二次移民"般的悲壮心境,隐隐地拒绝融入。

护理院大堂的装饰比较呆板,花色统一的大理石地面和前台呈现几分冷调。他熟悉这里所有的前台接待员,可眼前却是一位陌生的黑人女子,对此并无精神准备。

"你好!你是新来的吗?"他问。

"接待员病了,我是被临时工公司派来应急的,我叫蕊塔。"

他扬了扬手中的花束,说明了来意:接妻子黛博拉出行,庆祝结婚纪念日。

蕊塔露出职业性的友好笑容,向他表示祝贺,但略带歉意地通知他,因恶性流感暴发,护理院从昨晚起采取隔离措施,暂时不准任何人探访,也不准住院者出行,以免进一步传染。

他恼火了,这不在预计的日程里!生活中的变化不再像突兀掉落的岩石,而像诡秘的病毒,竟然无孔不入。他在心里默数着阿拉伯数字:1,2,3,4,5……想让自己镇静下来。十多年前接受过心脏支架手术,他情绪一激动就会感到胸痛。他一字一句地问:"什么时候解除隔离?"

"还不太清楚,"蕊塔回答,用近乎悦耳的声音小心翼翼地建议,"要不你先回家,留下电话号码,隔离解除后我通知你?"

他不愿回到清冷的公寓里,何况妻子就在楼上的房间里。她丧失了短期记忆,也许不知等待的是什么人,但护理员应该遵照他的嘱咐,按时帮她做好出行的准备。

"我就在这儿等。"他说。

蕊塔叹了一口气:"进入等候区,必须先接受体检。"

他立即替自己解释:"我打过流感疫苗。"

"今年的流感疫苗很失败,"蕊塔说,"对没做过体检的,我不能放行。"

过了大约半小时,他跟随一位全身白衣、戴白口罩、透明橡胶手套的女护士走进了一楼的体检室,经过了一系列的检查,他终于被放行,进入了等候区。

他担心妻子等急了,立即从西装贴胸的口袋里掏出手机,拨通了她的号码。

"你是谁?"妻子用挪威语问,声调冷淡。

她自从得了阿尔茨海默病,英语能力逐日下降,常会冒出挪威词儿。他在与她多年的共同生活中,学了一些简单的挪威词语。为了保持交流，半年前他特地请一位挪威男留学生做家教，每星期学习两个课时。

"我是澜阳啊。"

"不管你想兜售什么，我都不要！"她把他当成产品销售员。她住院前曾通过电话买下地中海豪华游轮十日游套餐，向对方提供了自己的信用卡号码，结果中了一场骗局，从那以后她对电话推销深恶痛绝。

"我是澜阳，我就在楼下。"他急切地说。

她"啪"的一声挂断了电话。

他委屈地把手机放回到口袋里。

来访者们挤满了等候区里的两排黑皮沙发，他只好拣了靠窗的一张折叠椅坐下。蕊塔找来了一个花瓶，请他把手中的蓝玫瑰插进去，放到茶几上。因为不是周末，来访者大多是年长退休的人，彼此并不交谈，只是偶尔短促而郁闷地对望。这简直是梦想破碎的地方，他在心里低语。

时光仿佛窗外悬在树枝上的冰挂，悄然冻结。光，那恒定的光，以每秒钟三十万公里宇宙中信息传播的最高速度无声穿越，在他的时间横轴上方沿着"未来"的方向旋转，在下方沿着"过去"的方向旋转，形成了两个沙漏般的三维圆锥体："未来光锥"和"过去光锥"。当黛博拉第一次进入他的"过去光锥"，他和她的生命轨迹不由自主地向彼此靠近。他为了避免看到她和吉姆经常出双入对，找到了一个去纽约实习的机会，企望通过空间制造距离，寻求忘记。

静默突然被救护车的笛声打破。几位身穿蓝色风雪衣的急救人员冲进护理院的大门,旋风般挤入前台对面的电梯,把皮靴底的乌黑雪渍胡乱涂在大理石地面上。

救护车、急救人员、凌乱的脚印……这场景似乎把他带回到 1960 年的华盛顿国家广场。他在反战集会的人群中发现了黛博拉的身影,她身上的红色吉卜赛式长裙迎风轻舞。他和她从两座城市出发,同时出现在同一地理位置,这样的重逢让他无法抗拒。他艰难地拨开人群,来到了她的身边。在激愤的口号声中,听她断断续续地讲述生活中大大小小的变故。大学生可以延期服役,但吉姆事先没和她商量,便怀着一腔热情注册参军。她在他赴越的前夜,和他大吵了一场,在道别时,只轻描淡写地吻了一下他的脸颊。吉姆在她背后嚷道:"我的甜心儿,我会给你写信的!"

在广场上,一位同样穿吉卜赛长裙的年轻女子用手握住一个警卫的刺刀,把一朵小小的白雏菊举到他的眼前,人群刹那间陷入沉寂。战争与和平、温柔与暴力、生与死、爱与恨,在凝固的时空里对峙。沉寂后爆发,激愤的人群呼喊奔走,集会的场面失去控制。他看到黛博拉被人推倒在地,就不顾危险扑上去救助,发现血从她的裙下流出来,顺着脚腕,触目惊心地滴到地上。他立即奔到警察身边,请求对方呼叫救护车。到了医院他才得知,她怀上了吉姆的孩子,庆幸的是胎儿平安……

护理院的电梯门开启,两位急救人员推着一张移动病床走出来,脚步缓慢有序。来访者们纷纷站起来,拥到电梯旁,屏住呼吸观望。床上的患者被一张白被单蒙头遮盖,不挪动,也不呻吟。他跨前几步,用手紧捂胸口,似乎是要防止心脏支架的突然断裂。他看到了白被单下露出的一双脚,暗自长舒了一口气。那双脚窄小苍白,不是黛博拉的。

急救人员离开后,来访者们回到了等候区,紧闭双唇,似乎在拒绝呼入空气中残留的死亡气息。他重新坐到那张折叠椅上,茶几上的蓝玫瑰不改鲜润,而黛博拉依然在自己上空的房间里,爬楼大约五分钟、乘电梯大约一分钟即可抵达。

那一年,他还在芝加哥的大学里读博士,租住在唐人街一幢老房子的地下室。在一个雪后初晴的傍晚,他由远房亲戚介绍,将去和一位华裔女子相亲,据说她秀丽温良。当他穿好唯一的西装准备出门时,一层的租客公用电话铃声大作。他跑上楼接起电话,听到了黛博拉的声音,还有她粗重陌生的喘息。"羊水已破,即将早产,必须立即上医院。"短短的几句话,被剧痛打成碎片,不过被他迅速地连缀起来,还参透了其中的深层含义:她需要他的帮助。出租车已在等候,她匆匆挂断了电话。他僵立在房间中央,四面墙壁同时倾斜,仿佛营造出了一场令他窒息的地震。待他定下神来,只见窗外白雪满枝,天宇安谧素净,不肯给予一丝启示。

时间和空间是一体的,彼此可以相互转换。他和她之间,仅是二十分钟车程的距离。他挪动滞涩的脚步,来到了街上。他的眼睛湿润，但不能归罪于雪，雪早停止了飞舞。一辆黄色出租车缓缓而来，在银白的世界里格外耀眼。他上了车后，鬼使神差般请司机载他去医院。当他从黛博拉的手中接过刚出生的婴儿雷，抱在怀里时，他听到了他的小心脏在跳动，心里涌起了强烈的亲近的愿望。

不久，噩耗从越南传来，吉姆战死在丛林中。黛博拉一直为自己在临别时和吉姆争吵而悔恨，但永远失去了向他道歉的机会，又因对照顾新生儿缺少精神准备，患上了产后抑郁症。他给雷换尿布、喂饭，注视他学走步，倾听他学说话。他在和黛博拉结婚后，成了雷法律上的父亲，因为教学、研究任务重，担心自己精力有限，选择了不生养，专心抚育雷。雷不肯叫他"爸爸"，因为他和其他小朋友们的爸爸太不一样，黑发黑眼，面容清俊但一口牙齿不甚整齐；他个头不高，站在一群高大的美国男人中间，身材更显单薄。他开车到小学门口接雷回家，同学们误以为他是司机，可雷并不解释；雷上大学后，长得越来越像吉姆，还留长了一头金色鬈发。放假回家，雷在不知不觉间和他有了一些共同话题，当然也有过许多争论。光阴似箭，雷当上了父亲，体验了育儿的辛苦，明显地在感情上向他靠近。几年前，雷接受聘任，到西非的马里当外交官，遭到了黛博拉的强烈反对。那里通信和旅行都不方便，更可怕的是战火连绵，雷的一家可能遭遇生命危险。他虽然不做评判，但他的沉默足够导致雷的渐渐疏远。

蕊塔走进等候区,通知大家护理院解除了隔离禁令,但只允许没患流感的住院者出门,请大家来前台查询。来访者们满怀希望,在前台排成一队。有几位幸运的,得知被访者健康,脸上露出如释重负的神情,甚至低声交谈起来。大堂里终于有了一些生气。

在轮到郑澜阳时,网络服务突然中止了,也许是刮风下雪的缘故。蕊塔有些沮丧地说:"我上不了网,不能从数据库里查黛博拉的信息。"

从早晨起床时起,他的期待就像一张弓,在紧绷了将近一天之后,终于断裂。他喊道:"这简直太糟糕了!你们应该有网络后备措施!多购买一项无线上网服务会破产吗?"

身后的人们也骚动起来,七嘴八舌地抗议。他一扫往日的斯文,提高嗓音命令道:"你打电话给护士长,派人到我妻子的病房查看。我相信她没得流感。她不会在这么特殊的日子里,向流感屈服!"

他拒绝接受这样的隔离!

他到美国后,给父母写过信,但从没收到过回信。在那个时代,家里出了一个美国留学生是一件需要避讳的事情。他不敢再写,怕给亲人惹出麻烦。在他当上助理教授的第二年,一位远房亲戚托人辗转大半年,带来了一封家书。他从信中得知父母因染上恶性疟疾,先后不幸离世。他少时离家,在盼望重逢中度过了十几年,没料到暂别变成永诀,无以挂念,无以报答。这个噩耗仿佛一场突如其来的日全食,吞没了生活中的光明,还制造了木星般的酷寒。

他典型的中产阶级生活开始变得荒芜。黛博拉担任一家房地产公司的公关经理,忙着举办各式促销活动;雷热衷于练习棒球,参加"童子军训练营"。他提出暂时分居,还从大学里离职一年,到艾奥瓦的一家农场做工。

白日里,他在大片的青绿玉米田里劳动。微风吹拂,玉米叶沙沙作响,那是任何肤色人种都懂得的语言。他跟在父亲的身后收割玉米,汗珠在父亲赤裸的背上闪动光亮,小路上出现了母亲挎着竹篮送饭的身影;在晴朗的夜晚,他躺在地头,从望远镜里观察满天繁星。光的传递需要时间,一光年是光在真空中传播一年的距离,而在地球和一些恒星之间,隔着数光年甚至上万光年的距离。上万年或亿万年前的,甚至已经消失了的星星,终于进入了他的视线。他探索古时的宇宙,以父母的名字命名两颗微小的星星,低声吟唱熟稔于心的歌儿:"月色蒙蒙夜未尽/周遭寂寞宁静/桌上寒灯光不明/伴我独坐苦孤零/人隔千里无音讯/却待遥问终无凭/请明月代传信/寄我片纸儿慰离情。"

临近感恩节,玉米成熟了。在一天的劳动结束后,他把巨型收割机停在田头,跳下来,看到了不远处的黛博拉和雷。他们风尘仆仆,执着地走过来,在他的面前停下脚步。黛博拉穿着平底鞋,看他仍略有些俯视,但眼神真诚,说:"跟我们回家吧。"

雷在一年间又长高了一截,低声附和道:"家里没有你,我挺不习惯的。"作为一个处于青春反叛期的少年,那大概是最有温度的话了。

他看着脚下的地面,迟疑不决。

黛博拉果断地说:"我得产后抑郁症时,你不离不弃,现在轮到我做强者了。我不会向你的绝望屈服。"

当他坐进她的车离开农场时,不用回头就能感觉到两颗微小的星星俯视他的背影。在万古星空,总有一种注视不会消失。

蕊塔在和护士长通过电话后,传达了一个令他情绪更低落的消息:护理院缺少人手,一半的护士、护理员都染上了流感,希望来访者们耐心等待,但他的耐心已像火星上的大气一般稀薄。这时电梯铃声响起,他立即奔过去,其他来访者也蜂拥而至,共同掀起了新一轮的混乱。电梯门开启时,首先出现的是一位全副武装的男警卫,接着是戴口罩的眼神严肃的女护理员,最后是几位烦躁不安的老年住院者。他们争相出门,甚至用助行器打起仗来。

电梯门冷漠地关闭了。

他和妻子之间依然是咫尺天涯。

不知过了多久,电梯门再次轰然开启。在一位白衣女护士的陪伴下,身穿赤霞色羊毛裙装的黛博拉坐在轮椅上出现了。满头银发被端庄地绾在脑后,瘦削的脸颊上浮着隐约的红晕,眼中散发新月般的宁静光芒。这是他熟悉的妻子!他惊喜地扑过去,双手紧紧按住她的肩膀,随后以不可思议的快捷速度冲到等候区,从花瓶里抽出自己的那束蓝玫瑰,又气喘吁吁地跑回来献给她。她接过花儿闻了闻,脸上露出柔和的笑意。

大堂里出现了一刻寂静。来访者们、护士护理员们,还有蕊塔,默默地让开了一条路。他推着她的轮椅,在大理石地面上撞出轻微的乐声,面带如释重负的欣悦,还有几分腼腆的骄傲。人们在目睹了疾病和死亡,体验了焦灼和混乱之后,不约而同地向这对跨族裔伴侣报以微笑。

四十五年前的这一天,他和黛博拉举行了小型婚礼,虽然女方亲友一律缺席。在婚礼后,他们手拉手在街上并肩而行,立即遭到各式目光的"袭击",街上卖热狗的女人甚至向他们"呸"地吐了一口痰。人们拒绝接受他这个文质彬彬的"异族"。好莱坞电影中古怪博士形象占据了美国人对华人博士的想象。华人男子的身影经常出现在餐馆、洗衣店、建筑工地和农场,而不是在大学校园,更不会在西方女子身旁。令他悲哀的是,他和黛博拉也没有得到华人的祝福,他的远房亲戚甚至和他断绝了来往。

这条从忍受歧视到赢得微笑的路,他们走了大约半个世纪。

他驾车载着妻子,穿过小镇,驶上高速公路。路两旁的雪野隐没在幽暗的暮色里,但前方汽车的尾灯鼓励他一路直行。当他把车停在苍穹形的天文馆门前时,坐在身旁的妻子微微侧过头看了他一眼。每当长期记忆复苏,她都会露出这样心领神会的眼神。

时光仿佛舒展无数白鸽的羽翼，倏地布满天空。

多年前他们面色红润，步履轻盈。她第一次参观天文馆，对一切充满孩子般的好奇。他们在天空影院里看宇宙的立体投影，感受十亿光年的来回穿梭。当月球的华美景象和恢宏的火星峡谷出现在四周，她默默地握住了他的手；当上百万个星系如牛奶般直流而下，一向安静得几乎害羞的他，第一次在公共场合亲吻了她润泽的双唇。

影片结束，就到了少年天文科学工作坊活动的时间。他志愿担任工作坊的老师已有两年之久。他牵着她刚走进一间光线充足的工作室，立即被一群中学生环绕，要求观看他们手工制作的星系模型。其中一位戴眼镜的白人男生代表大家，送给黛博拉一个软木太阳系模型。赤红太阳如网球般大小，伏在中央，八大行星被八根不锈钢丝小心地串联起来，层层环绕。每颗星球都被精心漆过：橙金星、黄土星、绿天王星、青地球、蓝海王星、紫火星、白水星，还有黄红白三色的木星。她绽出惊喜的笑容，喃喃地一再说"感谢"。当学生们散去后，她还轻轻抚摸每一颗小小的星球。

他问："你最喜欢哪一颗？"

"你知道的，当然是太阳。"

"那个'太阳'是可以打开的，"他紧张地建议，"你想看看里面的神秘世界吗？"

"太阳"果然是由两个半圆的木壳合成的。她轻轻扭开木壳,发现了一个红丝绒面的袖珍盒,将信将疑地打开盒子:一枚镶嵌星状碎钻的银戒静静闪光。

他单腿跪了下来,声音颤抖地问:"黛博拉,你愿意嫁给我吗?"

她喜极而泣:"澜阳,我愿意!"

马里兰州刚取消执行长达三百年的《反异族通婚法》,高级法院刚废除弗吉尼亚州反对白人与其他种族通婚的法令,在其他许多州,他们的婚约还被视为"洪水猛兽"。

他推着妻子坐的轮椅,走进了天文馆的餐馆。群星透过全玻璃的天花板,好奇地眨着亮晶晶的眼睛。这一对驱走了疑虑和恐惧的夫妻,气定神闲地坐了下来。他问妻子想吃什么。妻子用挪威语回答:"虾。"接着还说了一句话。他不完全懂,立即拿出手机翻查双语对照词典,确认她是要奶油汁南美白虾,随后给自己也点了一份。

当侍应生把装在蓝瓷盘的南美白虾端上来后,他替她把白餐巾掖到衣领里。她专注地看着盘中的食物,用叉子吃力地扎起一只虾放到嘴里。"味道怎么样?"他问。她微笑着点点头。他顿时从一整天的焦灼中解脱,身心清爽。她用餐巾擦手,一不小心,左手上的订婚戒指脱落掉到了桌子上。他拾起戒指,不无惭愧地说:"你瘦多了,我早该把它拿到首饰店去缩小一号。"随后他轻轻帮她重新戴上。

在她的眼中,惊喜的泪辉映星光。她温情款款地说:"澜阳,我愿意!"

四十多年前她也是这样说的。每个人都是时光旅行者，以各自微小的方式。他突然鼻子一酸，暂时忘记了孤独和委屈。他的话变得多起来，从他和她初遇的咖啡馆到共同拥有的独立屋，从儿子的出生到离国，催醒了她的早期记忆。她加入了谈话，不时发出笑声。

晚餐结束后，他把妻子送回到了护理院。大堂里恢复了往日的安静，因为对来访者的流感隔离已解除，蕊塔允许他把妻子送回到她的房间。台灯给简洁的单人床和桌椅涂上了一层柔光，窗外的雪松在星空下无声守候。他帮她做好临睡前的准备：换衣、如厕、刷牙。当她终于安稳地躺到床上，他的心似乎先于他的身体跌坐到椅子上，渴望在超常的起伏后歇息。

他刚坐定，就听到了手机的电子邮件提示音。他掏出手机，又从口袋里找出老花镜戴上。邮件是雷发来的，标题是"蓝宝石婚纪念日祝福"。雷写道："亲爱的爸爸，抱歉，因为电话线路出了问题，只能发电子邮件。我没有忘记你和母亲的结婚纪念日。我五岁那年，穿着正儿八经的三件套黑礼服，出现在你们的简单婚礼的现场。你和妈妈多年来给了我一种信心，就是无论身处怎样的逆境，我都有一个家可以想念，可以回归。"

他把目光停留在"亲爱的爸爸"这个词组上，越看越不真切起来，随后把手机按在胸口，像是第一次听到雷的小心脏的跳动。

这时,黛博拉声调含混地说:"谢谢你。"显然是把他当作护理员了。她因为整晚的外出,消耗了许多体力,很快合上眼睡着了。

他声音沙哑地低语:"儿子给我们发来了祝福。晚安。"他亲吻了她的唇,还有她曾经结实健美的双脚。宇宙学家们近年断言,如果人类能发明出一架接近光速的时光机器,就可以旅行到一万年之后的"未来光锥",但他只祈望重回"过去光锥",伴随时光之翼翩然飞翔。

如果石头会说梦话

　　在夏威夷岛上的这家 SPA 里,走廊没有窗,但地面铺着透明玻璃,玻璃下流水潺潺,射灯在两边墙根处均匀排开。我一身纯棉白衣裤,裸脚上一双平底白布鞋,右耳旁一枝灿黄扶桑花,轻步走过。细碎的水色光影从脚面倏忽滑落,随之滑落的,还有一千多个日子。

　　在不同国家,或同一国家的不同城市,甚至同一城市的不同角落,SPA 服务有所差别,大多在按摩、温泉、桑拿、美容、健身等项目中选取二三;按摩有些模糊,类似于当代人心目中的"女神"概念,可雅可俗。在黄金海岸的度假村,临近旅游热点"基拉韦厄火山",由十几位专业人士操作的按摩,应属前者。

　　下午六时左右,我结束最后一个预约,来到走廊尽头的休息室,煮了一杯咖啡。浓黑且热的液体,阻止身体向睡眠投降,似乎比平日多几缕香郁,也许因为即将提前下钟,多一点额外的读书时间,何况今天是大年廿九。电视里正播放晚间新闻,一位帅气的地质学家说,在夏威夷语中,基拉韦厄的意思是喷涌,它不枉其名,活跃好动,但不失柔和,是世界上最安全的火山之一。一行粗体字在屏幕上不厌其烦地滚动出现"基拉韦厄火山岩浆连续喷涌"。这也许是人间万事的理想状态吧,既"喷涌"又"安全",我想,比如爱情。

接待员夏威夷女郎小步疾跑进来。因为忙碌了一整天,扑过厚粉底的脸被汗水冲刷,露出了被新任丈夫打出的瘀青。她压抑着隐隐的兴奋,低声说:"一个华人旅游者躺在你的床上了,六十分钟的香薰热石全身按摩,显然不差钱,会说一点儿英语。"

我的腰背和双手近日经常抱怨,要求物理治疗,此刻几乎嘶吼抗议,但做这一行的,哪个不是忍疼为人解痛?刚上岛时一天只接待一两个客人,尝尽枯坐苦等的滋味。为防止惨景重现,我不可以说一个"不"字。生客会演变成熟客,带给我所需要的固定收入;有时还会引发一点好奇心,甚至惊喜感,像一根银针扎入麻木的穴位。

三年前在我上钟的第一天,年轻的夏威夷女郎打开柜台下的抽屉,让我挑选一朵丝帛扶桑花,说是 SPA 的规矩。按当地习俗,插在左耳旁表示"希望有爱人",右耳旁表示"已有爱人"。"你为什么两旁都插呢?"我好奇地问。她仰起头咯咯笑,双花和双乳同步抖颤,说:"我有爱人,但希望再多一个！"我似乎看到了春阳下的一片油菜花海,于是捻起一朵灿黄色的,戴到了右耳旁。环岛的海水潮涨潮落。除了在中部读大学的儿子,再没有异性和我一起出现过。夏威夷女郎离婚后再穿嫁衣,削减头上的扶桑花,替我着急,对我的客人格外关注,偶尔报告:在你的床上躺着的是某某明星,或某某产业大亨。

"在你的床上",这样的词组多少有些暧昧,我总是不出声地笑笑,深知自己靠双手而不是靠表演脱口秀谋生,在语言交流方面俭省得几近吝啬。现代版的灰姑娘童话会发生吗?比如某富翁在享受了按摩后,神魂颠倒,高调再现,把我从辛苦的劳动中拯救出去?

我就着黑咖啡吞下了一粒止痛片。因为服用剂量已接近"危险边缘",我被白发医生警告过好几次了。他说吃止痛片和吸大麻一样,也会上瘾的。他哪里知道,我面临的潜在危险不是止痛片成瘾,而是血脉里淤积着看不见的"黑毒沙"。

我再一次蹚过细碎的水色光影,来到自己的按摩室门前,轻轻叩响,听到回应后走了进去。这小小领地里的一切都是我精心安排的——音响里播放舒缓乐曲,墙上挂有海景图,贝壳陶瓷台灯柔光四溢,两条火焰天使鱼在玻璃缸里游弋,一杯绿茶弥散清馨……仿佛一群体贴的服务生,带给客人视听嗅觉的舒适,我将安抚触觉,至少不必上演独角戏。床上,客人俯卧在白被单下,形体适中,头紧贴着床洞周边的白毛巾，只露出留短发的后脑勺，安静得像一只冬眠的北极熊。我暗自舒了一口气。平常遇到体重超标的男士，我必须踩上踏板，还要为寻找穴位使出深山探宝般的力气。衣架上的纯棉衬衣和卡其布长裤，还有地板上的皮鞋无不做工精良，却不事张扬。我欢迎这样的生客。

最近一段时间，华人游客仿佛一群突然从天而降的跳伞员，抖开五颜六色的蘑菇装备。有的在按摩室里把臭袜子丢满地，有的甚至言语行为不守规矩，我对前者忍耐，对后者毫不迟疑猛击一掌。我完成了几百个小时的专业学习，通过了国家认证考试，申请到按摩师执照，我从事的不是唐人街地下室里"快乐结局式"的按摩。见识过我手掌功力的客人，没有一个再回头。

我用英语问候，客人支吾一声算作回答。我几乎不说汉语，免得碰上好奇心发酵的同胞，被一路追问年龄、收入、婚姻状况等种种隐私。我给小电热锅插上电，把七粒鹅卵形的玄武石一一放进去，添加纯净水，滴进精油，花叶果茎根的精粹芬芳开始沁人心脾。我移步到床头，往掌心倒入几滴精油，两手相揉搓直至温热，放到他的双肩上，他似从惊蛰期的雨露中醒来，轻呼出第一口气；随后，我用两根拇指按压他颈部枕骨下的风池穴，用其他手指抚触头部，由轻到重，引发几声低沉快意的呻吟。按摩手法有些像写小说，开场找准穴位，先声夺人，还应有所独创。我像一位语不惊人死不休的写作者，多年来潜心琢磨，通过西式按摩松弛肌肉，借助中式推拿打通穴位和经络，同时兼顾骨骼，渐渐练就了一手交互融通的技艺。在北美的旅游网站上和华人微信群里，我不断获得点赞，这位客人慕名而来不足为奇。

当我开始拿捏他颈后肌肉、按压肩颈时，发现客人饱满的后脑勺有些熟悉，随即继续用目光扫描：脊椎有些弯曲，泄露出不甚标准的坐姿。他和"作家"有些相像呢。在我的心目中，"作家"不是特指以写作为业的人，而是一位阔别多年的男人。

二十多年前，我刚进入京城一家文学杂志当编辑。在一个秋日午后，从办公室角落的大堆文稿中，发现了作家的处女作。文稿扬起的尘粒悬在从小窗射入的光线中，但一位少年的明净眼神借由一个半疯女人的悲情，穿透时代的纸背。我兴奋地向编辑部主任推荐。主任年长如父，在业务方面称不上强手，不过出乎预料地赞赏我的眼光，刊载时会在责编一栏署上自己的名字。我不太介意，只请求向作家约稿。作家当时在江南小城Z市的民俗馆工作，寂寂无闻，但我相信他的创作会如平地起惊雷。写小说像做爱，怕的不是没技艺，而是没直觉，他拥有惊人的直觉。那时编辑约稿要长途旅行面见作者。绿皮蒸汽火车"哐当、哐当"缓慢而耐心地行驶，我在硬座上摇晃了一天一夜，目睹京城三月的飞雪渐渐转成了Z市的柳絮。我费了一番周折，找到了他和他三位同事共用的小办公室，一时不能适应室内的昏暗。他弓着背坐在一把旧木椅上，全神贯注地在一个笔记本上写字，终于转过饱满的后脑勺，显现给我一张俊朗的脸，还有小说中少年的纯净眼神。

他推着自行车，带着我穿过条条狭窄的石板路，在小城里漫游。我是名校文学硕士专业毕业的，就职京城名刊，还有一张经得起在阳光下细看的脸，也许从陌生语境带去了一种清新句式。热烈的谈话时常被声嘶力竭的叫卖声打断，他不止一次歉意地微笑。他那几年里疯狂投稿却回音渺茫，直至收到了我的"命运来鸿"。他一口气给我背诵了好几首诗，自己写的，还有挚友写的，吟咏大海、远方、火山喷发式的爱情。每一位从贫瘠土地上走出的文人和诗人，都令他心有戚戚。天地骤然开朗，我不禁屏住了呼吸，眼前似看到：一大片灿黄的油菜花海，接受阳光和微风变换的魔法能量，一波波战栗。我和他在一块平整的大石头上坐下来，老友重逢般交谈，聊起各自的婚姻和同为四岁的儿子。我的丈夫在大学同学中第一个下海经商，已跻身时代弄潮儿的行列，是我的骄傲；他的妻儿在 Z 市下面的县城生活，全家正为两地分居苦恼。

后来，我问起他写处女作的灵感，他说，他的父亲在一次变故中被打回祖籍老家，"制造"了他这个城里人眼中的农村人，农村人眼中的城里人。十岁那年，从城里来的一位半疯女人成了他的邻居。村里的野孩子恶作剧，在女人家门口挖了一个陷阱，又用薄土掩盖好。女人毫无悬念地掉了进去,崴了脚脖子。他出于同情,把她救出来,扶回家。她听说他喜欢读书,送了他一本当时被禁的小人书,叮嘱他绝不可以拿给别人看。小人书前后缺页,中间的边角也已磨损,但仍将他引入一个育满七情且奇幻的世界。多年后,他省吃俭用买下了和小人书同名的长篇小说,反复阅读,甚至分析每一个标点符号。女娲补天留下的一块石头,"锻炼"后通悟灵性,赢得血肉身躯,行走人间,写下了"离合悲欢,兴衰际遇"的故事;后来,一个叫曹雪芹的作家批阅十年,增删五次,成就了这部《红楼梦》。它的另一个名字,我当然知道,叫《石头记》。

他的脸沐浴在烁金光芒里,隐约的艰辛纹路荡然无存,露出几乎圣洁的单纯神情。他低语:"如果石头会说梦话,我愿意融入身下的这块,日夜讲述动人故事。"

手表上的指针嘀嗒,所有的话题不是出现得太迟就是太早,而花海的气息甜蜜得不可理喻。

次日清晨,我带着他的一大沓文稿登上火车,一路上毫无睡意,一口气读完了它。回京后我和他开始了通信。最初是寄回他的文稿,提出修改建议,后来渐渐扩展话题,直到无所不谈。我推荐他的一个细改过的短篇小说发表,而主任又成了当仁不让的责编。小说后来赢得了几项文学奖,被评论界列为他毫无异议的成名作。我和他在生活的缝隙里寻找独处时光。见面时他抱怨背痛,我便立即给他按摩,并不专业,甚至用小拳头捶,对他的每一块肌肉、每一根肋骨都熟稔于心,演绎了一幕"专利前戏"。几年前,他在一次电视采访中说早已改用电脑写作,但改不了坐姿,即使才思不尽,也许会因背痛放弃。从此,在想象中,他一次又一次躺在了我的按摩床上。

我用夹子把玄武石从小电锅里取出,放到毛巾上降温,然后掀起被单,在观看中放缓,让客人的背部一寸寸展露。多年来我"阅背无数",上面写满压力、纠结、疼痛的文字。谁说眼睛孤独,泪流双行?后背,人唯一无法完全抚触的部位,最怕孤独。我把被单的两角掖在他的双侧腰下。两道并排的伤疤在肺脾之间的平滑处显现,暗红蚯蚓般突兀地拱出来。我仿佛在攀崖时突然触到碎石,手指打滑,脚下失足,顺着泥泞的山坡滚落。

当年我自告奋勇,在西北故乡组织一场秋季采风活动,借此理由邀请了作家。我趁父母出外旅游,在一个自由活动的下午,把他带回家,听他急切地描述长篇处女作的构思,还兴奋地连连点评。我对绞尽脑汁的安排很满意,但疏忽了一个细节:我哥也有钥匙。哥哥是个不折不扣的赌徒,本打算找些值钱东西去变卖,不料撞见了半裸的一对儿。他偶尔从我丈夫那里要些小钱,那一刻表现出了对妹夫的全部忠诚,破口大骂。作家一改平日的斯文,扑过去扭打。在后来的多年里,我常在噩梦中看到一把锋利的折叠刀迅速刺入,划开光洁的背,一对怪兽随即张开大嘴,喷溅鲜血……我坐在急救车里,握着作家冰冷的手,一遍遍呼喊他的名字,恳求他睁开眼,不要入睡,睡过去有生命危险。医生给他缝了二十针,说如果刀再插得深一点儿,后果难以想象。我把脸贴到他的后背上,哭得山呼涌啸,直到把自己惊醒。

后来就有了冬季里的一幕。作家的声音凌空出现,用的是编辑部对面食品店的公用电话。我惊喜地丢掉话筒,只穿着一件红毛衣就跑下了楼。雪正下得喧嚣,马路上的汽车、摩托车、三轮车、自行车,还有行人织成细密而凶险的网,我焦急地寻找缝隙,最终如履薄冰般穿越。

他站在路边瘦枝挂雪的白桦树旁,穿着单薄的黑夹克衫,对北方的寒冷毫无准备,颤抖着说:"我的后背,想念你的小手。"

在大庭广众之下,我只敢去握他的手。"伤疤还痛吗?"我问。好想用呼出的热气让他取暖。

"阴雨天,还有出汗时,就会痛。伤疤现在的形状是一大一小的蚯蚓,像我和你。"

"躲在地下,害怕阳光的一对儿。"

他突然不管不顾地抱紧我,说:"我要和你走到阳光下,永远在一起,还要一起去夏威夷看火山爆发!"

雪地开始坍塌,一缕火焰从脚趾尖燃到发梢。火焰在幽蓝的天空燃烧,火山喷发的巨响、变幻的形态、炽热的硫黄气味,在现场将是怎样的体验!

难道真的是他吗?来赴一场火山之约?我的心跳在狭小的按摩室里激越,盖过了音乐;手指仍迟滞,冰泉冷涩弦凝绝。客人不知是在小憩,还是迷惑地在耐心等待。不知过了多久,基拉韦厄开始了新一轮的喷涌,我才试探地、孱弱地移动指尖,灵魂中鬼使神差般的力量生发热气,摩擦皮肤燃起微火,烘烤阴雨天里一再复发的旧伤。记忆中的一张人体脉络图渐渐复苏,手指却感觉全然陌生,寻不到吻合的路径。

我羞惭起来,指尖上的春风野火似乎一路烧到脸颊。两手各拿起一粒玄武石滑过客人的肌肤,沿着体脉熟练地运行,仿佛骑着一条火龙无声飞跃,拍、捏、揉、按、推。千万年前基拉韦厄火山的一场喷发,惊天地泣鬼神,释放熔岩,缓慢地冷凝成无数岩浆岩;它们跌落到山脚下,经受海浪朝朝暮暮的冲刷,锤炼出圆润的玄武石,此刻,其中两粒被我握在温热的手中。

每一粒热石都有自己的故事。我每天默默地对着热石说话。如果把这些话都写下来,也许会和作家一样著作等身。

当年我拿出了全部积蓄给哥哥,他才答应保守秘密。我向丈夫提出离婚,但不肯吐露移情对象的名字,把嘴唇咬出了血。如何解释呢?爱情是一面镜子,我在另一面镜子中看到了七情奇幻的影像?丈夫俯视的愤怒目光像一对冰锥,直把我的自尊戳成一文不值的碎粒。他说:"儿子完全归我,我父母会带他。你打包走人,不许带走家里的任何东西!"我咬牙答应了,戴上一顶无形的帽子——"抛夫弃子的冷血动物",在人群中踟蹰,还给儿子的童年留下刺目的空白。我忍受不了周围人猜疑鄙视的目光,终于决定"远游",应聘到广东的一家女性杂志社。我把全身心都投入到了工作中,大约七年后,升任副主编。

十年前,前夫通过投资移民的渠道,办下了他和儿子的美国绿卡,但放不下生意,问我想不想去美国陪儿子读书。他将支付儿子的费用,但我必须做到经济独立。他一字一句说得清晰无比:"我当然没有供养你的责任,但我给你一个赎罪的机会!"

我办了访问签证,放弃了高级白领的工作,带着儿子——一个高我半头的陌生少年,踏上了纽约州的土地。我小心翼翼,尽职尽责,对他的每一份家庭作业、每一场考试都严阵以待,甚至紧张兮兮,令他无法想象我曾是故乡的高考状元。我想过进入编辑行业,但纸媒衰微,大批白人编辑处于失业状态,哪里有我的机会?有朋友建议我写作,说我文笔不俗,又有异域生活的体验,也许会出手不凡,但我坚定地摇头,在海外有几人靠稿费生存呢?我用积蓄维持了一段时间后,开始学习按摩。朋友们视按摩为"俗业",不约而同地从我的身边消失。我在儿子上大学后,登陆夏威夷岛。作家相携看火山的诺言似在远山回响,我独自过着蚯蚓一般的日子,温湿、暗静。

我把十指和手腕的施力、律动和热石合而为一,仿佛白居易笔下的琵琶女,"轻拢慢捻抹复挑",把精油揉入客人的皮肤底层,疏通脉络中阻塞的泥沙,似乎听到了暖流的行吟。我鼻子一酸,几朵饱满的水花在眼中绽开,不得不停下手,走到桌前拿起纸巾擦拭。"你没事儿吧?"客人问。说的是汉语,仍保持原来的姿态,声音有些含糊,但不是作家的。我破例地用汉语回答:"没事儿,花粉过敏。"沉默片刻,我轻声问:"有特别疼的部位吗?我可以多按压。"他有几分感激地回答:"特别疼的部位你都照顾到了。"

　　我站在床的一侧,掀起床单,挡住自己的眼,请客人翻身,随即盖住他的隐私部位。他微微睁开眼,注视了我几秒钟,随后又闭上。他果真是一位陌路人,在二月里暖热的度假胜地,渴望舒缓身体的疼痛。我渐渐恢复了平静,开始用柔韧的手安抚正面脉经,还有疼痛拐点。

　　我进入平静的心境,在一曲终了时,"唯见江心秋月白"。在我和作家分离后的几年里,每次拿起刊载他新作的杂志,文字就像河底密集的石子儿喧哗滚动,不停地卷起遮眼浪花。不管同事们谈论得多么兴致勃勃,我都是一个局外人。编辑部主任俨然成了研究他的权威,四处接受采访,到各地大学演讲。我离开文学圈后,才开始读他的作品,写下了一些读后感。起初写在杂志页面的边角处,或随手找到的纸片上、笔记本上,但从未拿给任何人看过。他经常出版新作,获奖,无意中令我这个"特殊读者"保持忙碌。我把目光聚焦在他仔细打磨的故事上,忽略了身边的异性。在父母的敦促下,我走过一次次约会相亲的流程,谈过几任男友,甚至和其中一位律师谈婚论嫁,最终因为近乎荒唐的细节分手。我搬到夏威夷后,多了一些空余时间,加入了老主任发起的"作家粉丝微信群",对众人的各式评论解析有时认同,有时反对,但长期"潜水"沉默,似乎在公共空间贴出的几行字,会像锋利的折叠刀戳破精心营造的气泡。我惊讶自己漂洋过海,仍携带着以前写的读后感,把它们一一输入到了电脑里;为系统研究他的作品,还重温西方文学理论,比较他和欧美的南美的一些作家,撰写了系列论文。在无数个没有星星的夜里,用文字的手指点燃微火,贴近他的心胸、后背和脉搏。

正面按摩结束了。我请客人再次俯卧,从热毛巾上捡起七粒热石,放到他的脊椎两侧,随后走出按摩室,给他几分钟休息时间,让皮肤吸收热石的精油,大地精华的能量。

走廊里闷热了许多,似乎听得到汗水在每一秒钟滴答作响。世间有没有一架时光机器,载我回到夏日的公园一个朝阳却被树丛遮蔽的山坡?我让作家脱掉衬衣,从四周搜集一些圆润的石子,在他的脊背上排开。他说,在两千多年前,老祖宗最先开始热石推拿,还把秘方传到了世界的许多地方。但是,夏威夷女郎说,她的祖先发现野生动物在受伤后,总会到天然火山石板上躺卧休息,很快便重新变得生龙活虎,从中获得启发,发明了热石按摩,后代专家还提供了科学佐证:火山石板释放的远红外线和负离子能渗入身体,激活自律神经和"荷尔蒙",治愈创伤。为此,我和她辩论过几次。她最终嘻嘻一笑，缴械投降。我自知这有些夸张，作家说过的每一句话都是金科玉律吗？

我回到按摩室，把热石取下，摆到一块新毛巾上，使它们相互净化，随后给客人涂上护肤乳液。他的背部变得红润紧致，那两道伤疤似乎被朱墨点染。我低声嘱咐："回去泡个热水澡，会感觉更好些。"随后致谢道别，让他一个人穿好衣服，结账离开。我到前台打卡，夏威夷女郎意味深长地问："这位怎么样啊？"期待一个新故事的发生。我伸出手，轻握一下她的手臂，答非所问："我怀念你戴两朵扶桑花的快乐样子。"

我走出了SPA，迎面撞见两盏微醺般摇晃的八角红灯笼，那显然是在白日里为吸引华人游客挂起来的。时光飞逝，子弹头列车取代了蒸汽火车，通信手段几度更新换代，但八角红灯笼似乎一成不变，细木骨架红绸面，并被我在天涯海角遇见。在水乡古镇的一家简陋的旅馆里，一张那么小的床，若不是紧紧相拥，我和作家其中一人就会掉到砖地上。敞开的木窗下，狭窄的运河慢悠悠地流淌，船夫们高声说着陌生的方言，令我如坠异国或梦境，但高悬在对面阁楼上的八角红灯笼，又把我拉回到肌肤相亲的真实场景。

小路上的热带植物招摇着葳蕤的"五十种绿"，一对携手散步的老夫妻正渐渐远去；海滩上拖曳白婚纱拍照的新人欢笑着跑过，天空还有坐直升机观赏海湾和峡谷的伴侣。在这座闻名世界的浪漫伊甸园里，我的陪伴只有回忆。

作家写过形形色色的女性，尤其对女性的幽微心理拿捏有度。他从哪儿得到那么多的素材和灵感呢？我从没见过他的妻子，甚至在网上也搜不到她的照片。他很少在公开场合谈起她，即使遇到好奇者直接提问，也只回应三言两语，但并不讳言初婚时身无分文，成名后相敬如宾。他想必有一些女友吧，或许还有不受约束捆缚的情人，而她们不像当年的我那么激烈？两年左右的情人，见面七次，做爱大约二十次，亲吻无法计数，但无论在他现实的还是虚构的世界里，都寻不到我的一丝踪迹。他的一些女粉丝几乎和他的儿子同龄，大眼睛尖下巴，敏感多情。他即使偶尔怀念我，也不会再叙前盟，因为他可以轻易获取我的年轻版本。

前一段时间，我把他笔下的主要女性人物列了一个名单，共计十二位。脑子里电光石火一闪，猜想他多年来在寻觅当代城乡中的"金陵十二钗"，为她们一一作传，叙说"石头的梦话"。我激动得微微战栗，连缀他的女子和《红楼梦》中的佳人，解读她们的前世今生，直至废寝忘食。我把所有的研究文字都存在一个微软账号下，一直不知如何处置。它们也许沉睡在大洋这一边的云端，永无回家路。

我骑上自行车，直奔基拉韦厄火山的方向。搬家时把轿车卖了，上岛后租住的单身公寓离 SPA 不远，就只买了一辆自行车，执意在生活中做减法。大约半小时后，路标消失了，眼前出现了层层环绕的岩浆岩。我以前从没在傍晚来过这里，担心迷路。我丢下自行车，查看手机上的卫星地图，上一次搜索 Z 市主街名的记录还留在屏幕上。几天前，我在阅读刚出炉的作家自传时，遇见了一些熟悉的地名，尝试复盘我和他初识那日走过的路，结果只认出了一条主街，众多小巷早已被打通、填满了楼群，后来，一片灿黄的油菜花海涌入了我的视线，比当年更为波光潋滟。

我启动定位仪，开始攀爬。浩渺的天空下，灰黑的岩浆岩绵延不绝，像一条又一条巨蟒，最能给予我在短时间内脱离地球、登陆火星的感觉。在临海的悬崖边，我找到了一块平整的岩石，脱掉了白衣裤，只留下灿黄的内衣套装，还有耳旁的扶桑花，躺了上去。全身的皮肤摆脱了捆绑，轻微喘息，夕晖给身体涂上了一层闪亮的精油。

当年在我离婚后，作家说，他和我都是网中的天使鱼，希望寻找网口张开的情节转机，避免鱼死网破的结局，要知道身边游弋的还有别的，尤其有他一心呵护的小天使鱼。不久，作家生命中的一条流浪鱼，最亲密的诗友，不堪困顿生活的压力和内心的绝望，身缚石块，自沉于河。他打了几次长途电话给我，戚戚地说人生之路怎么可以这么短，来不及跳跃和相伴远行，我准备立即挂断电话，丢掉户口和工作，游到他的身边。他不要我这样牺牲，我应该珍惜自己的天地，因为付出过多少寒窗苦读的努力！他想先写完手头的长篇处女作，打下一些经济基础，至少有能力"多买一张船票",后来,小说面世,一炮打响,他荣获大奖,被调入省城的一家重要文化单位,同时解决了与妻儿两地分居的问题。他在电话里如释重负地说:"儿子很喜欢省城,会有不一样的童年。"在我的眼前,那个一度坐在贫瘠土地边缘的少年,在文字里迅速成长,迎接生活中的炫目变化。

春节前,我没提前通知,就去了他所在的省城。每一条街道都是那么陌生,不曾留下我和他同行的足迹。同事们提前回家过年了,办公室里只有他一个人。他吃了一惊,认真地把门掩上。我意识到此时对于他,负面新闻比作品中的败笔更可怕。

他叫完我的名字后问:"你还好吗?"

泪滴倏地涨满眼眶,我低语道:"我再也熬不下去了,每时每刻都想和你在一起。"

他请求:"能再等等吗?一家人没有稳定住处,儿子还在适应期,我会自责……"

喉咙里似有一股微火燎烤,我反问:"儿子现在不肯认我,我哪天不在自责?"

他拉起我的右手说:"看你受苦,我也难过。"

我凄然作答:"就算你是天才小说家,也想象不出我的苦。"

他说:"我现在特别想趁热打铁,全神贯注多写一些好小说,你会支持我,是吧?"眼神中的期待令我几乎窒息。

我会说"不"吗?相识,缘于他的才气,怎么忍心遏制他的发挥？他未来的路也许辽远广阔，而我该做的，是远远地游离。

他必须去出席一场事先约好的采访，嘱咐我先找一家宾馆住下来，过一两天"冷静期"，再找机会聊聊。在道别时，他最后说："我会尽力想象的。"那不像是对我，更像是对文学的一种许诺。

我违背了他的嘱咐，出高价从小贩手中买了一张站票，踏上了归程。火车又一次路过 Z 市的油菜花海，故事的起点和终点交会。花季未到，暗绿的枝干颔首迎风，等待黑夜的缓慢杀戮。我被周围人推挤得悬空、扁平、恍若梦中。我把残留着他温热的右手紧贴在心口，看见心中开出一朵巨型花，密匝匝的花瓣一片片跌落，永远留在了千里车轨的一根根铁钉下。

此刻，在夏威夷岛上，黛青色的丝绵暮霭覆在我的身上，灼热的岩石熨帖地抚慰，还呢喃地说着梦话。不远处，熔岩流像一条雄伟的火龙昂扬地攀爬。我似乎只要一伸手，就会扼住它颈椎旁的穴位，伏在它的背部翻飞旋舞，抵达悬崖，那"危险的边缘"，红瀑般飞流直下，映亮了漫天繁星。我体内的"黑毒沙"开始一点点地排出，血液中的、体液中的水分凝成露珠，滴答坠落，发出吱吱的声响，随后化作了杳渺的白雾轻烟。

拥抱苔莎

这是公路旅行的理想天气,是吧?嘉雯早晨在多伦多自家的车道上发动了汽车,摇下窗,对站在不远处的荷兰裔丈夫格兰特说。

格兰特望望四周。枫树披霞,银杏流金,在秋光的勾勒下,每一线叶脉都通透,反倒凸显他眼中的阴影。三天前,嘉雯宣布周六独自驾车,去底特律看望瑞秋一家,出席瑞秋女儿苔莎的生日派对,周日返回。格兰特吃了一惊,反复说她开车不够警觉,有过若干次迷路记录,又一年多没开过高速路。他声音有些沙哑,你现在改主意,还来得及。

她宽慰道,只转一次高速公路,从 403 换 401,沿途有休息区,四个多小时就到美加边境了,再笨的女人也不会走丢,何况有导航。随后指指中控显示屏,手机连上音响,随时免提通话,万事就绪。

他又说,你痛恨堵车,边境上定会车头狂吻车尾,拥挤不堪。

今天不同啊，她说，我有轻音乐伴随，会拿出所有的耐心来。

他叹了口气，真希望能和你一起去，如果思念的刀刃再锋利一分，我就会把心断成两截。

嘉雯想，难怪社交媒体上诗歌滥觞，看来隔绝出诗人啊。

大约三十年前，格兰特与前妻离婚了，把他们的女儿瑞秋和儿子一手带大。疫情前与瑞秋最长的离别是一个月，如今怎么形容思念都不算夸张。他的父亲、九十九岁的巴尔特躺在一家长期护理院里，处于昏迷状态，多日不能进食。家族中只有他，作为指定的第一护理者获准探望。他每天戴着口罩守候左右，不愿缺席。

嘉雯说，我去看望瑞秋，也代表你啊。他郑重地点头，当然，替我拥抱瑞秋一家，尤其最小的苔莎，可怜的小宝贝，今天满五岁，大约五分之二的生命都是在疫情下度过的。

嘉雯是第一代移民，很多年里的生活都是手脚并用地爬山越岭，心生了一个执念，抚养后代是拖累孩子吃苦受罪，等到山峰消失，平川显现，不惑之年已立在路边嘲讽地眨眼。后来，格兰特出现了，安慰她说，我和你分享我的儿女。十几年间，他慷慨分享的不仅是儿女，还有三亲六故，把她培养成了家族所有重要事件的参与者。

嘉雯在格兰特的注视下，很快加入了车流。上 403 高速后，在中间路线上行驶，努力保持交通法规定的时速。四周的车辆迅捷骁勇，在眼前嗖嗖闪过，她不由得绷紧了神经。随后，瞥见了 M 卫星城的路标。如果从就近的出口下去，不消十分钟，就会看见一幢二层楼的红砖房，瑞秋和她丈夫的第一个家。

　　在那里，嘉雯出席了瑞秋的订婚仪式、婚礼前后的小型宴会，她的长女、长子的一个个生日派对，还享受了许多一起游戏的快乐时光。瑞秋第三次怀孕后，决定聘请助产士在家里生产，邀请嘉雯见证整个过程。嘉雯平素脑袋一触碰到枕头，就能在第一时间坠入梦乡，为此却兴奋得几夜没睡好。她调整了秋季休假的日程，提前回到家，静等佳音。五年前的这一天，婴儿不肯等到预产期，在二楼的洗手间里闹着脱离母腹，瑞秋的丈夫紧张得全身颤抖，情急之下，跪在旧脚毯上，托住了婴儿探向世界的小小头颅，随后才打电话呼叫助产士。当嘉雯和格兰特激动万分地匆匆赶到时，新生女婴已被清洗洁净，裹进印着紫罗兰图案的棉毯里。嘉雯望着那张皮肤吹弹可破的小脸，忘记了错过出生瞬间的遗憾，把她抱进怀里，轻呼她的名字，苔莎。

　　嘉雯在行驶中想到当时的情景，不禁微笑了起来，精神也放松了些。可怜的苔莎，每当她淘气时，全家老少就故意摇头，夸张地感叹，在浴室旧脚毯上出生的女孩，真是太特别了。三天前，嘉雯和瑞秋一家视频通话，苔莎迫不及待地冲到网络摄像头前,摇晃蜂蜜茶棕色的长鬈发,一双淡褐色的眼睛水波盈盈,向嘉雯展示半页粉色信笺纸。嘉雯凑近仔细看了,那原来是一幅红色水笔画,一个直发的大人牵着一个鬈发小孩儿的手,在小孩儿的头上注明 Tessa(苔莎)。苔莎嚷道,这个大人是姥姥!嘉雯的整个心像被融化的巧克力,发散出了灼热的甜润气息。苔莎有三个 Grandmother:祖母 avó,葡萄牙人;外祖母 grandma,苏格兰和英国后裔;姥姥,华人。姥姥,是她平生最先学会的五个单词之一,她每叫一声,嘉雯都觉得听到了仙境里的风铃。嘉雯问,你怎么不把姥姥也写上?苔莎害羞地笑了,不会拼写哦。嘉雯立即传授,L-A-O-L-A-O,苔莎一笔一画地描到画作上,随后高举过头,写好了!嘉雯动了教她写汉字的念头,但以前见过苦学几年汉语的白人孩子,都驾驭不了如此挑战,于是转移了话题,药管局批准了五岁至十五岁的孩子打 vaccine(疫苗),问她怕不怕,她果断地摇头,不怕!不过,你的发音不准确,应该是 vac-cine,逐个音节地示范。嘉雯想,上帝,她从现在就开始纠正我的发音,到哪年哪月才是尽头啊。苔莎继续叽叽喳喳,汇报最近在看英国儿童剧《小猪佩奇》,好喜欢里面的粉红小猪妹佩奇,因为她天性快乐,接着用手机对着摄像头,播放《我的生日派对》那一集,结束后问,姥姥,你周六能来参加我的生日派对吗?

嘉雯说不出一个不,在那一刻这个词比童话中的巫婆还丑陋。她用力地点了点头,心想,参加,几乎是一项使命。苔莎露出欢天喜地的神情,晃动的鬈发满了屏幕,还大声嘱咐道,姥姥,别忘了,出门戴口罩啊!嘉雯两手交叉轻抚双肩,送去一个虚拟拥抱,心里对这种缺乏贴近和温热的方式,由厌生恨。

嘉雯想,是时候了,在真实的世界里拥抱苔莎,此刻,后车座上放着生日礼物,一个玩具梳妆台,一个粉红小猪妹玩偶,逐渐向她靠近,一百五十公里,一百四十公里……苔莎还没学会说话,就学会了拥抱。见面后,告别时,拥来抱去,自然平常,用肢体没完没了地抒情,像小猫一样地贴近嘉雯,脸上挂着谜一样的微笑。上一次拥抱苔莎,是六百七十七天之前。嘉雯早制作了一个 Excel 文件,设置自动计算公式:在 A1 单元格中输入起始日期,在 B1 单元格输入今日函数,每次打开,距离起始日期的天数在 C1 单元格里赫然出现。去年年初温度计在亚马逊网站脱销了,新货上架遥遥无期,她放弃了购买,但暗自希望有人发明一种渴望计。她渴望拥抱许多人,指数一日日飙升,寻不到迫降秘方,无论药物、食品,或者运动。身上的关节像秋叶落尽的树干,在风中发出吱嘎的响声;手臂上饥饿的皮肤毛孔一一张开,如初生的鸟儿般嗷嗷待哺。她甚至上网研究过拥抱历史,被一段话击中了,一位心理学家说,人一天需要四个拥抱才会幸存,八个拥抱才会维持生命,十二个拥抱才会成长。为了遏制疫情扩散,非同居者之间的拥抱几乎被赶尽杀绝。

秋阳一路照耀,嘉雯靠近了连接美加的大使桥。在离桥四十公里处,千百辆车已进入蜗牛爬行状态。在平常年代,过境是区区小事。美加边境长达八千多公里,有上百个入境口岸,每日频繁往返的车辆像过江之鲫,尤其在两国货币几乎等值的黄金岁月里,边境居民经常去美国加汽油、打牛奶。两年前,瑞秋的丈夫因为工作需要,举家迁往底特律,没人对相聚的艰难产生过任何预感。谁料疫情暴发后,陆地过境点对非必要旅行者关闭了,而且一关竟是一年半。上一次关闭是在9·11事件发生的当天,仅持续了大约一个星期。嘉雯和格兰特万般无奈,一次次婉拒苔莎的派对邀请,万圣节、感恩节、圣诞节……还有生日。几个月前,嘉雯在打过第二针疫苗后,想过搭乘飞机去看望苔莎,但是,戴口罩的人像沙丁鱼一样挤在机舱罐头里,她在恐惧的想象面前认了输,何况底特律的感染案例居高不下。瑞秋因为孩子们未打疫苗,更不敢轻举妄动。最近,陆地过境点终于开放了,嘉雯心中的渴望指数冲出新高,开车可以把与人接触降到最小可能,于是做了核酸测试,在这天穿上喜悦的红毛衣,融入了等待过境的车水马龙。

她把收音机换到了新闻台,以便保持头脑清醒,同时了解交通状况,明知听不到什么好消息。为什么没人开办一个新电台,专门寻找在世界各地的好消息?播音员说,新一波疫情再起,孩子们恐怕又得回家上网课。去年秋季,苔莎开始了人生新篇章,上学前班一年级,她兴高采烈地背着书包去上学。一个星期后,在一次视频通话中,她向嘉雯汇报,学校里白天进行演习了,如果有持枪歹徒进入校园,孩子们应该做些什么。嘉雯问,你当时反应快不快?

苔莎答道,我立即钻到桌子底下,像一只小乌龟,把头紧紧地缩进去,大气不出一声。嘉雯的心变成了一片丝绸,被长尖刀唰地划过,急速地低下头,隐藏自己的难过神情。三个月后,新一波疫情骤起,学校重启网课。一家人商量,要不等一年再上学吧,可苔莎坚持下来了,还记住了班上二十几位同学的名字,交上了新朋友,她真应该得到鼓励和拥抱。

拥抱替代品,激发不起嘉雯的热情。需求是发明之母,这话当然不错。欧洲的一位护理师发明了拥抱帷幕,给了一位八十几岁的老妇人疫情中第一个拥抱;无独有偶,在离多伦多不远的一座小城里,一位白人女子将透明塑料篷布挂在晒衣绳上,中间穿孔黏上两双手的袖套,然后与母亲安全地紧紧相拥。嘉雯的母亲远在大西洋彼岸,即使她如法制作拥抱手套,也是"袖长莫及"。两年前她回国探亲,分别时拥抱了母亲,母亲并无反应,但也没有躲避,虽然拥抱不符合她的习惯和天性。后来,母亲的直立白发、枯干双眼一次次定格在视频对话的方框里。旅行限制、关山重重、肌肤相亲,碰撞出细小的温暖的火花,只可远望,嘉雯可触及的仅是苔莎的小小手臂。

嘉雯驶上了横跨底特律河的雄伟的大使桥，顺着单行线走走停停，刹车变成了一个怪物，不肯听从驾驭。才买三年的车，怎么会出问题呢？她的右脚怯怯发抖，后背渗出了冷汗。如果刹车失灵，撞到前面的车，造成交通阻塞……她不敢想象下去，似乎看到被威胁被煎熬太久的情绪，化作一股股火焰，冲破每一辆车的顶棚，发疯似的相互撕咬，随后鏖战千里。

　　这时，手机铃响了，是瑞秋打来的。接通后，瑞秋低声说，早晨苔莎抱怨头痛，一测体温，发现她发烧了。嘉雯心一惊，屏住了呼吸。瑞秋继续说，到诊所后，护士取了苔莎的痰液，做了快速核酸检测，阴性，但是，因为出现了新冠肺炎症状，为确保无误，护士把样本送到实验室进行分子检测，三天后才能出结果，在瑞秋压抑的声调中，焦虑流泻，从现在起，全家必须进行隔离，不得不取消生日派对。嘉雯仿佛一只曾经拥有生命的木偶，在突然间被打回原形，手臂僵直生硬。瑞秋说，对不起，你大概快到边境了。嘉雯茫然地看了一眼四周，已无路可退，必须穿越国境，便安慰道，没关系，别太担心，苔莎不会有事的，我会把给苔莎的礼物放到你家的露台上。

　　挂断电话，音响自动转回到了广播台。嘉雯机械地行驶，刹车，再行驶，头脑里却长出一双赤足，踩着河上的薄冰，不敢靠近一个假设的洞窟，假设苔莎染上病毒……女播音员也在道歉，这一年的音乐剧演出，出于众所周知的原因将在线上举行,其中包括《狮子王》。两年前的圣诞节,嘉雯和格兰特在瑞秋一家搬离之前,带着苔莎、苔莎的哥姐去多伦多的剧院观看音乐剧《狮子王》。起初,苔莎圆睁一双大眼睛,望着神奇的舞台,被华丽的化妆、巧妙的道具,尤其是各种动物的设计吸引住了。剧演到一半时,她犯困了,悄悄坐进嘉雯的怀里,用两只小手搂紧她的脖子,用两条小腿夹住她的腰身,香甜入睡。嘉雯一动也不敢动,倾听她均匀的呼吸声。舞台上,辛巴和拉娜正演唱经典歌曲《今晚,你是否感受到爱》:每个人都有机会/只要他们明白/变幻的美丽景致/逐一感动我们/那狂野的天地/总有韵律和意义……苔莎在睡梦中轻轻哼出一声姥姥, 盖过了柔情漫溢的音乐。格兰特在她的耳边轻声说,成人之间的爱是有条件的,苔莎给你的,是无条件的爱。如果嘉雯知道,此后将经历这么漫长的无拥抱期, 那天应该把苔莎抱得再久些、再紧些……

　　三个多小时后,嘉雯终于通过了边检,进入了底特律。根据导航,找到了最近的一家修车铺。一位白发白眉毛的老师傅告诉她,今天预约满了,明天再来吧。嘉雯央求道,我怕出事故,明天必须回多伦多工作,拜托。她已退休了,前不久一位老朋友中招,恳求她接替短期 IT 顾问的职位,她心一软,就答应了。否则,她也许可以滞留三天,等苔莎的测试结果出来。老师傅说,哦,过境一次可不容易,我尽快帮你检查一下。嘉雯把车钥匙交给了他,随后给格兰特发了一个短信,告知苔莎的情况。

因为格兰特在巴尔特身边,她平常只通过短信联络,不愿惊扰。巴尔特在二战期间,作为荷兰地下反法西斯组织最年轻的成员,五次与死亡擦肩而过。多年来经常做重复的噩梦:纳粹的汽车呼啸而过,一阵残忍的枪声刺耳地响起,同伴们倒在血泊中。在这些昏迷的日子里,他还不时发出恐惧的呼喊,立即转移!嘉雯想,七十多年前的创伤至今不愈,那么人们最近遭受的创伤呢?

老师傅走过来,把钥匙还给她,说,车没有毛病,你可能心里太紧张了。她窘迫地道歉,给你添了不必要的麻烦,我来结账。老师傅说今天对你免费,随后叹了一口气,在三十多年里,我都在购物中心扮演圣诞老人,前几年,和我拍过照的孩子们都带着后代来了,可从去年起,这项传统被取消了。我看到你车里的玩具,知道你心里惦记着小孩子,算我送你的圣诞礼物吧。嘉雯谢过了他,再次开车上路,鬼使神差般,刹车似乎恢复了正常。

待她抵达底特律的新建社区,找到瑞秋家的独立屋时,已是傍晚。彩灯装饰了房檐和门窗,还挂在树间和灌木丛上,不过还没到亮灯时间。圣诞老人坐在庭院的雪橇里,红鼻头的鲁道夫鹿紧随其后,身旁的几个塑料小雪人,戴着红帽红围巾,全身披挂 LED 彩灯,憨态可掬。嘉雯把礼物放到露台上,退回庭院,给瑞秋发了一条短信。瑞秋回复道,丈夫和年长的两个孩子在主卧室里隔离,她会到窗口打招呼。几分钟后,瑞秋抱着苔莎出现了。苔莎原本长得像瑞秋,此刻的神情更如出一辙。苔莎睁开黯淡的眼睛,向嘉雯挥挥手臂,随即无力地放下了。去年嘉雯第一次与瑞秋视频对话时,苔莎哇哇叫着出现在屏幕上,小脸惨白,上气不接下气,嚷道,我在人行道上遇见陌生人了!恐惧他人,保持距离是一粒可怕的种子,被深深地埋在这颗幼小的心灵里,这是成人的失败。她逐渐安静了下来,举着手机,向嘉雯展示,从前摆满心爱玩具的地方,让位给洗手剂、清洁剂、口罩等。她一直努力当一名小勇士,不过透支了精神和体力。嘉雯喊道,苔莎,对不起,嘉雯想冲进门去抚摸她疲倦的小脸,然后把她的头紧紧贴在自己的心口。

瑞秋隔着玻璃示意,要把苔莎放回到床上去。嘉雯向前一步,挥手道别,脚底一滑,站立不稳,伸手揽住了身边的小雪人,索性伸出另一只手抱住,无意中按动了电池灯开关,刹那间小雪人通体发亮。一阵敲打玻璃的清脆声音传过来,嘉雯看到苔莎从瑞秋的怀里直起身,露出熟悉的微笑,喊出了一个单词,根据她的口型,嘉雯可以准确无误地判断出,那是姥姥。

嘉雯离开瑞秋家,觉得好像刚竞跑过一场马拉松。她从多年不曾走过的麦当劳外卖窗口买了一个汉堡,在附近酒店租下了一个房间。这时,她收到了格兰特的回复。巴尔特的身体状况出现异常,他一整天都在和医生、护理员交流,忘了取消手机静音,才看到她的短信。他写道,我希望苔莎的测试结果是真正的阴性,也希望此刻能给你一个拥抱。

靠近,源于一个拥抱。嘉雯和格兰特在交友网站上结识,把见面地点选在多伦多的一家咖啡屋。那是二月里一个凄寒孤寂的日子,她坐在临窗座位上轻微颤抖,看到一个高大的男人从虚幻的网络空间走进来。她似乎不是凭借对档案照的记忆,而是凭借直觉认出了他,慢慢地站起身。他两眼含笑,问,可以给你一个拥抱吗?是出于礼节,还是天然的亲近感?一个温暖怀抱的诱惑难以抗拒。她犹豫片刻,点点头,伸出了双手,甚至把头停靠在他的肩膀上,一秒钟,两秒钟,三秒钟,窗外不远处的教堂敲响了早祷钟声。后来她反复问,你第一次约会都和对方拥抱吗?他摇头。为什么对她破例?你看上去需要也值得拥抱,那是多年不变的回答。这一天,家庭中的小小的拥抱传统,没有得到延续。

嘉雯在第二天返回多伦多。在后来的一个星期里,接到了两个消息,苔莎的分子测试结果是阴性,巴尔特在安静的睡眠中停止了呼吸。

为巴尔特举办的追思礼拜,是从初冬一个周日下午开始的。地点选在多伦多一座联合教会的教堂,教堂内部风格简洁优雅,使用了许多栎木。参加者只有打过疫苗并做过检测为阴性的亲友。巴尔特当了一辈子牧师,这样的纪念方式符合他的心愿。钢琴家在圣坛旁演奏起巴赫的《C 大调前奏曲(BWV 846)》,他生前喜欢的作品。嘉雯看到窗外零星的雪花变成了翻飞的白蝶,握紧了格兰特的手。以前每次看望巴尔特,在告别时,他都给她纯荷兰式的亲吻:从左面颊到右面颊,再回到左面颊,最后是热烈的拥抱。她在疫情期间对巴尔特欠下的拥抱,永远没有机会偿还了。

这时,门厅里响起了小孩子们低低的说话声,她转过头去,看到了瑞秋一家,就悄悄离开座位去迎接。苔莎身穿黑天鹅绒礼服,长鬈发上挂满雪花,甜甜地叫了一声姥姥,奔跑而来,伴随着纯净肃穆的音乐,恍若一个张开翅膀的小天使。嘉雯注视着她的清澈眼睛,缓慢地伸出了手臂,触摸到了她的肩头,转瞬间似乎生出奇妙的柔软的枝叶,开出朵朵莲花。嘉雯单腿跪地,把苔莎拥进怀抱里,嘴唇寻到了她的前额,一串串热吻和雪花唏嘘相聚。

隐形铠甲

1

YouTube 是一个表面随意但内心算计的导游，会带人去陌生的地方。

我在跑步机上机械地快走，不时望望窗外加国小镇的严冬图景，在电视新闻的屏幕上，疫情像飓风的曲线，恣意攀爬。我转到了 YouTube 频道，搜索轻松些的内容，因为正在追一部美国情景喜剧，是展现超市员工职场生活的，就翻出了新一季的片花。片花结束后，一个现实事件短视频自动播放，取景路易斯安那州的一家超市。暴雨突袭，超市收留顾客和路人过夜，在慌乱嘈杂的中心，一个男记者采访一位老妇人。他显然刚淋过雨，黑发在滴水，白短袖衫贴在胸脯上，略微俯身，保持着与对方目光的交接，随后,他转过身面对镜头,毫无保留地展现黑面孔、亮眼睛、左臂上的小鸟文身,甚至鸟羽下的字母 H。我立即放慢了跑步机的速度,跳下去,走到电视旁,紧张地喘息着,似乎听不见任何声音。他仿佛一直潜在萨滨河的时光里,沉下去时是青年,浮出来时已届中年。屏幕上闪出报道记者的名字,随后视频终止了。我迅速操起遥控器,退回,重播,定格,看清了他的名字:派佩·约翰逊。

他左臂上的文身是黑色的? 难道不是多彩的吗? 我拿起手机搜索"在路易斯安那州可以见到的最多彩的鸟",获得了一个长名单, 在反复对比了他的文身和网络图片后,我确认那种鸟叫丽彩鹀。我可以说服自己了,他是我见过的派佩,那个 H 是他祖父的名字哈吉姆(Hakeem)的第一个字母。我没有忘记,是因为他与休斯敦火箭队的一位篮球明星同名。我坐到了长凳上, 不知是因为快走,还是因为这场邂逅,心跳失去了章法,开始了一场追寻记忆碎片的劳作。

2

我去路易斯安那州的缘由,与一位福建籍建筑包工头有关。他姓蒋,大家都叫他老蒋。

那是刚进入新世纪的第二年,在得克萨斯州,我、我的福建籍男友,以及十几个华人被关进了监狱。我身为一家中餐馆的经理兼小股东，罪名是窝藏非法移民。约满百日后，我被释放了，原因自然是罪名不成立。得克萨斯州冬季温暖，夏季炎热，监狱虽然在饮食方面悭吝，却日夜慷慨地供应飕飕的冷气，因此我在离开时，失去了对季节的把握。这是小事一桩。大事情是无住处、无汽车、无现金，只有一堆花花绿绿的欠款账单。第二天早晨，在一家汽车旅馆的窄小房间里，我睁开眼睛，还没焐热自由的枕头，像一个从地狱还魂的弱视者，只能专注于两三个目标，比如谋生糊口，再比如争取男友的保释。他的同乡们从东部南下开餐馆，我因为有些经验，能说够用的英语，一时成了所谓的人才和自家人。不需发求职信，先后被包工头或餐馆老板雇用当顾问。顾问是好听一点儿的说法，其实是翻译兼经理兼打杂的。

大约是初夏吧，我被前雇主介绍给蒋老板。按事先说定的时间，我走进了得州港口城的一家中餐馆，见证了一派熟悉的繁忙的劳动景象，十几个华人正挥汗如雨。接待我的是一个面皮白净的年轻人，自称蒋老板的侄子，叫小蒋。随后，一个叼着烟卷的壮实男人从厨房里走出来了，显然已很久没拜访过理发师，粗硬的头发向四面八方任性地伸展，脚上脏兮兮的人字拖鞋，啪嗒啪嗒地撞击着湿地砖。他咧嘴一笑，露出一口黑黄玉米粒般的牙，说，中美双硕士给我打工，荣幸荣幸。

在后来的两个多月里，在所有使用英语的场合，我对老蒋的车轱辘式的非标准汉语默默做着总结，传达给对方。老蒋整天趿拉着人字拖鞋，说两脚爱出汗，冬天也不例外，但这完全违背政府的建筑安全规定。为劝他穿上安全鞋，我不知消耗了多少额外能量，每次都被他瞪大眼睛牛吼，一直期待某一天，他一脚踩到玻璃碎片或铁钉上，鲜血直流，疼得嗷嗷叫，我就可以说"我早提醒过你了！"小蒋说是负责采购，但一踏入大型建材店，就两眼一抹黑，我只好扮演陪行翻译，把店里的几百种铁钉和螺丝钉搞得门儿清。据他透露，我开餐馆时的竞争对手，向移民局打不实报告的人，其实是老蒋的外甥。我听了，居然没有惊跳起来，我不会在没拿到工钱之前辞工，甚至不愿深究。那时活着，似在一幢被炸裂的玻璃房子里出出进进，尖锐的碎片像魔女抖落的万千毒花瓣，除了踮着脚尖行走，还有其他选择吗？

在装修接近尾声时，有两件事情发生了：一是我的男友被保释出狱了；二是我收到了加拿大的技术移民签证，在去留的问题上纠结得半死。一天傍晚，我坐在餐馆的一张桌子前整理购物发票，突然听见"扑通"一声闷响，抬起头，老蒋在三米高的铝合金梯子上不见了，他头朝下伏在地砖上，右脚上的拖鞋甩出老远。我奔过去叫"老板"，老蒋不应，就立即拿出手机，拨通了紧急呼救号码911。小蒋奔过来，一张脸变得惨白，冒出一串儿我不懂的方言，还拼命摇晃老蒋的身子，被我制止了。我运用一点可怜的急救常识，和小蒋合力托起老蒋的背，使他的头向后仰，防止呼吸停止。过了一会儿，老蒋动了动脚趾，把眼睛睁开了一条缝，却说不出一句话来。救护人员很快冲了进来，对他采取一系列急救措施，然后小心地把他抬进了救护车。我作为翻译，获准陪同，我注意到他左脚上的拖鞋也不见了。我紧咬舌头，没把那句"我早提醒过你"的话吐出来。

在附近医院的病房里，老蒋刚一清醒过来，就犯了烟瘾，叫我去买。我指了指病房里"禁止吸烟"的招贴。老蒋说他从十岁起开始学木匠，来美后继续做本行，从纽约唐人街起步，转战多地，一天登上登下梯子不知多少回，偏偏他妈的在得州栽了跟斗，现在全身不能动弹，连烟都没得抽。他是话痨，除非说累了，否则只有麻醉剂和安眠药才能封上他的嘴。

我陪着老蒋看骨科医生，间接经历了跟骨牵引、消肿、止痛抗凝，还有在右膝前后打钢板的手术。他既无身份，又无医疗保险，花了几千美元的医疗费，心痛骨痛，当着医生和护士的面儿，用中文对我大声唠叨，我恨不得把自己的好腿换给他，反正我的腿早麻木得缺乏了痛感。他警告我和小蒋守口如瓶，不许向他的老婆提这件事。据他讲，他的老婆年轻时貌美如花，现在年过四十岁，还保持着极高的回头率。她常年住在纽约唐人街，吃住方便，还能和姐妹们打打牌。老蒋本想回去看她，但是为了弥补经济损失,又接了一个装修中餐外卖店的活儿,在密西西比州的J市。雇主,一位勤劳的年轻女老板,已租下了一幢房子,等老蒋一到立即开工。医生嘱咐老蒋卧床休息,过一两个月才可以拄拐杖走路,但他哪儿会听这一套,他可以动嘴指挥啊,对此我深信不疑。老蒋把手下人留在港口城收尾,从佛州叫了两个老乡临时帮忙,到J市与他和小蒋会合。他叫我也一起去,管吃管住,一个多月后装修结束支付大约四千美元的现金,一个超出期望值的数目,我同意了。

为开车的事情,我和蒋家叔侄讨论了大半天。老蒋有两辆车,一辆是一年新的白色本田轿车,我平常出外办事时开,另一辆是黑色克莱斯勒太平洋号面包车,老蒋自己开。他受了伤,小蒋坚持驾驶本田。老蒋说,这个侄子出国前在县里当过小干部,总觉得尾巴上还有孔雀光环,不过谁让他摊上一个好叔叔呢。最后,驾驶面包车的重任就光荣地落到了我的头上。

3

到密西西比去!

我当年对密西西比州的了解实在少得可怜,只模糊地记得在哪本书上看到过一些图片,拍的是当地的黑奴拍卖所,还有他们戴过的铁链和枷锁,这些都是触目的悲哀历史符号。在旅途中我听到了一首乡村歌曲,名字似乎与密西西比有关。

我在加国的家中,坐到了电脑旁,用网络搜索,没费多大力气就发现那首歌名叫《如果我能赶到密西西比》,演唱者 Vince Gill(文斯·基尔)。平缓的略带忧伤的旋律一旦响起,就像一双奇妙的手把一些记忆的碎片连点成线。其中几句歌词的大意是:如果我能赶到密西西比/我会没事的/这些白线是孤独的/在这个夜晚的双车道上/我有足够的威士忌/保持温暖到天亮……在这个发现的鼓舞下,我又借助鼠标的魔法,徐徐展开谷歌卫星地图,试图穿越一段黝黑的记忆隧道。

那一年在出发当天,因为要处理港口城餐馆开张的广告事情,我到下午才脱身上路,不过骄阳丝毫不减力度。我计划取道 10 号高速公路,经路易斯安那到密西西比,全程六个多小时,当天仍然可以赶到。老蒋的面包车名字响亮,其实已跑过十万英里。车内除了驾驶座,其他座位都被拆掉了,塞满装修工具和多余的建筑材料,左右重量不平衡。我对驾驶这种车缺乏经验,紧抓方向盘,尽力遵守州政府的规定,把时速维持在七十五英里,免得被罚款,偶尔会被戴草帽的牛仔鸣笛警告。我进入了一段风景别致的地段,高离地面,密集的树梢亲密地哗啦啦地扑打车身,尽管在被监禁的日子里我对观赏绿树向往到了骨髓里,那一刻却缺乏闲情。车里的空调和音响早已告别优质时光,电台里播放的乡村歌曲夹杂噪声,无非是失去了皮卡、恋人、狗,当然失去的顺序偶有调换,还有一首说到密西西比。我闷热难忍,摇下了车窗,吸入的不是期望中的清凉微风,而是其他汽车的尾气。我终于明白了小蒋死活不开这辆车的原因,在心里抱怨老蒋,他这些年赚了不少真金白银,还在老家盖房子、筑墓地,怎么不换一辆工具车?

　　进入路易斯安那州的地盘之后,车变成了怪兽,一个衰老身体和灵魂叛逆的混杂体,左侧似乎倾斜得更严重了,险些翻过去。我吓出了一身冷汗,只好从最近的出口,把它开离了高速公路。我给蒋家叔侄打电话,像敲两扇被废弃了的门,无人回应,他们也许进入了信号微弱的地段。这时乌云聚集,给足了风雨欲来的兆头。看来必须在附近过夜了,我开始为损失旅馆费和误工而懊恼。周遭的"风景"十分典型,几乎可以出现在南方的任何一个高速公路的出口处:一家快餐店、一家兼营便利店的加油站,还有一家连锁汽车旅馆。

　　我走进了汽车旅馆,柜台后面的一个年轻人问候了一声。他身穿一件白色的短袖制服,突出黑皮肤和左臂上的黑鸟文身。与电影中凶神恶煞的文身男人不同,他有一双纯净的眼睛,似乎每天看到的都是比我看到的更美好的世界。

　　我注意到他胸牌上的名字是 Piper(派佩),说,Piper,

这是个不常见的名字。

是一种鸟儿,夏鹬,祖母给我起的,我祖父是观鸟爱好者。派佩说。

我问他是否有空房间,他抱歉地回答满员了,我就打听附近的其他旅馆,他说都太远了,马上会下一场大雨,不过,他的祖母莎妮斯家有一间客房,也许可以借宿。我想,他会不会是一个巫婆的托儿,把我骗到黑窝里?我随身只有不到五十美元现金,银行账号里的数目也很寒酸,抱着无产者最无畏的态度,我问住宿一晚的费用。他说,随意。以前有的客人出不起住宿费,就帮她做顿早餐。

我还在犹豫,万一被绑架,被卖到其他国家去,岂不是太悲惨?他似乎看穿了我的心思,拨通了一个电话,说,你和她聊几句吧,然后再做决定。我接过了话筒,听到莎妮斯祖母说,晚上好。我大略地讲了自己的处境,她说,哦,可怜的孩子,你快来吧,我的家就是你的家。我从她沙哑苍老的声音中,敏感地分辨出一种优雅的元素,希望自己不会为这种敏感支付惨重代价,再说,我似乎也没有更好的选择了。

派佩在一张便笺上写下了莎妮斯祖母的地址,还给我画了一张路线图。我问他修车行的地址,总觉得请内行检查一下才放心。他说,要开三十多英里才有一家,不过现在已经关门。短休时间到了,我帮你看看,暑假里我在车行里做半职修理工。现在只在旅馆上夜班,白天读社区大学,学新闻。

派佩检查了面包车,从动力到刹车系统,从仪表到灯光,甚至还从裤袋里拿出一个监测器,量了轮胎气压,叫我放宽心,这车还能跑一阵儿。最后,他调整了车内的东西,说是"科学地分布重量"。我松了一口气,连声说谢谢。这时,我才感觉到了饿,从旅馆的自动售货机里买三明治和矿泉水,但是饮料架的弹簧出了故障,拍打几回都不见动静,我只好拿着三明治快快地离开了。派佩站在汽车旅馆门口的路灯下,微笑着向我挥手告别。

4

我开车大约五分钟,转过几个弯,进入了一个乏善可陈的社区。街两旁站立着呆板的联排房,不见临风的树或吐芳的花。对照便笺,我找到了相应的门牌号。停好车,穿过一条砖瓦交错的小径,敲敲门,听到有人说请进,就推开门,一脚踏进了一个灯光昏暗的房间,不,也许是一间废品回收室。

传统的起居室和厨房的界限早模糊了,东西两面墙各摆着一台旧冰箱和一个煤气炉,让人很难判断究竟哪一个尚有运作能力。圣诞节过去了半年多,圣诞树还站在角落里,披一身尘灰。一位黑人老妇坐在房间中央的双人沙发上看电视,把沙发填满了,手扶着几件像浴帘又像窗帘的东西。室内温度和老蒋的面包车不相上下，难怪她穿一件松散的加长背心，把丰硕乳房的大部分悬在外面。在她身旁的咖啡桌上，一个座式电扇无力地摇摆着头，不时发出"咯噔，咯噔"的噪声。几个涂满番茄酱的一次性餐盒，散发着腐烂食物的气味。还有一些脸霜、牙膏之类的样品，喝空的可乐罐和矿泉水瓶，自由散漫地各占一方空间。

这个夜晚不但没有起色，反倒更令我沮丧了。我很想立即转身离开。这时，她用温和的声调说，我就是莎妮斯祖母，亲爱的，你一定很累了，快喝杯水，坐下休息一会儿。

我按照她的指点，从小橱柜里找出一个杯子，拧开水龙头冲洗了几遍，再接上大半杯水，在冰箱的冷冻层里，发现了残留在冰盒里的三块冰块，把它们一股脑儿地丢进水杯里，喝了一大口。随后，我小心地挪开了一把木椅上的旧报纸，坐上去，担心报纸上的斑斑霉点会无声地侵蚀手指。我后悔没在路上吃下刚买的三明治，现在完全失去胃口了，但转念一想，吃下去了或许也会立即呕吐出来，总之，面对的是一个双输局面，多像人生。

电视里正在播放化妆品广告，画面经常受到雪花形或彩虹状的干扰。我不得不转移目光，注意到在电视柜旁立着一个纯木书架，上面整齐地摆着一些精装书。在书的前面，还有一帧镶在优雅镜框里的合影，一对黑人男女亲密地站在一座教堂前，女人身穿紧致的橙红配墨绿的连衣裙,展示傲人身材,男人西装革履,面带清朗的笑容。我联想到了白雪公主、挪亚方舟、沙漠绿洲,总之所有可以延续美丽和呼吸的意象。我忍不住站起身,走到书架旁,问,好美的一对儿! 他们是谁?

你认不出来吗? 那是年轻时的我! 男人是我的第一任丈夫哈吉姆!

第一任丈夫,意味着还有第二任,我想。这时我注意到在合影旁,还有一小幅摄影作品,主角是一只站在树枝上的小鸟。那是怎样的色彩狂欢啊,蓝色的头颈,黄绿色的背,喉部、胸腹部、腰部、尾下都覆盖着大红的羽毛,我不由得赞叹道,太亮丽了! 这种鸟叫什么名字?

Painted Bunting(丽彩鹀),世界上色彩最绚丽的鸟儿之一。你没见过吗?

我摇了摇头,何时会有观鸟的闲情呢。我问,派佩手臂上刺的就是这种鸟吧,不过是全黑的,是不是?

是的,为了纪念他的祖父。其实我也没见过丽彩鹀。哈吉姆说,他的歌声委婉动听。祖母莎妮斯用的代词是 he(他)。

这是一只雄鸟吗?

对。你以为这个小家伙很容易被识别吗? 他经常躲在树叶后面,藏得非常隐秘。哈吉姆去森林里找了几十次,才见到他,立刻被迷住了。这张照片是哈吉姆亲手拍的。

这时,电视里的读书俱乐部节目开始了。主持人是一位白人女性，面部表情不免僵硬了些，似乎刚打过美容针，穿标准的宝蓝色职业装，把头发打理得一丝不乱。她说，两个星期前曾请观众推荐书目，现在宣布被采用的书籍名称，其中一本是拉丽塔·塔德米的《凯恩河》! 故事背景设在路易斯安那州，写一个黑人家族的悲欢历史，推荐者是莎妮斯·约翰逊! 莎妮斯听了，兴奋地呼叫，把双臂同时举向天空，似乎在感谢神听到了她的祈愿。随后室内电话铃声大作，她拨开咖啡桌上的杂物，挖出了电话座机，用欢快的语调对话，还一再说感谢。她结束了通话，喜气透过脸上的汗珠闪闪发亮，说，节目组奖励给我一百美元，这真是一个好日子! 你给我带来了好运! 过来，让我拥抱一下!

我心想，这才叫无功受禄，但不愿拂她的好意，就挪动起双脚，见缝插针，艰难地靠近，让她拥抱了一下，说，祝贺你! 她用两手捧住我的脸，吻我的脸颊，声音响亮得令人尴尬。我终于坐回到了木椅上，觉得有责任给她一个机会，分享好运带来的欢乐，于是问，你推荐的那本书，我有时间会找来读读。你喜欢读书吗?

她点点头，说，我年轻时在中学里教过好几年英文文学呢，后来我和哈吉姆结婚了，生下了大儿子，他让我做全职家庭主妇，我当然同意，又接连生下了两个儿子……对了，我刚才告诉你了，哈吉姆喜欢观鸟和摄影。喜气从她的脸颊上消退了，她稍微停顿了一下，接着说，那时观鸟是白人的专利,不该是有色族裔的奢侈爱好。五月里的一天,哈吉姆去森林中拍鸟。没有人对我清楚地描述过现场情景,我猜想哈吉姆看见了树枝上的一只丽彩鹀,悄悄地靠近,精神过于专注,挡住了几只火鸡,惹恼了三个白种狩猎人,他们正藏在树丛中瞄准。我在法庭上见到过他们,领头的是一个极端傲慢的家伙。那是三十多年前的一幕,但至今还清楚地刻在我的脑子里。那人说,哈吉姆因为他们的枪声惊走了小鸟儿,先张口谩骂。哈吉姆那么斯文,怎么会骂人?其他两个狩猎人口供一致:哈吉姆扑过来袭击,把其中一个狩猎人压到身下,领头的声称不过是想恐吓一下,但忘记猎枪里的子弹上了膛。他被定为意外伤害,受到的惩罚仅仅是几百美元的罚款,一千小时的社区服务。

我惊讶地望着她,说不出一句话来。她拿起手边的一听可乐,喝了一大口,说,警察后来把哈吉姆挂在胸前的相机交给了我。你猜怎么样?虽然染满鲜血,但完好无损。我把里面的柯达胶卷送去冲洗,选出了摆在书架上的这一张。这时,镜框里的丽彩鹀似乎在我的眼前轰然炸开,无数玻璃碎片落了一头一脸,血花四溅,大片的红羽毛满屋飘散。

她说,后来日子越来越拮据,只好把相机卖掉了。哈吉姆有错误的肤色,还在错误的时间出现在错误的地点。

但是你……我吞吞吐吐地发出疑问。

我不该这样过日子,对不对?她替我完成了问句,还做出了回答,我身边的这些东西给我安慰,它们都带着过去生活的记忆,是我的铠甲!有些人可以穿上隐形铠甲,选择性地遗忘,我做不到……许多人来过了,前夫、派佩、社区工作者、心理学家,没人能说服我。亲爱的孩子,你一进门,我就看出你的眼神恍惚。如果陷在泥沼里,即使你是游泳健将,恐怕也脱不了身。不是人人都有机会换风景的。

我沉默了,无法想象自己在这个房间里讨论未来,何况已经疲累不堪。莎妮斯建议我去隔壁的小房间里休息,还说,对不起,房间里比较热,等收到奖金后,就先买一个好一点的电扇,日子就不会这么难熬。

我走进了隔壁,在锅炉旁用简易木板隔出的一块空间,看到了一张小床,床单还算整洁。我和衣躺上去,眼前出现了许多凌乱的图像,仿佛回到了监牢里的床上,窗外雷声隐隐地传来。不知过了多久,我才昏沉沉地睡去。第二天一大早,我起床后,见莎妮斯祖母的卧室的门紧闭着,就没有打扰,把身上的现金压在了电视遥控器下,悄悄地离开了。

5

我回到了 10 号公路上,从广播里听说,前一天夜里,一场风暴潮袭击了密西西比州。抵达 J 市后,我按地址找到了外卖店老板租下的房子,但它连同街上的十几幢房屋都失去了屋顶,堆满了瓦砾。老蒋拄着拐杖站在马路牙子上,猛力地吸烟,看看我,又看看完好无损的面包车,咧嘴笑了,说,幸好逃得快,不然一条腿都保不住。小蒋蹲在不远处,抱着赤裸的肩膀,呆望着被大树压身的本田车。我立即着手联络保险公司,好在几个月前我坚持帮老蒋给这辆车办了双保。

老蒋把小蒋打发走了,说是不在乎被家里亲戚骂。他穿上了新买的安全鞋,还削减了吸烟量。在外卖店开张后,他给我结了工钱,说准备去得州西部做下一个工程,还找到了一个老乡的儿子当翻译。我问,你就这么炒我的鱿鱼了?他鼓起一双大眼,答非所问,你才三十几岁,应该换一个地方,做点别的事情!

我在从密西西比回得州的路上,想顺路去向莎妮斯祖母道别,凭着记忆离开高速路的出口,找到了连锁汽车旅馆,见到的却是一位中年女接待员。她从来没听说过派佩和莎妮斯祖母。我大概找错了出口,这有什么奇怪,我在白日里都是夜游者,何况在黑夜里呢。

几个星期后,我登上了飞往加国的班机。

此刻我坐在加国小镇的家里,望着电脑上的丽彩鸦出神。这么多年来,这个精灵,还有出狱后第一年的生活,被一起藏在记忆森林的阴影里,或者说被压在巨石下。命运之弹,在等待了千日之后,准确地射中了我和男友之间的一纸诺言,爱有时无法施展拯救的魔力。我和老蒋因为彼此换过几次手机,失联多年了,希望他已经开始安度晚年。我上网搜索莎妮斯·约翰逊女士,读到了十五年前发布的一则短短的讣告。她不幸患病去世,丢弃重累,抱着她与约翰逊先生的合影升入了天堂。在我想象中的天堂森林里,四季飞翔着丽彩鸦。派佩在视频上的偶然出现,无意中给了我一个说法,那个借宿的夜晚真的发生过。

或许,在安居乐业后,我才攒聚起足够的勇气,弥合记忆中的断层,或许,出于动物般的本能,在危机重重的年代,我在为自己准备一副全新的特异的隐形铠甲。

穿粉红衬衫的巨人男孩

　　一位苦练多日的歌手在正式演出的关头误场，心情也不过如此焦灼吧，欣达想。安省车轮镇小学周六举办义卖活动，她应该提前露面的，但因为儿子亚恒赖床，母子俩出门迟了。当她驾驶宝马 X5 即将抵达镇中心的十字路口时，绿灯正转黄。她忽略了缓行观察的交通规则，执意在红灯亮起前强行，突见一辆灰皮卡从左侧冲来，在最后一秒狠命踩住了刹车，吓出了一身冷汗。皮卡从她的眼前疾驰而过，发出侏罗纪怪兽般的怒吼，惊飞街旁黑桦树上的一群红雀。坐在副驾驶座上的亚恒从半睡中弹起，头撞到了天花板，连声嚷痛。

　　终于等到了绿灯，欣达踩动油门，途经一座塔式钟楼和一家百年前建造的邮局，即加国小镇的典型地标，驶近了车轮镇小学的单层红砖建筑。她把车泊进了学校西侧的停车场，见周围停满不同品牌和型号的汽车，悬着的心渐渐回落到了原处。她端起装着巧克力小西饼的不锈钢烤盘，嘱咐亚恒抱上塞满书和玩具的透明塑料盒，匆匆抄花园里的小径行走。枫树裹一身赤金暖色，黄菊从容地绽放，浮在花叶上的露珠透彻清凉，舒缓了她的紧张神经。

在门厅里，表情懈怠的古巴裔校工正用刷子饱蘸新漆，遮掩墙上的涂鸦，仿佛笨女人往长满粉刺的脸上涂抹底霜，欲盖弥彰。在几波疫情之后，财政支持和建筑维护像初秋的雨，时断时续，房瓦、供电、供暖系统早到了更新换代的年纪，每一面墙壁都渴望被通体粉刷。"家长委员会"承担募捐筹款的重任。欣达身为主席，且是校史上的首位亚裔主席，感觉自己非得比好莱坞明星阿汤哥更勇敢，才能完成"Mission Impossible（不可能的任务）"。

欣达和亚恒在多功能厅门口一出现，门框就显低显窄了。亚恒上星期刚庆祝过十二岁的生日，却比欣达高两头，宽出一倍。多功能厅是长方形的，内设体操区和篮球区，平常被用作运动馆，这天"华丽转身"，变成了义卖市场。靠东西墙齐刷刷地排满了折叠桌，塑料桌布花红柳绿，衬托着二手闲置物品和新出炉糕点的奇妙组合。亚恒大幅度地迈步，转身间差点撞翻了登记处的桌子，惹来满场的注视。人们同时僵立，像在电脑游戏中被按下了定格键，空中的气息尚还游弋，奶油的、砂糖的、蜂蜜的、桂皮香料的……在这绵密的甜润中，欣达嗅出了煤气泄漏般的异味。尽管在出发前，她穿上精心挑选的优质修身的小西装和牛仔裤，还是"沦落"成了庞大的另类的闯入者。

她及时调整情绪，走到西墙中段，把烤盘放到一张空着的长条桌上，大家这才恢复了移动。一群人环拥紧邻朴太太的摊位，眼神殷切，脸颊上浮现隐约的红晕，聊着闲篇，等待购买彩虹蛋糕、抹茶千层糕，还有各种花样口味的打糕。朴太太，家委会的会计，在义卖筹备会上，说家里刚进行过一场"辞旧迎新"，缺乏可供出售的闲置品，愿意贡献烘烤作品。她果然没有食言，还调动二女儿熙慧到场帮忙。母女俩大眼有神，扎着雪白挺括的围裙，围裙口袋上还绣着可爱的小红苹果，像要出镜电视烹饪节目。朴太太不忌荤素，不喜健身，却保持着少女般的苗条身材。欣达多喝几杯冰水都长体重，为此常常暗叹命运不公。熙慧天生一头乌亮直发，简直在为资生堂洗发水做着免费广告。去年夏天在学校的野餐会上，意大利裔校长恭维她的黑发像"乌鸦翅膀"，要知道乌鸦既聪慧，又充满神性啊，不料招致朴太太一脸的阴云。欣达深知在东方文化中乌鸦并非吉祥鸟，还爱吃腐肉，解围道："形容成'黑瀑布'更妙些。"朴太太会心一笑。想必是在那一刻，欣达赢得了她的选票。

亚恒一见到同班的"黑瀑布"，目光中兴奋的水花就喷泉般飞溅了。两年前，熙慧报名参加学校乐队，专攻电子吉他，遭到了朴太太的断然反对，因为朋友的女儿们都忙着学钢琴，身穿雪白优雅的蓬蓬纱裙，在名目繁多的比赛现场飘来转去。最终熙慧说服了户主朴先生，朴太太岂敢阻止？亚恒随即闹着要学架子鼓。那份小心思像墙上的粗体字标语，明摆着的，找机会靠近熙慧罢了。欣达考虑到打鼓有助于与人交往和释放精力，勉强同意了。她计划用义卖收入补贴校舍装修，若有盈余，可支付一些"圣诞节演出"的费用。届时，亚恒和熙慧都有机会登场。哦，应该称作"节日季演出"，她暗自提醒自己，犹太或穆斯林后裔的学生不会庆祝圣诞。近些年，学生家庭的文化背景变得越来越像马赛克，使用政治正确的词语像在雪地里驾车，得格外谨慎。

亚恒把塑料盒放到自家的摊位上，扑到了熙慧的身边，抄起一把蛋糕铲，拉足了协助销售的架势。周围人的脸色从兴奋的绯红转入畏惧的青灰，仿佛宿营岛屿，欣赏山清水秀的风景，突然撞见了一头凶蛮的幼熊。朴太太压低了声音劝阻："你快去忙吧，你妈妈一定需要你的帮助。"亚恒偏偏愚钝，答道："我妈妈很能干，不需要我！"熙慧一边说"我们搞得定"，一边伸出手，想把蛋糕铲拿回来，亚恒不肯还，你来我去几个回合，出现了撕扯的迹象。几位家长和学生举起手机，"咔嚓"抢拍，天生的快枪手一般，弹无虚发。

不出十分钟，欣达听到手机的新信息"叮叮"提醒，立即查看，在"学生与家长脸书群"里，赫然闪出了亚恒和熙慧的合影。那竟是经过软件处理过的。亚恒的脸被一个硕大丑陋的猪头完全遮盖了，熙慧的大眼睛被墨笔拉成了狭长的沟渠，一枚黑箭刺穿了她白围裙上的小苹果，轰然炸开一句标注："食狗者！"脚下的地板忽然从中间断裂，欣达仿佛坠入了一个动物屠宰场，淋了一头一脸的脏血。亚恒患有巨人症，在学校里不止一次受到过嘲笑和奚落。欣达费了许多心力和口舌拉足选票，成功当选家委会主席，希望改变他的境遇。此刻，这幅照片化作了绞肉机的刀刃，飞速旋转，还不断衍生，碾碎了她的希望。

她定了定神，看清照片原发者是虚幻的"3K人"，转发者却是活生生的塞蒙！她抬头在人群中搜寻，撞见了黄头发塞蒙的脸，心中一震，发现他和自己的小学同桌像一对双胞胎。两人虽发色不同，眼神中的鄙夷和得意却惊人的相似，如隔空甩过来的重物，准确无误地砸在她的脸上。她在老家北京上五年级那年，有一天走进教室，对同学们的扑哧喷笑感到奇怪，坐下来之后，才看到黑板上的一幅长颈鹿漫画。漫画题名《傻大个儿徐欣》，那时她还叫徐欣，而不叫欣达·徐。同桌的表情坦白了一切，她忍不住质问、谴责。他在全班的静默注视下，操起一本砖头般厚重的教科书，用力扇到她的左脸颊上，似乎割开了一条纵深的伤口。那天她懂得了，泪滴永远是撒在伤口上的残酷的盐。

塞蒙和他的妹妹安娜贝儿半年前转入车轮镇小学，他读七年级，安娜贝儿比他低一级，与亚恒同班。他有过几次欺侮亚恒的"前科"，被校长找去"正式"谈过话，但并没有受到过实质性的惩罚。一个月前，他的妈妈莎曼莎·科林给了学校一笔可观的捐款，替补进入了家委会担任董事。对此，欣达的想法比高难度的数独游戏还复杂。莎曼莎像孔雀一般骄傲,会愿意和自己"组成一个团队"吗?镇上的老人们常说,把朋友拉近些,把敌人拉得更近些。她幻想潜移默化地说服莎曼莎加强对塞蒙的管教,没料到塞蒙先下手为强了。

欣达奔到亚恒面前,不由分说,抢下他手里的蛋糕铲,把他拖到了门外,问:"你能不能少出头露面?"亚恒一脸懵懂。她用手指横扫手机屏幕,把猪头照片竖到了他的眼前。他惊愕地瞪大了眼睛,一把夺过手机,粗大的指关节吱吱作响,几乎把它捏成碎片,问:"这个'3K人'是谁?凭什么羞辱我们?"她给不出一个答案,或者一个解释。儿子说:"我要给我爸打电话!""你忘了,你爸把手机放在家里了?"欣达难过地提醒道。欣达的丈夫是修铁路华人的后代,人力资源谈判专家,一年大约出差三百天。上星期西部铁路工人又闹罢工了,他代表运输集团,进入酒店与工会领导谈判。双方为保证不受任何外界的干扰,不携带个人的电脑和手机,简直像短期坐监。"他什么时候能回来啊?"儿子带着哭腔问。"三五天吧,或者更长时间,"欣达说,"不过,妈妈也会替你出气!你老老实实地看摊儿,我去揪出这个浑蛋!"以前她每次受到小学同桌的欺侮,她的父母,科研所里的一对胆怯的书呆子,总劝她忍耐,说对方的家长有权有势啊。她随父母移民来加拿大时,正是亚恒现在的年纪,在学校里受歧视后,不止一次坐在马桶间里掩面抽泣。父母又因为英语笨拙,心怀自卑,不敢出面替她伸张。现在她不去"打破魔咒",更待何时?

欣达带着儿子悄悄地回到了多功能厅,复杂的目光从各个角度射灯般亮起来,"照片羞辱"事件的帷幕已经拉开,轮到她登台了。事件涉及家委会的三位成员,她不可以像独角戏演员那样自说自话,首要的任务是结盟。她走近朴太太,低声问:"你看到学校'脸书群'上的照片了吗?"朴太太在忙碌的间隙摇摇头。她催促道:"快看看!"朴太太拿起一张餐巾纸,擦擦额上细密的汗珠,从挎包里找出手机,翻到了那张照片,咬住下唇,直到血色全无,艰难地挤出一句话:"我们一家人从不吃狗肉!"欣达反问:"吃过又怎么样?韩国人吃的是肉狗,不是宠物狗。这是偷换概念!"熙慧凑过来扫了一眼照片,脸颊的颜色从草莓红秒变桑葚紫。在不远处,几个学生围成一团,嘻嘻笑着扮怪脸,其中笑得最响的是塞蒙。欣达建议道:"我们去和校长谈,他必须出面处理!"朴太太倒退了一步,喃喃地说:"我……你看,我正忙着呢。"熙慧语气果断道:"妈,你应该去!"朴太太皱起了眉头说:"小孩子别参与大人的事儿!"说罢,继续接待顾客。欣达无奈,转身走开了。小学里没有班主任,只有全科老师。这一年亚恒的全科老师是一位礼貌的胆小的女士,正为退休做准备,以前都不擅长处理类似事件,现在能怎么样呢?她决定单枪匹马去找校长。

校长站在篮球架下,正和莎曼莎说笑,一改平日西装革履的形象,换上休闲T恤,可以凭亲和力加分。负责义卖活动摄影的家长走过去,抓拍了一张,校长眼中竟然泛起了罗密欧式的波光。莎曼莎称得上是位成熟美人儿,蓝眼高鼻,把一头赤褐色的头发高高地梳成马尾,身穿纯白高尔夫球衫和长裤,前胸还印着流行的抽象派图案。显然,她计划在义卖活动结束后直奔球场。

欣达站在一旁礼貌地等了一会儿,但是这两人仿佛久别重逢,互诉身世没完没了。校长在车轮镇土生土长,大学毕业后一度在欧洲多国旅行,背一个双肩包,披一头长鬈发。他在抵达意大利北部维罗纳的"朱丽叶故居"后,就挪不动脚步了,逗留了好几个月。莎翁笔下的朱丽叶美若天神,每日收到成百上千封信。写信者来自世界各地,倾吐生活中的尤其是爱情上的烦恼。校长志愿担当复信者,写到动情处,两只褐眼噙满温热的泪水。他后来根据这段经历,写过一部非虚构作品,引起了不小的轰动。人人腹中怀着一本书,他把这本书产下后就不见"再孕"的迹象。镇上任何一位"一球进洞"的业余高尔夫球手,都比写书者更受欢迎,即便把诺贝尔文学奖获得者艾丽斯·芒罗搬来,恐怕也改变不了这种局面。校长如今年过半百,长发变短,昔日的卷儿早已蒲公英般飞散。欣达一再动用想象的魔法,难以把他变回到那个浪漫的回信者。

耐心变成了一丛枯草,左脸颊上的火苗肆意地蔓延,她终于走过去,说:"对不起,打扰一下。"校长伸出手,给她用力地一握,说:"恭喜主席!你看,这现场气氛多热烈!一个成功的开端！"欣达咧了咧嘴，做出微笑的努力。莎曼莎脱口而出："我在第一时间表示支持，按照现有条件，适合办这样的活动。"欣达听得懂她的弦外之音，即一些家长的经济状况不尽如人意，于是回敬道："当然比不上你办的豪华拍卖。"莎曼莎在多伦多的一家拍卖公司当经理，组织过若干场大型拍卖活动，据称经常募集到珍稀古董，或者北美演艺界、体育界名人的私人用品，此刻的旧货义卖在她眼里，恐怕和过家家的游戏差不多。

欣达把脸书上亚恒和熙慧的照片拿给他们看。校长脸上的微笑还未完全退去，摇着头说："唉，这些学生，把图像处理玩得越来越精了。"欣达压抑不住怒火，失声喊道："这是霸凌！歧视！""哦，"校长急忙摆手，"请不要感情冲动，请不要轻易使用夸大词语。"欣达正色道："请校长找塞蒙谈话，要求他当众道歉，还要查出照片的原发者'3K人'！这家伙一定在现场，还在朴太太的摊位前逗留过。"校长露出了为难表情，说："以前也出过类似的事情，我无权一一审问，也不会有人承认；联系脸书集团也没用，他们要保护隐私权，不会透露用户的真实信息。"莎曼莎浅浅地一笑，说："欣达，对孩子间的游戏，你太敏感了！不过，我会教训塞蒙。"

周围的叫卖声、聊天声此起彼伏，一个印度大家庭从欣达和校长中间走过，有十几人，女人们沙丽拖地，仿佛出席重大活动似的，脚步悠然，对欣达圆睁的怒目毫不留意。欣达想,不可以就这样退进死胡同,于是说:"我要求立即召开家长委员会紧急会议!"

家长委员会,简称家委会,是非营利组织,成员都是分文不取还经常赔钱的志愿者,但角色齐全,有正副主席、会计、秘书、董事,还有学生和社区代表各两名,当然也包括校长。家委会还严格遵循商业公司的运作形式,制定章程,每年改选。平常开会讨论当月各项事务,报告财务支出和收入。在特殊情况下,主席有权召集紧急会议,而校长无权否决。校长有些惊讶,无奈地点了点头,说:"我去通知大家,一刻钟后在会议室见。"

除两名社区代表不在现场,欣达和其他七名成员都在会议室里聚齐了。欣达说:"我们在'粉红衬衫日'普及反霸凌常识,在其他日子就对霸凌视而不见吗?"她知道在座的人都熟悉这一掌故。十几年前,在新斯科舍省的一所小镇学校里,新来了一位十年级的男生。他身穿粉红衬衫,"显露同性恋倾向",遭到了个别同学的恶意嘲笑。同班的两位男同学买了五十件同样颜色的衬衫,发给大家第二天穿上,支持这位受欺凌的男生。后来各地纷纷响应,联邦政府还把二月里的最后一个星期三,定为"粉红衬衫日"。每到那一天,全国就变成了一片粉红的海洋。再后来,其他国家的许多地方也纷纷效仿。校长急忙应答:"我们学校是零霸凌区。第一场开学典礼请的是蓝领代言人鲍勃·西格,尊重弱势群体是传统!我是学校招的第一批学生,当时在场!"

欣达想，又把蓝领传统的大旗摇出来遮羞了，说道："我正式提出一项家委会动议——调查张贴羞辱照片的肇事者！"众人观点不一，其中莎曼莎提出激烈的反对意见："学生们还小，不懂得恶作剧和霸凌的细小差别。对他们，我们应该宽容。"最后大家决定投票。校长冷静地建议："欣达、朴太太、莎曼莎，事件涉及你们的子女，会有'利益冲突'，必须放弃投票。"朴太太像个做错事的学生，坐在角落里，身上还扎着白围裙，长舒了一口气。在剩下的五人中，三人投了反对票，动议流产。欣达气愤难平，说："这简直不可理喻！"校长解围道："义卖活动正火热呢。你去看看摊位吧。"

欣达迈着大步离开了会议室，在走廊上，她又看见了那张熟悉的巨幅加框的演出照，鲍勃·西格留给车轮镇小学的"珍贵历史资料"。鲍勃抱着吉他狂舞，长发与胡须齐飞，两眼真诚而忧郁地与她对望。四十多年前，加国 G 汽车配件厂慷慨捐赠，创立了这座学校。鲍勃受邀献唱，据说方圆几百里内的狂热粉丝都前来捧场，使主街上的交通完全陷入瘫痪。当晚，车轮镇自有史以来，首次登上了国家电视台的新闻头条。

欣达听到背后细碎的脚步声，猜想是朴太太的，并不回头。她在人群中穿行，恍惚间义卖场变成了假面舞会，怎么判断哪个面具下藏着"3K 人"？更奇怪的是，多功能厅中间似有一条无形的堤坝，"小镇人"坐东，"城市人"坐西。一些小镇人是学生们的祖辈，G 汽车配件厂的"荣退员工"。大约半个世纪前,这家工厂在临近的欧市扩大规模,雇用了镇上的若干居民,给予丰厚的工资和福利,惹得当政官员们都眼红心热。近些年,加工活儿被转移到了劳动力低廉的墨西哥,领取失业保险金的工人在主街上排起过浩荡长队,小镇经济像漏气的车胎,迅速地疲软下去。命定不衰总有救,感谢早期拓荒者择安大略湖畔而居,小镇仰仗水路和公路的方便交通,还有通勤火车经过,摇身变成"抚育儿女的理想居住地"。地产开发商比拓荒者更有魄力,四处大兴土木,吸引了一批白领到此安家,包括欣达和她的丈夫。这些白领们在多伦多的大银行、大公司供职,开宝马或雷克萨斯,周末载着孩子四处学艺或看戏,在小镇人眼里,是不折不扣的"城市人"。

她浏览林林总总的二手物品,几乎是在检视"门帘后的真实生活"。城市人出售的是精密的乐高积木玩具、复杂的电动汽车、装扮艳丽的芭比娃娃,有些甚至还没有拆封。小镇人的摊位上,摆着圣诞老人雕像、蕾丝披肩、古董车牌、钓鱼工具……还有一架木质老式黑胶唱片机,从唱机里传出的,正是鲍勃·西格的沙哑的歌声:"我喜爱旧时光摇滚,仍然喜爱旧时光摇滚,那是抚慰灵魂的音乐……"

安娜贝儿站在靠西墙自家的摊位后面,羞怯得像一只小松鼠,似乎随时准备藏到桌底下。她的麦色头发细软卷曲,脸上的皮肤白得几乎透明,蓝色血管若隐若现。欣达走过去,打量摊位上的二手物品,传统的、前卫的、本土的、国际的,泄露了主人内容丰富的过往生活。她被一个小巧的玛雅女人的木雕面具吸引了,拿起来,想看看生产地,见底座上刻着一行字:"给萨曼拉,1998 于伯利兹,圣佩德罗。"这显然是定制的,她说:"这个木雕好美!你知道它是谁的吗?"安娜贝儿低声回答:"我妈妈的,说是多年前一个朋友送给她的。"莎曼莎改过名字!加国女人婚后改随夫姓十分常见,但改名手续麻烦,一定要有足够的理由和动力。莎曼莎年轻时怎么跑到圣佩德罗去了?会不会有什么不可告人的秘密?欣达买下了面具,看到安娜贝儿露出了天真欢喜的神情。

欣达回到自家的摊位上,见儿子耷拉着头,像被太阳暴晒了一天的向日葵,在手机上玩游戏,也没售出几样东西,不由得叹了一口气。儿子刚出生时,浓眉大眼,讨人喜欢。那时她刚进入建筑设计行业,参与多伦多豪华湖景公寓的项目,在职场的迷宫里繁忙地兜兜转转,似乎稍不留神,儿子就超速成长了。她怀着歉疚的心情,带着他看过半打的专家,没有哪位给出过明确的治疗方案或病症起因。是先天遗传还是后天饮食和生活习惯?她的确给他买过数不清的大号汉堡和软饮料,为此一直被羞惭折磨,还要不时地帮他应对不公平的待遇。她用手机搜索"萨曼拉·科林,加拿大",萨曼拉不是一个大众化的名字,出现的次数不多,一位幼儿园教师、一位话剧演员,都和莎曼莎毫不搭界。随后,她删除了加拿大,搜索圣佩德罗,一个儿童绑架犯跃然跳出！案件发生在千禧年,诡异的是,这个萨曼拉姓科瓦尔,形似安娜贝儿,神似莎曼莎,不过头发是金色的,可转念一想,头发是最容易染的。

这时临近摊位的糕点几乎售罄,众人已经散去。欣达走近朴太太,开门见山:"我想求你帮个忙,查查莎曼莎到底是什么人。"朴太太一惊,用比翻书还轻的声音问:"我哪有什么办法啊?"欣达知道朴先生在欧市开一家医疗诊所,朴太太担任会计兼接待员,莎曼莎全家都是他们的病人,就说:"你家诊所一定有她的全部病历,我就想知道她是不是改过名字。"朴太太慌忙摆手,怯怯地说:"这不行,我们必须保护病人的隐私!绝不可以损害诊所名誉,弄不好,还会惹上官司。"她以前说过的,朴先生的父母开了一辈子的便利店,从香烟、手纸等商品的销售中获取薄利,供朴先生读完了费用昂贵的医学院。现在朴先生单独开业,实现了两代人化蛹成蝶的梦想,怎么可以轻易冒险呢?欣达说:"你上网读读案件回放吧!萨曼拉·科瓦尔!"说罢,转身走向了其他摊位。

义卖活动结束了。欣达对义卖的收入比较满意,特地赞美了朴太太的销售佳绩。可怜的朴太太无心享受喜悦,脸色惨白,把欣达拉到多功能厅的一个角落里,低声问:"那个萨曼拉真是莎曼莎?"欣达用力地点头。这时,从不远处传来了莎曼莎的笑声,随后一个白影子拖着两个孩子,飘然离去。朴太太眼中掠过一缕惊恐,说:"她是'白垃圾'!九岁开始吸毒,十六岁时离家出走,后来和一个三十多岁的瘾君子同居!"欣达想,真是网络恢恢啊。瘾君子有一个八岁的女儿,叫菲丝。离婚时,法院鉴于他的家暴记录,把抚养权完全判给了他的前妻,并要求他每次探望都必须征得前妻的同意。萨曼拉按照他的"周密计划"应征保姆,打入他前妻的家,和菲丝交上了朋友。有一天她偷出了菲丝的护照,把菲丝哄骗到机场,与他会合,乘机一起飞往中美洲小国伯利兹,随后在圣佩德罗隐居,因此触犯了加国法律。欣达问:"一个前罪犯,每星期都戴上志愿者的面具,走进教室。在她和你的宝贝女儿之间,你要保护哪一个?"朴太太远远地望了一眼熙慧,咬着下唇不出一声。

第二天早晨,欣达收到了一封从陌生邮箱寄来的电子邮件,正文只有简单的一句话:请见附件。附件是莎曼莎在朴家诊所的登记表,在曾用名一栏上写明是萨曼拉·科瓦尔!还有一份她在监狱里的医疗记录。"我逮上你了,莎曼莎!"欣达对着电脑屏幕出拳。"你真会伪装!"她花了大半天的时间,调动所有在线资源,厘清了莎曼莎的个人历史脉络。她的第一计划是向校长摊牌,但回想起他与莎曼莎热络的样子,就放弃了。她先在脸书上注册了一个新账户,取名"儿童保护者",并发起"监视莎曼莎"群,转发了一系列的图片新闻给媒体。第一张图片是莎曼莎戴着手铐被押上直升机;文字说明:警方花了两年的时间,投入了人力物力,耗费纳税人的大笔金钱,终于把莎曼莎和她的情人于伯利兹捉拿归案。第二张图片是莎曼莎在法庭上低头认罪的画像；文字说明：儿童绑架犯萨曼拉被判五年徒刑。第三张图片是墓碑上的一帧少女小照；文字说明：被绑架的菲丝回到加拿大后，随生母远远地搬到安省 L 市，却不幸患上了"创伤后遗症"，高中毕业前跳湖自杀……最后一张图片是一身白衣的莎曼莎在义卖活动上与校长的合影。至此，莎曼莎的神秘面纱被完全扯下来了。

欣达有些犯难，谁来把这个群链接转发到实名的学校家长群里呢？一个小时后，一个个陌生的名字，自称车轮镇小学的家长，加入了"监视莎曼莎"群。是不是匿名发邮件者一直关注，然后把链接发给了其他匿名者，欣达不得而知。世界早已进入"明网""暗网"胶结的状态，每个人都是一只盲目的蜘蛛。家长们义愤填膺，开始追寻莎曼莎的行踪。有人发现她在超级市场，或在健身房里，就立即用手机拍下来，发到群里，提醒大家保持距离。

星期一上午，欣达在百里外的城市开完设计师会议，下午在绵绵秋雨中飞车赶到车轮镇小学。这天轮到她到亚恒的班上当志愿者，辅导学生们做数学题。她在走廊瞥见了莎曼莎的身影，猜想对方是要去塞蒙的班，随即通过"儿童保护者"的账号，在"监视莎曼莎"的群里发出一条信息，呼吁家长们"请禁止莎曼莎再靠近天真可爱的孩子们！"

在亚恒的班上，欣达注意到安娜贝儿坐在角落里，低垂着头，像在研究自己的指甲。到了做习题时，亚恒又抵抗不住"黑瀑布"熙慧的吸引,主动要求结组,居然获准了。亚恒的数学完胜班上的任何同学, 当然是结组的最佳选择,熙慧这个小妖精不乏市井聪明,随后她邀请安娜贝儿加入。难道她忘记了,安娜贝儿的哥哥塞蒙转发了羞辱照片?!她还起劲地劝说安娜贝儿参加学校的演出。欣达这才知道,安娜贝儿学电子吉他也有一段时间了,但一直缺乏登台的勇气。朴太太说过,熙慧喜欢幻想,有时会把安娜贝儿幻想成自己的姐妹,还为此着迷。亚恒把一个叫提姆的鬈发黑人男生也拉了进来。四个孩子围在一张方桌旁悄声说笑,像在开派对。

放学时,雨还没停,乌云继续大团地攒聚。欣达护送学生走出大门,看到许多家长已在停车场等候了。突然,安娜贝儿指点着自家的银色路虎车,发出了一声惨叫,车身被人用血红色的油漆喷了一行字:"莎曼莎=儿童绑架犯!"一些"城市人"家长变戏法似的,举起了写满"驱逐莎曼莎"的木牌,一些"小镇人"家长挥臂喊起了愤怒的口号:两个阵营首次"强强联手"。莎曼莎拨开人群冲过去,拉住女儿的手臂。她把头发松垮地绾一个髻,眼圈发黑,懊恼的神情如肖像画上新添的败笔,扭曲了标致的脸庞,与两天前判若两人。安娜贝儿挣脱了自己的妈妈,向停车场的出口跑去,像狩猎场上的一头迷途的小鹿,惊恐地躲避黑森森的枪口。亚恒和熙慧并排追赶,嘶喊她的名字;朴太太半路杀出,从苗条的身体里爆发出巨大的气力,几乎粗暴地推开亚恒,把熙慧搂进了怀里。这时塞蒙狂奔而来,两眼猩红,怒骂安娜贝儿"窝囊废",不料亚恒健步向前,用小山一般的身体护卫安娜贝儿,眼里迸发出陌生的光芒。莎曼莎终于赶上去,拥抱安抚女儿,她脸色煞白,艰难地喘息着。塞蒙从地上捡起一根粗大的树枝,跑到自家的汽车旁疯狂地抽打,似乎要赶尽杀绝每个字母。众人惊呆了,陷入莫名的沉寂,把举木牌的手慢慢地放下了。校长闻讯赶来,试图阻止塞蒙,左脸颊却被他手中的树枝抽到,留下了一道刺目的血印。雨加大了力度,却冲刷不掉车身上触目惊心的红字。随后,一阵警车的笛声从主街上刺耳地传来,给抗议活动画了一个终止符。

学校因为财政紧张,没在停车场安装摄像头。警察在调查了一个星期后,把"喷车事件"归入了"冷案"。百名家长联名上书校方,要求校方勒令莎曼莎的儿女退学,很快得到了正式回复:"莎曼莎已服完刑期,学校无权劝退其儿女。"

欣达迫于家长们的压力,代表家委会与校长单独会面谈判,隔着他的办公桌,心里生出一把尺,量得出彼此的距离。校长脸伤未愈,变得陌生了严肃了,问:"我在朱丽叶故居做过志愿者,你听说过吧?"欣达迷惑地皱眉,暗想这和"喷漆事件"有关联吗?他从抽屉里拿出两页纸,说:"我给邻镇的一位女中学生写过回信,她叫萨曼拉·科瓦尔,你当然知道她是谁。我出书后过了好几年,她通过出版商找到我,特意要把两个孩子转到我们的学校。其实她家住在车轮镇和欧市之间,有其他选择的。我当年的回信成百上千封,对她只有一点儿模糊印象,没想到她一直保留着我的回信。这是她给我的复印件,我想请你读读。"

　　欣达疑惑地接过那两页纸,上面写道:"萨曼拉,你好!读了你的信,我的心情压抑而沉重。在我的眼前,晃动着你父亲酒醉后猩红的双眼,还有挥舞的拳头。他从军队退役、职场失意后,变了一个人,逼走了你的母亲,还对你又打又骂。你遇见了一个比你年长许多的男人,渴望他的保护,我当然理解。你问我该不该离家出逃。你记得劳伦斯吗,那位设法帮助我和罗密欧的神父?他说过,'这种狂暴的快乐将会产生狂暴的结局,正像火和火药的亲吻,就在最得意的一刹那烟消云散,最甜的蜜糖可以使味觉麻木,不太热烈的爱情才会维持久远,太快和太慢,结果都不会圆满!'我建议你寻求亲朋或社会组织的帮助,祝愿你在生活中找到真正的平安和幸福。"落款是"朱丽叶"。欣达读完后,陷入了沉默。校长的眼中掠过悔恨的泪光,说:"我当年背包游回来后,应该找到萨曼拉,当面阻止她离家出走!""你不可能拯救每一个给'朱丽叶'写信的人。"欣达低声说。"可她家离我家仅仅五十公里,五十公里!"校长喊道,萨曼拉在服刑期间读完了高中和本科,出狱后连最低时薪的工作都找不到,所幸遇见了现在的丈夫,搬了几次家,为了生计才改名换姓的,终于在多伦多找到了一份工作。前不久,她意外地从一位远房亲戚那里继承了一小笔钱,就把它捐给了学校。"我没想到……"欣达嗫嚅道。校长说:"我们对他人生活的真相总是缺乏深究的耐心。"最后,两人达成了协议,安娜贝儿和塞蒙继续在校读书,莎曼莎退出家委会,不再进入学校担任志愿者。

从此,莎曼莎在接儿女放学时,把车停在离学校至少十米远的街道上,不管天气阴晴,都戴着一副超黑太阳镜。她的车已被整个喷成了红色的,想必是花了不少钱请专业车行处理的。每次两个孩子入座后,她就立即启动,仿佛骑上一条火龙迅速地逃离。

学校小花园里的秋叶都凋落了,意味着节日季演出的日子越来越近。欣达带领家委会成员不断变换办法,持续地为学校募捐,取得了可圈可点的成绩。亚恒去学校排练节目的次数增多了,他和熙慧、安娜贝儿、提姆上报了演唱节目《铃儿响叮当摇滚》,还准备好了圣诞节主色彩的演出服:男孩穿绿衬衫配黑长裤,女孩儿穿红裙装。亚恒在每次排练后,都像喝了大瓶的佳得乐运动饮料,兴奋、多话,当然话题常围绕着其他三个孩子,尤其是安娜贝儿。欣达几乎怀疑他转移了爱慕目标。他说,安娜贝儿五岁那年,她家人搬到了新不伦瑞克省的一座小岛上,靠爸爸做手工艺品生活。从那时起,塞蒙就变了,经常惹下这样那样的祸端。直到现在,她妈妈每星期都得带他去看心理医生。

十二月的第一个周六,冬季的第一场雪把车轮镇覆盖了。亚恒请求欣达在排练结束后,把他和安娜贝儿一起接回家,因为她的爸爸去外省参加展销会了,她的妈妈出城了,欣达同意了。那天晚上九点多,安娜贝儿已在客房里睡下了,欣达听到门铃声,立即下楼开了门。莎曼莎眼里似燃烧着奇异的火苗,脸颊泛起病态的绯红,说:"对不起,路上堵车,我来迟了。"欣达犹豫要不要请她进门小坐,喝杯热茶,但又担心她染上了病毒。莎曼莎立即会意:"那我就不打扰了,请你明早顺便把我的女儿载到学校,谢谢!"说罢,转身快步走下了高高的石台阶。欣达忍不住冲着她的背影说:"莎曼莎,我也是母亲,我现在才知道你也不容易。"莎曼莎停下了脚步,慢慢地转过身,仰头望着欣达,说:"我和那个男人带菲丝去伯利兹那年, 还不满十七岁,天真愚蠢。"雪花落到她的额头上,像落到一片热奶油上,很快融化了。她的声音开始哽咽:"你知道吗? 因为他经常对我拳打脚踢,我进了监狱后反倒觉得安全了……我去菲丝的墓地了,开车来回五百多公里。今天是她的忌辰。其实,我永远也服不完刑期。"说罢,她驾车离开了。汽车尾灯消失在街道的尽头,像两团渐渐熄灭的火焰。欣达转身走进了家门,在自己的书房里启动电脑上网,用微颤的手指点击鼠标,解散了"监视莎曼莎"脸书群。

在节日季演出的那天,校工一大早就在粉刷一新的多功能厅里搭建起了临时舞台。家委会成员和老师们摆上从"沃尔玛"买来的三百多张折叠椅,再加些七彩的装饰,就变出了一间礼堂。傍晚时分,学生们和家长们身穿节日盛装抵达了，甚至荣退员工们也换上了各色的雪花麋鹿毛衣，陪伴儿孙露面了。欣达在第三排坐下来，朴太太从她身边悄悄走过，选了前排斜对面的座位，显然刻意保持距离，校长倒是主动地坐到了她的身旁。欣达回过头，注意到获得"特别批准"的莎曼莎坐在角落里，身边是面无表情的塞蒙。

学生们虽对圣诞老人的存在半信半疑，但演出了一系列的传统节目。最令欣达期待的，当然是亚恒登场。在她的脑海里，《铃儿响叮当摇滚》欢快的熟悉的旋律一波波来袭。终于帷幕被拉开，四个孩子朝气蓬勃地亮相了，熙慧和安娜贝儿抱着电子吉他，提姆抱着电子贝斯，但是，他们身上的圣诞色彩服装竟被粉红衬衫和带破洞的牛仔裤取代！大厅里响起了一阵惊讶的叫声和口哨声，欣达简直不能相信自己的眼睛。台上的两个女孩儿变戏法似的，从后背腰带间抽出粉红的假发套戴上，两个男孩儿也不示弱，扎上了印有一只白手掌的粉红领巾，掌心中间画着单词"NO"，那是一种反霸凌的标志。这时观众席上的一些学生纷纷脱下了短上衣，露出粉红的衬衫或 T 恤。校长欲起身，阻止这场毫无预兆的演出事件。欣达伸出手，紧紧地按住了他的胳膊，使他无法动弹。亚恒坐到了架子鼓后的椅子上，扫视了一眼全场，像巡演过世界各地一般稳如磐石。欣达回过神来，遗憾丈夫因为出差不在现场，之后便拿出手机开始录像。

熙慧两眼显露神奇女侠式的灼灼光芒，宣布道："我们要演唱的，是一首新创作的朋克摇滚曲《我们不会陷于恐惧的黑暗》。"吉他和贝斯一起发声，像前沿骑兵般轻盈矫健，熙慧首先开唱："我们也许庞大，也许瘦小，我们被你嘲笑，但我们不会，不会陷于恐惧的黑暗。"随后是安娜贝儿、提姆的合唱："我们也许皮肤有色，也许倾向不同，我们被你霸凌，但我们不会，不会像阴影般缓慢消散……"亚恒用一双大手挥舞鼓槌砰砰敲击，给这驾摇滚战车加足了马力。欣达觉得箍在自己身上的无形铠甲被击落了，似乎进入了一只五彩的空灵的氢气球，穿越屋顶，奔向雪后初霁的天空。她透过蒙眬的泪眼，轻缓地移动手机，镜头掠过双肩颤抖的朴太太、静穆如岩的莎曼莎、脑袋低垂的塞蒙，还有纷纷起身激动地挥舞手臂的学生们。那个尚未暴露真面目的"3K人"也入镜了吗？此刻有什么感想呢？最后，她再次聚焦演唱者。

在演出结束后，欣达立即把录像上传到 YouTube 上，把链接通过短信发给了身在外地的丈夫，还附上一句话："也许，他们已开始打破魔咒。"相信他会在第一时间点击观看的。

两天后，演出视频的观看量达到了几百万，四个孩子收获了众多赞美。网民"荣退员工"留言道：在车轮镇的历史上，唯一能和这场演出媲美的，是二十世纪七十年代鲍勃·西格现场献唱金曲《旧时光摇滚》。欣达满心欢悦地回复：宣布一个新校园乐队的诞生，取名"穿粉红衬衫的巨人男孩"。

离天国最近的隔离地

1

黄乔希从死亡的沉睡中睁开了双眼。

他隐约地看见一片苍茫,渐渐辨认出云层。云层恣肆地覆压在一条河上,在远方被一座险峰刺穿。河水的颜色深极了,似乎在这大萧条年代,生产商把大桶大桶的黑褐色石油倾倒了进去。沿河的灰石子河滩无休止地延展。他正躺在这片河滩上,裹着一袭丑得半死的医用白袍,还结满冰,竟觉不出冷;头像被人从中间劈开,又草草地缝合,剧痛难挨。他吃力地抬起手臂,贴住心口,捕捉到了节律;又摸摸脸颊,感觉出轻微弹性。暖风从河上飘荡过来,一波接着一波,消解着身上的冰枷。

他挣扎着坐起来,悄悄掀开袍子的下摆,发现隐私的骄傲部位麻木低沉，形同虚设，惊骇得几乎晕过去。放眼周围，白袍人星罗棋布，仿佛泰坦尼克号撞上冰山沉没，落水乘客漂洋过海，被惊涛骇浪冲到了此地。这些半赤裸的魂灵跌跌撞撞地站起来，散乱地排起十几列长队，啃着指甲，像等待核酸检测一样烦闷，缓慢向前挪动。

这幅场景与他最后的记忆风马牛不相及，令他懊恼万分。

他花了整整一个月的时间计划自杀，先在谷歌引擎上搜索，获得大约四亿个有关结果。无论采取何种方式，都做不到空前绝后。他在一个 Excel 表格上，列出了跳楼、悬梁、切腕、割颈、剖腹、触电、投水、自焚、药物等方式，从死亡装置、痛苦指数、尸体形象、牵连他人、致死程度等方面进行了细致比较，最终选择了药物。

在一个春风沉醉的夜晚，他在自己的公寓里，从单粒铝箔纸的包装中，挤出了一百粒安眠药，融入一小瓶牛奶，把牛奶瓶装进一只黑皮包，随后淋浴，还修剪了指甲。这消耗了大半的气力，他只好躺在沙发上休息。大约半小时后，他终于起身，穿上体面的黑西装、白衬衣，扎上白领带，把写给女儿的电子邮件遗书设置成十二小时后自动发送，通过手机软件叫了一辆"优步车"。几分钟后，他戴上黑棉布口罩，提上黑皮包出了门。

一辆黑色林肯已在公寓楼门口恭候了。男司机是一位头发像鸟巢的印度裔，也戴着黑棉布口罩。因为疫情大流行,人们居家隔离,车辆畅行无阻,乔希恍若置身于网络飙车的游戏。突然,司机撕心裂肺地吼叫一声,猛踩刹车,硬是把车停在了一个庞然大物的毛茸茸的胸前。乔希立即按控制器降下了后排车窗,探出头去,撞见一头驼鹿的狠戾目光。他的心像一只受惊的小松鼠,倏地跳到高处颤巍巍的树枝上。他在自杀表格上没列上"被驼鹿撞死"这一条,单知道驼鹿可能踏上林间公路,没料到它会乘虚而入,进城收复失地。他不肯转移目光,决意要让这个倒霉的家伙懂得,一个无惧死亡的人是多么强大。驼鹿果然败下阵来,挪动铁柱一般强壮的蹄子离开了。司机重新开动汽车,瓮声瓮气地抛出一句话:"我×,尿到裤子里了!"

在路过 L 大学时,乔希看到了山坡上足有五十米高的黄砖钟楼。如果说这座城市像一个男人,L 大学就是他的心脏,因此获称"大学城"。楼里文物级的罗马式大钟,就是他跳动的心弦,在狂风骤雨暴雪,甚至地震中都分秒不误。乔希在刚进入 L 大学读生物博士的那个秋天,一度站在钟楼旁面对阳光展露笑容,把右手紧贴脸颊,傻傻地打着 V 字手势拍照。

罗马式大钟停在了下午一点半。

多年前,他的白人女友薇尔玛曾给他读过一句英语诗,大意为离别是我们对天堂的全部理解,也是我们对地狱所需要的一切。这时感伤像病毒导致的咳嗽,越想压抑越控制不住了。

他在总医院对面的小花园门口下了车，坐到事先物色好的临街长椅上，才注意到不远处的几株紫藤萝开花了。花朵们违背"社交距离"指令，像往年一样密匝匝地拥抱。他失去嗅觉很多天了，对馨香无从评判，但拥抱是何等的奢侈。他慢慢地喝完牛奶，齐整地躺下。晚风仿佛女儿幼时的手指，在他昏昏欲睡时不停调皮地掀翻他的眼皮。他只待晨曦破晓，毫无悬念地永不苏醒，被医务人员不无惊讶地发现，随后进入死者处理流程。

但是，再缜密的计划也会遭到破坏，他在这片莫名其妙的灰石子河滩上醒来了。

他无奈地排进了队伍，宿醉初醒般，随白袍人们向一顶巨型白帐篷移动。见前面的老者回过头，他趁机问："这是哪儿？"喉咙像被卷成一团的口罩堵塞了，发不出一丝声响。老者把目光越过他，投向虚无天空，白金色的头发和眉毛闪耀着倨傲的光亮，随即他把头转了回去。乔希远远地看到，白帐篷的背后是一座青砖红顶、面河而立的酒店。它与大学城的 H 酒店多么相似！他的心蓦地如负重石般跌入水流，徐徐下沉。

这时，一位年轻帅哥登场了。他身穿海蓝色水手服短裤套装，迈开蜂蜜色的健美双腿，像露天 T 台上的模特，在衣衫褴褛的人群中引来一路艳羡目光，给每人派送一本《隔离地手册》。手册封面印着"隔离地管理委员会"的字样，加贴塑料胶片保护膜，但整体做工略显粗糙。乔希迫不及待

地阅读前言,其措辞像天下诸多的度假村指南一样佶屈聱牙。内容是这样的:

"欢迎你来到'离天国最近的隔离地'!全世界疫情肆虐,你不幸成为受害者之一。这是一条坏消息,但是每朵乌云都有银光边,你永远摆脱了身体疾病的苦恼,也逃避了吃喝拉撒的麻烦,只在夜晚享受安稳的睡眠。当然,如何对你的来世进行安排, 是我们必须应对的史无前例的挑战。把你直接打入地狱不甚公平,但也无法快送至天国,因为你可能已患上严重的心理疾病,比如抑郁症、躁狂症、灾难心理后遗症等,会对天国里的现有公民产生不良影响。我们把'苦难河'边的这家度假村临时征用为隔离地,要求你们至少停留二十八天。'社交距离'对于身体已无意义,但对于心理至关紧要,因此你暂时失去说话能力,只静默倾听,反思人生中的重要'时间点';专心修炼,实现灵魂的自我净化。请注意,你在恢复心理健康后,还需接受正常的道德状况评估,以获得天国护照。由于缺乏经验,我们的服务会有不周之处,还望包涵。希望我们共同努力,使你获得舒适独特的隔离体验。"

"他妈的。"乔希在心里骂了一句,摆脱了最难逃过的税收和死亡,还不得安宁。他环顾四周,白人面孔寥寥无几。这场疫病不就是一座横空出现的冰山吗?好莱坞大片《泰坦尼克号》把人们的目光引向穷帅哥和美女的爱情,却忽略了一桩事实:落水丧生的大部分人是坐二、三等舱的有色人种和低收入者。这所谓隔离地，竟然强迫受难者在心灵深海里自谋生路。手册还对志愿者即"摆渡人"做了较大篇幅的介绍。在古希腊神话中，冥王的船夫卡戎负责把死者渡过苦难河，奔赴来世。卡戎外貌凶神恶煞，为人贪婪腐败，要求死者从冥后的花园里偷折金枝交给自己，方可上船。隔离地的志愿者绝不收受贿赂，只耐心摆渡魂灵。鉴于需求量暴涨，天国选派了若干女性，还为张扬男女平权，对志愿者一律以"卡戎+编号"的方式命名。

太阳从云层里露出脸来，明晃晃地刺眼，吸干了身上每一颗忍耐的水珠。不知过了多久，乔希终于走进了白帐篷。坐在石桌后面忙碌的，是一整排穿黑衣戴黑棒球帽者，帽子上印有"志愿者"字样，脸上露出淡淡的优越神情。他渐渐靠近了一位女志愿者。她身穿黑高领套衫，胸前有一截性感的蕾丝镂空；橘红色的头发在帽下倔强地蔓延，还戴一副"古驰"牌深黑超大眼镜。他似乎在电视上见过她，但想不起是哪一套节目。她递给白金发老者一个平板电脑，要求他输入个人信息，随后系统里的中性语音助理，把他的要求刻板地读出："我要一间总统套房！""黑超女"耸耸肩膀说："这里根本没有！"语音助理替大亨发问："你知道我是谁吗？""不就是某某大亨嘛，关我屁事啊？我又不是魔术师，能给你变出一间来。"白金发大亨把平板电脑摔到地上，腾出双手狂砸桌子。黑超女的声调比语音助理还冷漠："捡起来！我会给你一个房间，不然就去睡河滩！"强龙压不过地头蛇,大亨不得不照做了,随后悻悻地离开。

这显然是位"虎女",乔希想,小心翼翼地走上前去。黑超女说:"你好,我是卡戎二〇,负责对你进行登记和病情评估。"她根据他的信息在笔记本电脑上搜索了一会儿,说:"你失掉了status(身份)!殡仪馆要替你向州卫生署申请死亡证明,你才会出现在系统里。"她不肯承认自己找不到,对他盖棺论定"失掉身份",仿佛踩死岸边一条奄奄一息的小鱼,轻易地把他抹去。

Status,多么熟悉的单词。他多年前认真地查过英汉词典,弄清它的含义包括"社会地位、身份、威望、重要性、法律地位、状况"。此时他自然意识到问题的严重性,小心翼翼地问:"那我怎么办?"

"你在这儿能找到一个熟人确认你的身份吗?"

他眼中闪现两抹亮光,迅捷地输入了前妻的名字"沛影·黄"。两人登记结婚时,沛影甜蜜蜜地要随他姓,离婚多年一直也没改回去,最终化为死鬼也没择清和他的关联。

卡戎二〇又开始搜索,仍然摇头,说:"不存在。"

"这不可能!"他涨红了脸,把键盘敲得噼啪作响,像点燃爆竹,"汤姆殡仪馆为她申请了死亡证明,我和三个壮汉一起把她的棺木放进了墓穴,还放了一打红玫瑰!"

她抬头瞄了他一眼,声调明显地缓和:"难怪要对你们这些人实行隔离。瞧你,愤怒得像一团野火,到处乱烧。这套系统是匆忙开发出来的,谁能保证数据全面、准确?我在你的名下做了记号,沛影·黄一旦出现,我就通知你。哦,另外,要是能确认你的身份,我还会安排你和人间的一个人正式告别。"

他迷惑了,企图穿越黑镜片看清她的眼神。排在身后的哑巴开始张牙舞爪地表示抗议,显然耐心已变得薄如蝉翼。

"出于安全考虑,绝大多数死者没机会和亲友告别,这有点儿残酷,所以给每人一个补救机会。"她说完,随后递给乔希一个呼机、一个小药瓶,"去会议室休息吧。抗抑郁药片每晚临睡前服一粒,比安眠药灵验。"

他一口气服下过一百粒安眠药,都没做到一了百了,抗抑郁药片会创造神奇吗?他看着手中的呼机,忍俊不禁,三十多年前流行的产品居然阴魂不散。不过转念一想,志愿者向哑巴单向发号施令,何必浪费先进的通信工具呢?他像一个行程千万里的旅人,抵达一个陌生国度,还没倒过时差,却接收到了一堆不明就里的信息。他恍惚想起《隔离地手册》上的规定,被验明正身者入住酒店客房,其余人栖身灾难宿舍——会议室。不管生前是否受过同样折磨,身份还是硬道理。

2

在通向隔离地酒店的小径上,乔希嗅到了紫藤萝花的香气，于是记忆借助香气的魔力对身心无孔不入。在大厅里，一排排"临时居民扫描仪"占据了舒适长沙发原有的位置。白袍哑巴们站在它们面前，伸长脖子紧张兮兮地填表拍照，像海关门口愁容满面的战争难民。一架白色雅马哈钢琴在角落里亭亭玉立，似乎尽力保持落魄公主的优雅气质。生与死之间的面纱如此轻薄，每人都能找到一个参照物，对应各自人生的一个时间点，而它，绝对是为他设置的。一个纤细的身影轻盈盈地穿越大厅，坐到了琴凳上，随即一队小精灵般的琴键上下跳动，音乐飘忽弥漫，如水面月光，如空中蝶影。

乔希在读博士的第二年，被选为留学生会理事，负责筹办春节联欢晚会，为借不到场地发愁。他在电话里说服了H酒店的王老板免费出借酒店大厅，"回馈社区"，令同学们兴奋万分。他提前几天勘察场地，希望挪动大厅里的白色雅马哈钢琴，腾出位置做中心舞台。前台告诉他必须请示经理，即老板的女儿沛影。

当他乘电梯踏上十二层，走进她的办公室，心情似乎比第一次会见博导还紧张。不料看到的是一位眉眼匀称的阳光少女，坐在大办公桌后面扮演成人角色。她站起身，落落大方地和他握手，藏蓝小西装和粉蓝百褶裙类似高中校服，饱满的身材呼之欲出。她操一口有些蹩脚的汉语，不说"很好啊"，而说"好好耶"，还拉长嗲声嗲气的尾音。她用微型咖啡机煮了一杯咖啡招待他，见他把三个糖包倾倒进去,说:"你会让咖啡变味的。"他自嘲:"我是乡下人。"她雀跃地迎合:"我也是乡下人!"据她讲,她的父亲生于高雄,年轻时在一艘国际邮轮上当船员,邮轮到纽约就"跳船"了,一头扎进一家酒店,不知天昏地暗地打工。多年后存下一笔钱,娶了她的母亲,一位有公民身份的广东乡下女子,在布碌仑开了一家小旅馆。她不喜读书,从十一二岁起就在厅堂和厨房里帮忙。待她高中一毕业,父母就用卖掉小旅馆的钱做首付,买下了这家酒店。电话铃响了,她看一眼显示屏,说了一声"不好意思,我必须接",随后与致电人讨论酒店的网络故障,英语纯正流畅,让他着迷。他踱到大落地窗前看风景,窗下的河水正披着金纱无声流淌,感觉她的目光暖洋洋地落在身上。他生得一副好皮囊,被女同学们誉为大陆版的金城武,还有一副软心肠,对路边的流浪狗都会表示友好。

春节晚会获得了成功,其中双人舞蹈《梁祝化蝶》的节目令在场观众最受感动,伴奏者是 L 大学音乐学院的年轻助教薇尔玛,一位金发的身材纤细的女子。乔希听她演绎东方凄美的爱情故事,瞥见站在不远处的沛影,心中涌满了前所未有的情感。

男同学们对他和沛影的恋情意见统一:"你小子看中了王小姐的 status!"他微微一笑,并不反驳,心想 status 不就是芳华佳人吗?哪个男人不想揽她入怀?他在和沛影喜结良缘后,拿到了绿卡,卸下一副精神重担。不幸的是,丈人得了中风，一头栽倒在酒店大门口的石阶上，健康每况愈下，一年后离世。乔希制作了一个 Excel 表格，列出继续或放弃读博的可能结果。继续，累死累活熬到毕业，面临与白人的激烈竞争，也许到大学教书，在医药企业搞研发，做博士后，或失业；放弃，会早日赚到房子、车子、票子等。对比之下，一度梦寐以求的学位变成了食之无味的鸡肋。他接手了酒店的生意。他的父母，东北的一对普通职员，梦想过他能成为生物界的李政道或杨振宁，听到这个消息后痛哭了一场。

乔希带人换掉了酒店里老旧的花地毯，撕下了过时的壁纸，打造简洁雅致的风格，还显露出生意经营的天赋。两三年后，就给父母寄钱买下一套商品房，令他们破涕为笑。那时在大学城贷款买房易如反掌，只需5%的首付，买车得现金返还。他和沛影先买下代表身份的宝马，后来女儿蓓姬出生了，又购入一辆轻松容纳婴儿车的路虎。当同学们初涉职场忍受煎熬时，他已成为四幢独立屋、一座公寓楼的骄傲主人，其中一幢自住，其余都用来出租。每天早晨，他穿上牛仔衣裤，握着叮当作响的大钥匙环，开卡车外出收租，或维护房屋。午餐前，走进酒店里自家专用的房间沐浴，换上高档白衬衣和应季应景的领带。每当他出现在大厅，就仿佛交响乐指挥登上舞台，全场都安静屏住呼吸。他辞去了几个好吃懒做的老家伙，雇用了低薪的女访问学者和陪读太太。她们的嘴巴堪比甜甜圈，夸他帅气，尊称黄先生。一来二去,半个城的人都这么称呼他。这些恭维里藏着五花八门的需求,但他照单全收,难掩内心的得意。

乔希走进了隔离地酒店的电梯,按了几次关门键,电梯纹丝不动,这才想到自己没有房卡可刷。他怅怅地退出来,找到了会议室,室内窗帷低垂、光线昏暗。仿佛庞贝古城里被火山灰骤然埋葬的一群人,诡异地活动起来,哑巴们站在七扭八歪的单人床垫之间,情绪激动地用手比画,徒劳地交流。他们看到他,不约而同地静默了半分钟,露出嫌恶的表情。一个矮小的墨西哥裔走过来,推搡了他一把,居然爆发出巨大能量,差点儿把他撞成画片,镶进门框里。这显然不是久留之地。他遵守州府指令,居家隔离了几个月。那时日子像雪下的一摞树叶,拨开来,看不出前一片和后一片的任何差别, 他甚至怀疑自己患上了"回避型人格障碍"。此刻还有社交的必要吗?

他转身离开酒店,来到河滩上,在一块岩石旁的僻静角落坐了下来。太阳收敛了光芒,慵懒地悬在天水之间。死前被厘清的各种念头,又像水草般纠结,还滋生出新的藤蔓。他为什么不在"系统"里? 难道女儿没有读到自己的遗书? 或者读了,决定置之不理? 沛影怎么不在隔离地,是不是执意与他永不相聚?

当年他享受众星捧月般的关注, 免不了惹出一两桩风流韵事。沛影不止一次骂他心软得像海绵蛋糕,一遇见女人牛奶般的眼泪,就瘫成一团,对他身边的女人日夜严阵以待。她气急时闹过离婚，渐渐失去了活泼的神采。不久，一座赌场酒店在大学城外十英里处拔地而起，对常客或买够筹码的赌客免费，抢走了 H 酒店的生意。出色员工纷纷跳槽，一些连家具都擦不干净的无能之辈留了下来。后来又闹出了床虱事件，其恶劣程度比在餐馆里吃出蟑螂还严重。即使在社交媒体不甚活跃的年代，这条坏消息还是迅速传遍了全州。他和沛影只好挥泪把 H 酒店低价卖给了赌场。

夫妻俩以前一周七天在酒店里工作，突然有了大把的空闲时间，常面面相觑，除了带女儿参加课外活动、游览休闲之外，找不出更多节目。夏日里他们收到了一些邮件，其中夹着一页广告：一位轻摇滚女歌星周六将在附近的酒吧表演，恰巧两人都是她的歌迷。他们按时一身光鲜地走进了酒吧。其中场景并无特殊之处，灯光暧昧，装饰浪漫，红皮沙发舒适。年轻的女侍应生请他们出示会员卡，以获得酒水优惠，细问后才知无意间走进了"伴侣俱乐部"。几个男性白人把蜂蜜般的目光黏在沛影的前胸，但身边的妻子却把手指轻抚在他们脑后，无声地建议扭转目标。她们的清单上，还没列上亚裔男人。女歌星得了重感冒，取消演出。他和沛影手足无措地坐着，仿佛身陷食人国，微微战栗，低声商量是否立即离开。突然，两人同时惊讶地看到了两张熟悉的面孔：音乐教师薇尔玛和她的丈夫——保险代理人艾瑞克。他们通过艾瑞克购买了房屋、汽车和生意保险,礼尚往来,艾瑞克夫妇款待过他们烛光晚餐。

艾瑞克夫妇难掩好奇神情,寒暄问候,坐到对面的沙发上,叫了四杯"蓝色夏威夷"鸡尾酒。乔希和沛影借助这"神浆",把身体从僵硬的躯壳里解救出来,飘飘欲仙。艾瑞克开始讲故事,说一个白人疯狂迷恋自己的情人WILMA(薇尔玛),为表达忠诚,请人把她的名字刺在下面,当然在兴奋时才露出全名,平素只见字母WA。他带她去牙买加欢度美好假期,在裸体海滩享受日光浴。他站起身去露天酒吧点朗姆酒,注意到黑皮肤酒保也刺有WA,惊喜直呼:"嗨,这么巧,你的情人也叫WILMA吗?"酒保不紧不慢地回答:"不,先生,我的刺青是WELCOME TO JAMAICA(欢迎你到牙买加)!"

沛影和薇尔玛笑得把嘴里的酒喷出来,搂作一团,流出眼泪。薇尔玛拍拍艾瑞克的脸,说:"居然藏着这样的段子!"艾瑞克的眼神如恰到好处的"蓝色夏威夷",融合朗姆酒的浓郁、碎冰浪花的光亮、椰奶的"荷尔蒙",还有菠萝汁的甜润。他说:"一切都要看时机,我正患'黄热病'。"在座者懂得,"黄热病"指的是白人男性对亚裔女性的痴迷。沛影像从角落里被推到舞台聚焦灯光下的演员,面颊绯红,说出精彩台词:"我也有'白热病'症状!"她看过上千集的婚恋肥皂剧,悟出在婚姻菜肴中添加调料的秘诀,此刻获得了下厨实践的机会。

四人一起看电影,听音乐,吃晚餐,后来乘坐五天五夜的多瑙河游轮。在游轮上的最后一夜，相约"换感觉，不换感情"，乔希和艾瑞克对调了房间。回家后，正赶上"天国之门"墓园年度促销，买下了相邻的两块墓地。墓园坐落在大学城和纽约之间，风水、质量俱佳。

在那段日子里，乔希夫妇为自家的公寓楼伤透了脑筋，因为空调暖气设备老旧，房客们经常抱怨、滋事。接着"次贷危机"爆发了，一些房客失业，付不起房租，几个家伙竟在室内贩卖毒品。银行整日催付贷款，他们只好卖掉了公寓楼。出于对坐吃山空的焦虑，不断寻觅新的投资机会。乔希的一位 L 大学校友在 G 制药集团做研发员，积极向他推介，集团新发明的抗癌药刚刚荣获食品药品监督管理局的认证，还吸引了几位议员的投资，股价大涨指日可待；总裁简直是古希腊智慧女神雅典娜转世，一再做出惊世之举。乔希夫妇用手头的现金购买了 G 集团的股票，仿佛在轮盘赌桌上信心满满地掷出了鲜艳的骰子。

3

乔希在苦难河畔的岩石旁被山响的呼噜声惊醒了，发现四周躺满了白袍人，想必是被疫情的新一波浪潮卷来的。他悄悄地起身，挪动脚步，险些被一位黑人的长腿绊倒。那人宽肩阔胸，酣睡中露出温顺的表情，手里紧攥着一本磨损了的《圣经》。"汤姆！"乔希扑通一声跪下，双唇抖

动,尽管发不出声音,"我的朋友……"伸出手整理汤姆的
衣袍下摆,尽量遮掩他的膝盖。清晨的冷风刺穿的不是骨
头,而是魂灵。

身后响起了脚步声,乔希转过头,看到了卡戎二〇。她
很亲切地坐下来,递给他一个平板电脑,说:"沛影在系统
里出现了! 不过,她在最先开辟出的隔离地,离人间比较
近。我已联络那里的志愿者了,正在等回音。"

他输入一个问题:"如果联系得上,我能和她通过 Zoom
视频聊天吗?"

卡戎二〇摇摇头,说:"你和她都处在转型期,不能通
话。"

"如果我进了天国,会遇到她吗?"

"在哪儿相聚都不容易,但也许有机会。"

他指指汤姆,说:"可我遇到了好朋友汤姆,我痛恨这
样的相聚。"

"死亡和出生一样,都可能遭遇奇迹。他是谁?"

"一家殡仪馆的运营总监,属于抗疫一线人员。你们应
该把他安排到客房里。"

"等他醒来,你让他来找我登记。"

"你是怎么找到我的?"他最后好奇地问。

"你身上的呼机是升级换代的,有追踪功能。"她说,随
后起身离开了。

太阳的金车轮已从天际慢慢地架起来,水声喧哗,似乎

要掀翻记忆中的每一块岩石，暴露出下面滋滋生长的青苔。

乔希是在十多年前结识汤姆的。那时他还在经营 H 酒店，希望和商界人士交朋友，加入了一家壁球俱乐部，却为找不到双打伙伴苦恼。后来,他遇见了高壮的汤姆,结伴去外地参加业余比赛。两人一路说笑,仿佛一群白羊中的黄羊和黑羊,被对手们戏称为电影《火拼时速》中的成龙和克里斯·塔克。汤姆不觉得这种玩笑有多幽默, 说:"你知道吗？乔希，牛津大学的人类遗传学家研究 DNA 十几年,发现全球七十多亿人都源自非洲同一位母亲——'线粒体夏娃'！我们的祖先离开非洲时,都是黑皮肤！"

汤姆问:"你读过长篇小说《汤姆叔叔的小屋》吗？"乔希点头。汤姆说:"小说写的简直就是我的高祖！他是肯塔基州的奴隶,背井离乡,被辗转卖到红河下游,惨死在庄园主的皮鞭下。二十世纪六十年代,我的祖父去世了,但社区里的白人殡仪馆拒绝接收他,我父亲一气之下,就开了一家面向所有族裔的殡仪馆,还为纪念家族苦难,给我取名叫汤姆。"汤姆不仅继承了高祖的外貌——身材高壮、眼大唇厚、表情温顺,还继承了高祖的信仰,成长为虔诚的基督徒,随身永远携带一本读过千遍也不厌倦的《圣经》。他在父亲退休后,辞去在华尔街的行政管理职位,接手了殡仪馆。他对妻儿忠诚负责,不止一次劝阻乔希:"你得管好裤裆里的事情,你和沛影,还有艾瑞克夫妇是在玩火。"

秋季里，乔希夫妇和艾瑞克夫妇结伴去阿第伦达克山脉地区度周末，在哈德逊河上游合租了一幢度假屋。沛影闹着要去参观乔治湖边的一座古老的城堡，乔希和薇尔玛宁愿坐在河边读书晒太阳，艾瑞克责无旁贷驾车载着沛影上路了。乔希为薇尔玛裹方格毯读书的样子心动，悄悄靠过去，求取午后的"甜点"。她吻了吻他的额头，说："让我把这本书读完。"他突然问："参与这个游戏，是艾瑞克的主意吧？"她幽幽地回答："有时爱一个人，意味着无条件地纵容。"

当晚发生的事件是支离破碎的，乔希每每回顾，都像一个缺乏经验的电影编辑，吃力地拼接一组组想象中的恍惚镜头。沛影和艾瑞克到了城堡后，正赶上一场慈善鸡尾酒会，乘兴喝了几杯，离开时天光已经昏暗。艾瑞克感觉有些疲累，林间路似乎比来时更加起伏，经常出现阴影，靠近了才看清是一棵树，或一块岩石。车吃力地爬上了一个山坡，他稍微舒了一口气，可在比眨眼还短的一瞬间，一个貌似黑影的强硬实体冲过来，轰然撞碎前窗玻璃，结实地压在了他的身上。那是一头春情泛滥的驼鹿。它跃入不常出没的区域，一门心思穿越公路，到对面的森林里寻找配偶。棕黑的皮毛与夜色混作一团，庞大的身体正和车窗处于等同高度。

当乔希和薇尔玛赶到现场时，警察已封锁了附近公路，驼鹿早已消失得无影无踪。急救人员在车灯的照射下，小心翼翼地把艾瑞克从玻璃碎片中分离出来。艾瑞克早已停止了呼吸，那双曾经闪动"蓝色夏威夷"波光的眼睛血肉模糊。沛影受了轻伤，但精神遭到强烈的刺激，一度推开急救人员，奔向黑幽幽的森林，最终被制服，躺进了急救车。薇尔玛站在公路中央，像一只即将登上祭坛的羔羊，瞪大一双惊恐的眼睛，似乎望见了最底层的地狱。乔希全身忽热忽冷，心情也与幽暗的夜色混作一团。他用颤抖的手拨通了汤姆的手机。汤姆带手下人接走了艾瑞克，请殡葬美容师为他精心地塑造了一张新脸，还安排了在天国之门里的葬礼。

薇尔玛在葬礼期间，啜泣着向艾瑞克发出请求："在那一边等我。"沛影面如灰土，也像一位新寡。主持葬礼的牧师说："人从小到大，不由自主地一次次与死亡抗争，又一次次幸存。艾瑞克一不小心失了手，提前进入了轮回。"乔希听后，感到了一丝安慰。

薇尔玛搬走了，甚至没有道别，从乔希的生活中彻底消失了。沛影一直病恹恹的，把自己关在主卧室里，拒绝让任何人靠近。他利用每一个短暂的谈话机会，设法弄清她是否"晕船"动了真情，还有在艾瑞克生命的最后几个小时里究竟发生了什么，但她似乎打定主意要把真相带进坟墓。在艾瑞克的一周年忌日里，她曾两眼呆滞地喃喃低语："他怪我不懂游戏规则。"

乔希在疫情期间，涂鸦般潦草地度过了五十岁的生日。

傍晚时,视频通话的铃声响起,他误以为是窗外救护车的笛声,看到手机在桌上震颤才拿了起来。区号是佛州的,这次轮到他的心震颤。是在佛州上大学的女儿打来的吗?近几年她除了要生活费,很少和他交流,为何在怪异年头的大日子里想起了他?他用食指滑动绿色接听键,不见丝毫反应,直到把血压滑高了。终于,那该诅咒的接听键苏醒过来,但对方已经挂断。该换一个手机了,他想。

生活是一连串大大小小的事件,有时把人捧上快乐七重天,或推入十八层地狱。他在经营酒店时为方便购物,考下了卡车司机驾照,几年前开始为一家高档家具店送货。不幸得了一场急性肾炎,卖掉房子支付医疗费,搬进了这间小公寓。肾炎转成了慢性的,他常为下一次血液净化治疗的费用发愁。接着,疫情暴发了,家具店被迫停业,解雇员工,他很快加入了失业大军。在等待政府灾难补贴的特殊时期,换手机的想法不免奢侈。

铃声又响了,滑一下成功接通,果然是女儿!她露出严肃的脸,叫了一声"爸",仿佛泼过来一桶油彩,霎时把潦草的涂鸦变成了印象派的深情画作。女儿并没有表达祝贺,却报告了一个噩耗:"我妈妈染上了病毒,在布碌仑 B 医院抢救无效,走了。"世界上每天有成千上万人因为同样原因"走了",但离他这么近的一个人,还是第一次。大约十年前,沛影和他离婚后,因为怀念华人聚集地的生活,带着母亲和女儿搬回到了布碌仑,在一家酒店做前台。她早已指定女儿为后事处理人,还给过她一个文件夹,里面平整地夹着墓地购买合同和证书。B医院要求家属在一小时内做出遗体处理决定,否则会被埋进附近的大岛上。他了解大岛,在过去的百年中,它收集了无数无名魂灵。前几天他从电视上看到无人机航拍的画面:多名身穿防护衣的工人在岛上挖掘万人冢,把无人认领的尸体装进临时木箱里。木箱那么薄,似乎会被一根手指戳穿。女儿联系了多家殡仪馆,不是电话占线,就是因"尸满为患"不再接收;即使能找到B医院附近的殡仪馆,也不会有人愿意送沛影去三小时车程之外的墓园。女儿哽咽道:"妈妈连和我告别的机会都没得到。我不敢想象,她穿着丑陋的病号服,和一群陌生人一起被埋进一个大坑里,不能在墓园里安息,那会是我一生的噩梦。"那何尝不是他余生的噩梦?女儿又说:"爸,我实在找不到能帮忙的人啊。"他听说沛影结交过一个富裕酒商,但并没有搭建起稳定关系;她的母亲几年前因患癌症去世了。他咬牙答应想想办法,女儿终于把压抑的哭泣释放出来,一再嘱咐他做好对抗病毒的防护。挂断电话后,立即用手机把墓地合同文件拍下来,发给了他。

他坐下来,似乎刚吞下一大块过期的黑硬面包,需慢慢咀嚼。他要跳出固有的思维框架,既然布碌仑城内殡仪馆不再接收遗体,外地殡仪馆进城领取总可以吧。他跳起来拨通了汤姆的手机,听到的却是留言,接着拨打殡仪馆的总机,接电话的女接待员声音焦灼紧张,说馆里近两个月接收的死者远超过去两年的总数，汤姆早忙得喘不过气了，一时半刻不可能接听。他必须面见汤姆，就戴上用小方巾做的简易口罩，开车上路了。

汤姆出现在殡仪馆的接待室，胡子拉碴，像是被困在坍塌的矿井里好多天，爬出来看一眼太阳。乔希强压内心扑过去拥抱的冲动，努力保持着为防止传染而留出的人体间隔距离，努力讲清了事情的原委。汤姆为难地说："馆里人手非常紧张，卡车司机也染上了。"乔希立即说："我可以开卡车！"汤姆沉默，乔希自然懂得其中潜藏的内容。有几人能在短短的几分钟内做好精神准备，走向离死亡更近的前线？这不是进入大城市，去打一场不在乎输赢的壁球。乔希低声请求："我得接沛影回家。"汤姆终于艰难地点了点头，打电话通知 B 医院：他的殡仪馆将接收沛影的遗体。

两人火速上路，不到三个小时就赶到了布碌仑。城市变得如此陌生，天空是白昼，地面是黑夜。他们穿着简单透明的防护服，走近 B 医院，路边支着几顶装满尸体的帐篷，几只秃鹫嗅到了腐烂气息，飞得低低的，兴奋沙哑地鼓噪。汤姆说："地狱的最深层也不过如此吧。"在接待处，他们得知停尸间、临时存尸的冷冻货柜都已饱和，沛影被运送到了码头上的临时"灾难太平间"，便立即驾车奔去。

一位穿橘红背心的交通指挥员，站在灾难太平间的入口处引导卡车穿梭来往，仿佛在指挥亚马逊的繁忙物流，但卡车里装载的不是家具和电器，是几天前还生气勃勃的人体。他们兜兜转转，终于找到了一个巨型白帐篷——临时收发中心。黑衣志愿者们采用航空公司的运作方式，给尸体拴上标签，放到超长冷冻卡车的木架子上，把姓名、年龄、性别、所处位置等记录下来，输入信息系统。在一位男志愿者的帮助下，他们找到了位于3排20A的沛影。她被装在一个劣质的尸体袋里，苍白的右手露在外面，戴着医用的一次性手腕带。乔希抬着上半身，汤姆抬起双脚，把沛影安置到担架上。她重如磐石，同时散发着陈腐气息，似乎落地即会碎成粉末。这是乔希的沛影啊，那个多年前身穿粉蓝色百褶裙的阳光少女。乔希跑到卡车背后呕吐，直把苦涩的胆汁都吐出来。一抬起头，撞见码头对面的自由女神像，撞见女神在灰白云层下冷漠的俯视目光。远远地，他看不清雕像基座上的铜牌，但记得上面刻着一度令他心潮澎湃的诗句："交给我吧。将那些无家可归的，在暴风骤雨中翻覆的惊魂，全交给我吧！"

他们连夜返回到了汤姆殡仪馆，立即请殡葬美容师为沛影清洗整容。乔希回到家里，淋浴后一头栽倒在床，昏昏沉沉地睡着了。他在幽暗的临时停尸房里寻找沛影，被一群身穿褴褛白袍的幽灵追赶，吓出了一身冷汗，醒来后庆幸迎来了一个新的早晨。他返回殡仪馆，隔着玻璃窗看到了沛影。她终于恢复了他熟悉的样子，双颊绯红，似乎随时可能起床，说"好好耶"，接着她的面孔融入眼前的水雾，变得模糊。他摸索着找出手机，拍了几张照片，通过短信传给了女儿。

他费尽周折请到了一位牧师，并协调了牧师和殡葬工人的日程，在两天后为沛影举办了疫情期间的最小型葬礼。

乔希在安静得出奇的小径上，凭着记忆找到了沛影的墓穴。寒风料峭，冻土尚还坚硬，他后悔没有带些工具来，赤手拔掉了周围的荒草。从黑色大理石碑上看到了一张陌生悲凉的面孔，一直压抑在喉咙里的火苗，嗖嗖地燃烧起来。他通过手机视频连线女儿。女儿说会请人在墓碑上雕刻卒日，最后为妈妈尽一份心意。

葬礼后，他在墓前坐了大约一个小时。他和沛影生前见的最后一面，竟是在这家墓园里。两人为把墓地转到她的名下，必须同时出面到管理处办理。进门前，雪像被撕成千万片的婚纸恶作剧般抛撒；出门后，气温已上升，纸片儿化成了凄冷的浆液，一缕缕落到他们的脸上。他忍不住问："现在你满意了？"她反唇相讥："亏你还读过生物学博士，竟然没看穿 G 制药集团，他们的抗癌神药是弥天骗局！遭到华尔街股票交易所摘牌！要不是你，我们的钱会蒸发吗？"他双唇发抖，说："你的律师，像鲨鱼一样凶猛，帮你掠夺了大半家产，只给我留下一个小房子，还欠那么多贷款。你连墓地都要全部拿走，一个人睡这儿怕不怕鬼魂啊！"沛影最后说："你不得好死，死无葬身之地！"

他还看望了旁边的艾瑞克的墓。薇尔玛不知身在何地，是否安全。

他曾想过在此地给自己买一块墓地，但手头一直拮据，也许真会像沛影所诅咒的，"死无葬身之地"。

当晚回到自己的公寓，他就病倒了。

4

乔希渐渐地习惯了隔离地的生活。偶尔在酒店大厅里停留，看看大屏幕上当天的新闻简报。这里和世界上的大多数地方一样，布满了流言蜚语的飞蝇，必须时刻睁大鉴别的眼睛。总有几个恢复声音的人围着一位黑衣志愿者，殷勤地恭维，打探天国里的情况。他像一个尽力克服"文化休克"的新移民，偶尔尝试和周围人打几个手势，短促地交流。更多时候，他沿着河岸散步，几次注意到刻着卡戎名字的白轮船离开渡口，像一只贴着黑流慢慢飞行的水鸟，满载着从苦难的惊吓中稍稍抬起头来的魂灵，消失在险峰背后。

几个星期后，卡戎二〇发短信通知他去回答心理健康问卷。他立即跑进大厅，在临时居民登记仪上紧张地输入名字，档案在屏幕上跳跃而出，他恢复了身份！悬在头上的达摩克利斯利剑骤然落地，不曾留下刺伤。他回答了大约三十个问题，关于享受生活的能力、韧性、灵活性、自我认知、精神平衡等。哼，享受生活，这出题人过分幽默了；他自杀后天天睡在河滩上,不过一枚硬币总有两面,他也呼吸到了更多的新鲜空气,最终勾选"比较强"。他早年参加过无数场考试,懂得猜测标准答案。

很快,卡戎二〇约他第二天下午一点半在 2 号会客室见面。他按时抵达,看到她在小沙发上正襟危坐,就惶惶地坐到对面的一把椅子上。

她问:"日子过得怎么样?"

"马马虎虎。"他能说话了!"这是怎么回事?"

"你的测试结果超过及格线,所以恢复了说话能力。你女儿通过汤姆殡仪馆为你申请了死亡证明书。你想和她正式告别吗?"

他沉默片刻,摇摇头说:"我不想让她看见我这副样子,何况我在遗书里把心里话都说了。"他花了两个晚上字斟句酌,眼泪流满了键盘的沟沟缝缝。

她用手指敲打沙发扶手, 说:"你的死亡原因是自杀,按理说,我不能接收你上船。"

他像一个审判席上的囚犯,陈述"自杀罪"的动机。他在安排了沛影的葬礼后,染上了病毒,住了一个多月的医院。病毒虽然消失,但肾炎加重,他再也支付不起医疗费了,选择不给任何人制造麻烦,默默地体面地离开。

她咬了咬下唇,表情在黑超镜下变得生动,说:"任何系统都有漏洞, 我找个机会试试, 也许可以改动你的死因。"她还给了他一张房卡。他立即要求做汤姆的证明人,让汤姆住进自己的房间。她同意了。

他跑到河滩的岩石旁,不知哪儿来的力气,背起沉睡的汤姆,一路上没歇,径自冲进了酒店电梯。他在读卡器前刷房卡,电梯开始上升!仿佛一个输光的赌徒,拿到了一张魔幻扑克牌,重新回到游戏中,脸上露出久违的汗淋淋的微笑。他把汤姆安顿在房间里的一张单人床上,随后洗了一个长长的泡浴,似乎瞥见穿黑西装吃安眠药的自己站在朦胧的水雾中。

当乔希穿着白浴袍走出浴室,看到汤姆已经苏醒,端坐在椅子上读《圣经》,惊喜地扑过去,像从前赢球之后那样热烈拥抱他,忏悔地说:"是我害了你!"汤姆摇摇头。他意识到汤姆还不能说话,慌忙四处寻找,从床头柜的角落里翻出了酒店的便笺和圆珠笔。汤姆写道:"我接触了太多疫情患者,不知是什么时候感染上的,我不怪你。"乔希的心被负罪感的蚊虫噬咬多日,此时感到些微清爽。他说了一些在心里憋了许久的话,比如挂念父母,希望他们原谅自己先走一步;还有,如果人生重来,他也许会继续攻读生物博士,成为研究疫苗的中坚力量。汤姆专注地望着他,不时点点头,或拍拍他的手背。

傍晚时,两人在河岸散步,遇见一群人情绪激愤地聚集在渡口。其中一人指着停在岸边的一艘轮船,挥臂呼喊:"上船啊,那是开往天国的船!"白金发大亨站在顶层的甲板上,冲着人群吆喝:"还没轮到你们!我把这艘船包下了！"他居然可以发出声音，看来已通过了心理健康测试。一时间有声者狂吼，失声者丢石子助威，砸碎了船舱的玻璃。玻璃碎片溅到了白金发大亨的脸上，他不得不仓皇躲避。

那个曾经分发《隔离地手册》的帅哥水手打开了轮渡口的铁门，脸上挂着迷人的微笑。他受到了人们最热烈的欢迎，甚至还被几位胸脯丰满的大妈狂吻一气。当泰坦尼克号即将沉没时，乘客们争抢着下船，跳到救生艇上；此刻恰恰相反，人们拼命往船上挤，互相推搡，把身上的白袍子都撕碎了，全然不顾袒露隐私部位的羞耻。更多的人闻声赶来，冲散了乔希和汤姆，乔希身不由己地被推到了船上。几位船员试图控制局面，结果被打得鼻青脸肿，其中一人站立不稳，落到了水里。汤姆伸直两臂阻止众人，被一粒石子击中，慌忙捂住了自己的眼睛。

卡戎二〇在前引路，带着惊魂未定的白金发大亨下船，黑超镜遮盖不住阴沉的脸色。这时有人兴奋地叫嚷："我们趁机把船开走吧！"乔希冷静地阻止："我们不知道方向！"人们陷入沉默，痴望着眼前这条没有航标的河流，如果开进烈火终日燃烧的地狱，日子会比现在还要难熬。卡戎二〇在河滩上冷冷地站着，向他们伸出了表示蔑视的中指。

乔希突然对她喊道："我们要求新服装，换掉这身褴褛丑陋的白袍子！"

"对！"大家挥臂响应，齐声狂呼，"还我尊严！还我尊严！"

卡戎二〇问:"如果不换,你们会怎么样?"

有人嘶喊:"我们就把隔离地砸烂!"

乔希摆摆手,说:"别冲动。我们应该有更好的策略。"

卡戎二〇居然让步了:"我向上面申请一下。"

在接下来的一两个星期里,隔离地的人们换上了全新的服装——一套天蓝色的短袖衬衣短裤,仿佛摇身变成了度假村的园林工,神情平添了几分欢悦。有些人遇见乔希,竟主动开始问候,但乔希在回答道德评估试卷时,对自己在骚乱事件中扮演的角色惴惴不安。

几天后,他在房间里接到了卡戎二〇的短信,要他半小时后到渡口登船。窗外的河水披着夕晖的金纱无声流淌,他的心狂跳起来。汤姆大概是去参加读经班或心理健康工作坊的活动了,他楼上楼下跑了一圈都没找到,只好在房间里留了一张纸条。

渡口上停的船是他在隔离地看到的最新最大的一艘。卡戎二〇换上黑色船长制服,站在入口处,递给了他一杯黑饮料,说:"苦难河水加入忘忧草汁液,秘方配制,帮你忘记痛苦。"他接过黑色饮料一饮而尽,问:"既然这样,你为什么还要我回答心理健康问卷?""根据研究发现,心理创伤会比记忆更久长,"她说,"你一定记得 G 制药集团吧?"他点头,尽管那是多么希望抹去的记忆。她亮出了真正身份,说:"我就是那家集团的总裁。"

难怪她看上去有些面熟！她就是那个制假药、做假账、伪造医疗数据的黑衣女魔头，瞒天过海，使十万人，包括他本人倾家荡产！她把胡桃色头发染成橘红色，整日戴着黑超镜，居然没被前股民认出来。她坦白地承认："我不是志愿者，是被天国暂时遣送的。"他可以想象，天国接收她是因为她犯下了怎样的错误。在骗局被揭穿后，她请了高价律师替自己辩护，身穿蝉翼般透明的黑衬衣高调上庭。有一天她在监狱的公共浴室里被人用浴巾勒死，再次登上全国头条新闻。这一案件至今还是未解之谜。她似乎看穿了他的心思，说："我早就不想找到谜底了，但我必须帮助十万人。""十万人？！"他惊讶地重复，"一直到人类搬到火星的日子？"

轮船徐徐开动了，乔希向渡口望去。汤姆汗水淋漓地跑来了，高举起双臂，伸直两手拇指、食指、小拇指，蜷拢中指和无名指，表示"ILY（我爱你）！"乔希眼中泪水涌动，也打出同样的手势。恍惚中，汤姆身上的白袍变成锦衣，头上出现了一道光环，黝黑的脸上露出圣洁的笑容。

这时，乘客们在帅哥水手的指挥下进入了底层餐厅。餐厅一改隔离地的暗淡装饰风格，铺着红地毯，摆着簇新的红金丝绒面的软椅。音响里开始播放《婚礼进行曲》。"怎么选这首曲子？"乔希问。帅哥水手回答："死亡其实是和永生举行婚礼。"

乘客在六合彩机上随意选择一个号码，随后打印出一张彩票。彩票分红、蓝、绿三色,乔希得到了一张蓝色的,不由得想起沛影的小西装上衣。人们挤在甲板上,虽然都恢复了说话能力,却不约而同地沉默着。白金发大亨也现身了,两眼紧盯着远方的天空。卡戎二〇站在驾驶舱里,面无表情,似乎厌倦了这样的旅程,仿佛给无底桶灌水,永无止境。

当轮船接近危峰,她走进了餐厅,拿起扩音器宣布:"你们也都看到了,隔离地人满为患,天国不可能接收每一个人,所以我们必须改变运送计划。"人们立即被激怒了,向她挥舞着拳头,惊叫道:"你们不可以随意临时改变游戏规则!"她毫不动容,接着说:"六合彩票上的圆点颜色分别代表天堂、地狱、人间。"众人哗然,盯着手中的彩票,纷纷发问:"哪个颜色代表地狱?哪个颜色代表人间?"泄露出内心最深的恐惧和向往。乔希想:哈,这一次不论阶级、不论肤色,至少是平等抽签。卡戎二〇解释道:"回到人间的,不是转生投胎,而是被派到一片新开垦的处女地,从生命的某一时间点重新开始,在那里学会和他人、动物、植物相处。你们每个人都要认真考虑。"

船上出现了一刻再赴死亡般的寂静。月光下的河水像一条黝黑的巨蛇缓缓涌动,在它的一枚枚光滑的鳞片上,过往生活中的画面交替映现。乔希自言自语:"如果蓝色代表人间,我将选择哪一个时间点呢?"

金 尘

    纽约人连日里被五月的冷雨折磨,终于迎来了太阳。太阳并没露出君临天下般的霸气,而是行动迟缓,心怀疑虑,和一簇簇湿重的寒气反复纠结。路两旁的天国树和黑樱桃树似在一夜间绿叶丰盈,在清风拂过时私密低语,许诺着温暖的夏季。

    曼哈顿唐人街上的多家店铺,在全美国歇工的圣诞节当天,都风雪不误地照常营业,这天竟大门紧锁,卖水果或杂货的摊位也不见踪影。少了小贩们南腔北调的吆喝声,简直是森林失去群鸟的啼鸣。一大早,商贩们把自己从头到脚洗干净,穿上各种质地的黑衣,一些人甚至把压箱底的西装都翻了出来。西装式样有些落伍,做工亦不精致,但依然庄重。他们不约而同地聚集到街两旁,尽力挺直被长年劳作磨损的腰板,还一改平素高声嬉笑怒骂的习气,顽强地沉默着,脸上露出近乎虔诚的神情。随后,外地的黑衣人陆续涌现了,近路的来自美国各州,远道的来自墨西哥、加拿大等地,迅速填满街上的空隙。有些人显然是从飞机场、火车站、灰狗巴士站直接赶来的,拖着行李箱,风尘仆仆、面色严肃,使街上的气氛越发凝重了。

一阵哀伤的鼓乐传来,划破了清寒和静寂。树间的栖鸟"哗"地惊起、飞离,人们不由得打了个激灵,踮起脚尖。一支排成方阵的黑衣乐队进入了视线,队员们额头光洁、眼神灵活,肃穆的表情和他们的年纪不太相称。

千呼万唤,一辆黑卡车缓缓出现,在驾驶室顶上立着一位中年女人的巨幅彩色遗像。女人浓眉大眼,在重重花圈的环绕下露出笑容。车厢里载着的棺木被鲜花层层覆盖。"不只是曼哈顿,连布鲁克林的花圈店都被买空了。"有人小声地嘀咕了一句。接着有一位银发老者感叹:"一百多辆林肯车啊,我在唐人街住了五十多年,从没见过这么大的排场呢。"紧随着黑卡车,一辆接一辆的林肯车鱼贯而行,霎时在都市的水泥丛林中,冲出了一条黑色河流。

遗像上的女人是青姐,华人蛇头中的"大姐大",曾经帮助几千福建人偷渡来美,被 FBI 在全世界范围内通缉,十几年前遭逮捕,随后被判处三十六年徒刑。两个星期前,她因患肝癌医治无效,在得州的一家监狱医院里停止了呼吸。

青姐一走,纽约唐人街的这本大书,就被翻过了一页。

炜煊

　　导演炜煊站在一辆敞篷越野车上，把两手搭在腰间，俯视着唐人街，一览众山小。车体纯白，两侧漆着"泛亚传媒"四个红字，挤在黑色的送葬车流中，自是惹眼。他眉眼平常，神情却活跃，身穿正宗新款的博柏利牌黑风衣，鹤立鸡群。他下意识地捋捋精心染过的头发，迎接人群的注目。

　　重回曼哈顿唐人街的情景，他不知在想象中拍摄过多少次了，但都与此刻相差甚远。人生果然没有彩排，一切都是现场直播。他透过略微疲惫的瞳孔，把视野中的店铺拉成慢镜头中的场景。店铺换了招牌或门窗，涂了新色，没有哪一间和记忆中的"日新"印刷厂吻合。二十几年前，他在那里打杂、当校对，整天伏在一张小办公桌上，头顶一盏光线灰暗的灯泡。隔壁是一家食品商场，新鲜烧腊、腐烂菜叶，还有鱼下水的混合气味不时扑鼻而来，打工仔们的说笑吼骂同样荤素夹杂。印刷厂的主要业务是印制中英文对照的中餐馆菜单。老板是位五十岁出头的南方人，精打细算，会把炜煊不小心扔进垃圾筐的曲别针翻出来，重新使用。炜煊的英文本来很"菜"，校对时还睁一只眼闭一只眼。比如老广东人习惯把"麻婆豆腐"直译成 Pock-marked old woman's bean curd（满脸麻子的老太婆的豆腐），让人立马丧失食欲；"夫妻肺片"是 Man-and-wife lung slices（男人和妻子的肺切片），简直恐怖。他找不出更合适的说法，索性付印。客户们大多不识英文，也没减少订单。他想象老外们捧着菜单大惊失色的情景，不禁暗自笑了。这在那段日子里其实是难得的一笑。

摄影师小康站在他身边，一副媒体人全副武装的打扮：棉布衬衣搭配卡其布马甲，脖子上挂着"尼康"牌长镜头数码相机。他以前从未来过纽约，对青姐也不了解，扫视街两旁黑压压的送葬人群，既惊讶又好奇："哇，全唐人街都出动了！一个女蛇头有这么大魅力？你看她那样子，不就是个农村妇女吗？"

炜煊有些无奈地应道："是啊，她抢了我的头条！"

两个多星期前，炜煊来纽约出席他执导的大片《金影》的首映式。《金影》讲的是千年前发生在宫廷里的故事，融合权力争斗、金钱、欲望、美女等诸多元素。自从十几年前"心碎地"离开，在纽约办首映式一直是他的心愿，这一次梦想终于照进现实。他用心策划了大半年，还说服投资商砸大钱宣传。"舍不得孩子套不上狼"，何况钱不像孩子那么娇嫩，砸下去不必手软。他把首映式安排在曼哈顿东区的阳光影院，还用有关新闻地毯式覆盖海内外的中文媒体。只要他的前妻陶霏关注华人新闻，就一定会看到。他不知道她住在哪里，但派人辗转找到了她的微信，把新闻传给了她。他不想主动加她微信。十几年没见面，彼此间早隔了一条冻结的河流，他暗地里希望她先踏上"破冰之旅"。

首映式当天，他率领麾下一班人马，亮相红地毯。圆片墨镜、精致中式黑马褂，他的风范不逊香港电影中的澳门赌王。遗憾的是雷声大、雨点小，观众稀稀拉拉，预计的热捧场面没有出现。中国的几家媒体行程万里追随他，自然出席，纽约娱乐界媒体蜻蜓点水般拍了几个镜头，当地华人媒体和社团领袖却没露面，陶霏更是踪影全无。他抑制住失望的情绪，从容镇静地接受采访，给几位"粉丝"签名。导演，首先要是一位出色的演员，他暗暗告诫自己。《金影》放映后，观众没有像他希望的那样全体起立，只报以不甚热烈的掌声。他敏感地辨出其中礼貌的成分，难免有些失落。

一部电影和一场派对有多大差别呢？尽兴也好，失望也罢，曲终人即散。他离开影院，在街上漫无目的地闲逛。两旁的建筑年久失修，路边的流浪汉换了一茬年轻面孔。纽约，这个曾令世界各地多少年轻人心动的"大苹果"，似乎被岁月榨去了鲜润，露出衰老尴尬的斑点。

小康一直跟在他的身后，小心翼翼地说："导演，我刚查过了，今天是大蛇头青姐的公祭日。"炜煊立即拿出苹果手机搜索，青姐的新闻果然登上了美国中文媒体的头条，又被世界多家中文媒体瞬间转发，连美国主流媒体也报道了。新闻图片一张接一张地来：青姐的大幅遗像；"黄袍加身"的道士敲着锣，引领青姐的至亲家属在走；侨团和个人送去的花圈、花牌、哀幛，在灵堂内外铺天盖地；青姐的父老乡亲身着黑衣、腰系白布，在灵堂里低头沉痛拜祭……青姐的葬礼将在两个星期后举行。炜煊突发奇想，决定带领摄制组，拍一部关于青姐的纪录片，首先从葬礼开始。他多年前刚登陆美国时学过一句俗语："如果生活给了你一颗酸柠檬，那就榨杯柠檬汁吧！"《金影》首映失利，他有些无颜见江东父老。如果制作一部纪实性的"华丽的转身之作"，至少可以给投资商带回"一杯柠檬汁"。再说，陶霏和青姐有过千丝万缕的联系，也许会遇到她。这时他的手机响了一声，妻子婕发来微信："见到前妻了吗？"他皱了皱眉，不去理会，即使此刻看不到婕的脸，也能想象出她挑衅的神情。

临来纽约前，他和婕接受电视台一档名人节目的采访。主持人已经不年轻了，但不时露出少女般的娇俏表情。现场灯光明灿，大屏幕打出他和婕的合影。两人在海边相拥，笑容安逸缱绻，一个马褂加身，一个穿旗袍秀优雅。观众席上坐满不同年龄段的粉丝，甚至还有铁杆粉丝高举标语牌，上面画着热气腾腾的红心和"Love"，为这对"神仙眷侣"捧场。在此之前他们接受过若干媒体的采访，从头至尾都表现得无可挑剔。他懂得指挥演员，擅长拿捏表演尺度；而婕身份多重，如手握一副花色齐全的扑克牌：时尚、美容、管理、媒体、英语、教育等，运筹帷幄。几年前，她买下漂白皮肤的专利产品"白芙美"。产品中的铅毒比例稍高，对皮肤有害，但她巧妙地"忽略"了这个事实，还参与广告制作，使得它热卖不止。她本人不用"白芙美",只忠实于法国产品,虽没做到冻龄,但一直努力放慢衰老的进程,还化妆有术。她分享了做成功女士、贤妻良母的经验,赢得观众热烈的掌声。主持人在盛赞之余,问她:"你多年前做了海归,有没有后悔过?"婕立即摇头道:"我不能想象如果一直留在纽约,我的生活会是什么样子,但绝对不会像现在这么精彩!"随后主持人把脸转向炜煊,问:"你爱上婕,是不是因为她在纽约时和你患难与共过?"炜煊犹豫了三秒钟,随即回答:"当然!"似乎没人留意到他的迟疑,但那没有逃过婕的眼睛。她的脸色在三秒内从幸福转向愠怒又转回到幸福。

采访结束后,炜煊夫妇被粉丝们依依不舍地送进了电梯。电梯门刚一关紧,婕就压抑不住地抱怨:"你刚才的表现真让我失望!你想否认我在你最困难的时候跟了你?"他反问:"我连犹豫几秒钟的权利都没有?"

两人望着电梯的指示灯,陷入静默,似乎悄悄降入无底黑洞。待电梯终于停下来,双门敞开,迎面撞见一群无缘进入演播室的热情粉丝,才立即换上了恩爱笑脸……

小康小心翼翼地问:"老板娘问你怎么不回她的微信。"

婕大概早给小康洗过脑了,派他监视自己。炜煊心想。为了一个落魄的陶霏,值得这么兴师动众吗?他对陶霏的想念,起初像一块大石头,在心里突兀地立着,后来被漫长的岁月不懈地侵蚀,早已风化成尘。

"把你的相机给我！"炜煊说。

小康立即遵命。炜煊接过相机，开始抓拍。停下来，看看图片的效果，不太满意，接着把设置调到了黑白，再从镜头望出去，街景似乎与记忆中的图像开始悄悄吻合。他在唐人街打工时，拍过许多以众生为主角的黑白照片。福建人拥入美国，使得中餐馆遍地开花，印刷厂的生意也兴隆起来。老板雇了留学生婕当校对，炜煊"沦落"成了全职打杂。婕眉眼周正，从不涂脂抹粉，也不高声大气地讲话。炜煊有时会拿出他拍的人物写真给她看，有挥刀砍烧鸭的胖厨师，也有慢悠悠地喝早茶读中文报纸的干瘦老人，常常得到她的赞赏。待彼此熟悉起来，她还对他的日常生活不时流露出关心。

送葬车队流动得缓慢。在敞篷越野车的前方隔几部车，一辆黑色福特面包车停了下来。路边的一位穿黑风衣的女人快步走近，拉开车门坐了进去。女人梳中长发，把左侧的头发一丝不留地拢到耳后。多么熟悉的侧影！炜煊探出身子，立即把镜头聚焦二十倍，在这条黑衣女人云集的街道上，他清楚地分辨出了她：陶霏！她果然现身了！他不得不惊叹婕的直觉，看来女人远隔重洋都能准确预测情敌的方位。陶霏的一阵轻盈脚步，果然卷起了他的层层心尘。

一个场景从眼前朦胧闪过：他跳下车，跑到那辆黑色福特车旁，敲击车窗。陶霏轻轻摇下窗子，双眼满含热泪，足以融化千里冰河,低声说:"你也来了?"一阵微风袭来,他打了个冷战,不由得用手臂抱住了双肩,跌坐到后排的座位上。路两旁的黑衣人像一棵棵被砍伐的树木,缓缓地向身后倒去、倒去,在他的眼中变得形影模糊了。

二十世纪八十年代末,他一心想当摄影师,省吃俭用两三年,买了一部"尼康"牌相机,还辞去了工厂宣传干事的职位,当上了剧务,随一家剧组在扬子江游船上拍风光片。他每天跑上跑下,忙得满头大汗,但从不忘把相机挂在脖子上,随时抓拍。

大清早,扬子江上浮着悠悠的薄雾,晨曦从薄雾的间隙透出来,给游船涂上梦幻的色彩。剧组还没有开工,他就到甲板上转转。甲板上的游客寥寥,多是些睡眠较少的老人。这时,一位女学生的侧影进入了他的视野。长发如瀑,左侧的头发都被拢在耳后,露出形状优美的耳朵。走的是简单风格的路线:白上衣无领无袖,天蓝色的短裤。短裤的式样有些落伍。天哪,她居然赤着脚!他的目光把她裸露出的皮肤都抚过了,一寸都不肯错过。他悄悄地跟在她的背后,从船头到船尾。她走路时,几乎是在舞蹈,每当上下台阶,身体仿佛应和着一个隐秘的旋律。他无须触摸,就感受到了十足的弹性。

第二天,船过巫峡,放慢了速度,他得空站在人群中,看两岸原始旖旎的风景。他在一转头间,又看到了那位女学生,鬼使神差般举起了相机,也不用担心被周围人捕捉

到迷恋的目光。镜头里,峡谷青青,天空蓝蓝,穿一袭红色
长裙的她青春可人。她听到按动快门的声音,仿佛一头小
鹿从林间跳上马路,骤然撞到枪口,露出吃惊的眼神,随后
变成了一头烈性母狼,目眦欲裂,奔过来抢他的相机,嘴里
嚷道:"我叫你偷拍!我叫你偷拍!我把你的相机扔到江里
去!"他当然不肯放手。周围有男人替她助威:"抓他这个流
氓!随便就拍美女,无法无天啦!"众人也跟着起哄。他的
双眼失去相机的遮挡,泄露出温情。她见了,表情渐渐柔和
起来,松开手,道:"你把胶卷曝光,我就放过你!"他低声恳
求:"我一路上拍了很多好照片,太可惜了。我回家后把你
的照片洗出来,寄给你,好不好?我对天发誓,绝不留底片,
绝不多洗一张!"她盯着他看了足足二十秒,像探测他的真
诚度,终于同意了。众人见两人偃旗息鼓,有些扫兴,把注
意力转回到两岸的风景。

他和她搜遍了全身的所有口袋,找不到一片纸。他递给
她一支圆珠笔,请她在自己的手臂上写下地址。她一笔一
画,像招来了一群小虫子,痒痒地、亲密地爬动。她的乌发
就在他的唇下一两寸的地方,散发着茉莉花洗发水的醉人
气息。她的地址是哈尔滨市,而他住在北京。这又有什么关
系呢?距离,旅行起来很长,在地图上看,却可以很短。

她写完了,抬起眼期待地望着他。

这时他说:"如果我将来拍一部电影,你愿意做女主角
吗?"

那一句在记忆中永远完美的台词。

几年前，他在导演一部城市爱情片时说服编剧，把男女主角的初次相遇安排到了长江游船上。他为了让那场戏精致唯美，拍了几十条，害得全剧组的人耗在船上，在巫峡附近幽灵般漂荡了整整三天。女主角是八〇后，成名早，万千宠爱集于一身，却偏偏晕船，吐得翻江倒海，她哪受得了这份苦？只好叫化妆师不停地补妆，背地里大骂他"丧心病狂"，几次宣布要罢演，又不敢轻易撕毁合同。她是公认的大美女，比陶霏靓丽，但不管怎么调教，也复制不出陶霏的眼神。他最后无奈地放过了她。他以前时常睡她，下船后竟失去了亲近她的兴致。

那一年他从三峡回到北京后，履行诺言，把偷拍的陶霏的照片寄给了她，还附了一封情书，形容两人的相遇是"一场完美的风暴"。从此他和她鸿雁传书，在短短的时间里彼此掏心掏肺。她一直向往坐扬子江的游船，每月从工资里省下钱来，一存够就买了船票，后来就在甲板上遇上了他。缘分来了，挡都挡不住。他坐十几个小时的火车去哈尔滨看她。她当时在一家职业学校教英语，把他安排到男同事的宿舍住下了。她如痴如醉地享受他的亲吻和抚摸，但是顽强地守护处女的最后一道防线。在后来的半年里，他看望了她四次，看清了自己面临着两个庞大的敌人：别离和性爱。在那一场无声的纠结的战役中，他抵抗不了旺盛的"荷尔蒙"，当然还有对她的迷恋，他很快投降,和她谈婚论嫁。

他和她的婚礼简单得简陋,基本上就是在哈尔滨的一家饭店,请了七八个人吃了一顿饭。客人大多是陶霏的同事和朋友。炜煊的父母对这桩婚事不满,没来出席。他的爸爸当了大半辈子的工人,勤劳本分,不免固执。自从他丢掉了铁饭碗,在"有上顿没下顿"的剧组里瞎混,就没再跟他说过一句话。现在他又娶一个既没北京户口又没陪嫁的"丫头",等于又给父母添了一件烦心的事儿。

陶霏的母亲锦平倒是来了。皮肤晒得黝黑,相貌比同龄的女人要老一些,穿着也显土气,大热天还戴了一副白棉线的手套。她局促地坐在饭桌旁,并不正视任何人。陶霏不停地往母亲的碟子里夹肉夹菜,母亲香喷喷地一一吃完。端详起母女俩的五官还有些相像,匀称,线条柔和。席间有人问起陶霏的父亲,她的母亲终于抬起头,回答:"地里活忙,走不开。"竟是一口纯正的北京音!

婚礼过后,炜煊对陶霏的身世多了一些了解。她的母亲锦平出生于北京,在二十世纪六十年代响应国家号召,下乡到北大荒。锦平一心扎根边疆,嫁给了当地的一位农民,一夜之间跃为"与工农相结合的光荣榜样"。冬天里,知青们开荒种地,在冻土上面挖炮眼,装火药,好炸成小块。放炮有危险,在场的男知青躲得远远的,但她自告奋勇。导火索燃到尽头,始终不炸,她从地上捡起一根树枝,跑到跟前去拨导火索,结果"轰"的一声,火药偏偏就炸了。她命大，只损失了右手一根手指，但获得了"劳动模范"的称号。她在生下陶霏后，立即下地干活儿，得了产后风，遗憾的是不能再怀孕。陶霏的父亲希望她生个儿子延续香火，大失所望，经常无缘无故地大发脾气。陶霏十岁那年，兵团的知青们纷纷回城，陶霏母亲却留了下来。嫁鸡随鸡，嫁给了农民就永远当农民。陶霏在北荒镇读完中学，考大学时分数不低，但黑龙江省的录取分数线高，她只好委屈地上了一所师范专科。母亲当年要是选择带她回北京，她就有资格在京参加高考，进入重点大学，生活也许会是另外一种样子。她在农村女孩堆里显洋气，在城市女孩的圈子里又显土气，总之不管在哪片天空下，都孤雁般落单。她毕业后被分配到职业学校教英语，一直不开心。炜煊要年长她几岁，多些阅历，自然成了她的精神依靠，不停地安慰鼓励说未来还有机会。

陶霏在认识炜煊之前，听说母亲的好友杨阿姨移民了美国，打听到她的通信地址，写了几封长信，恳请她帮忙办留学。半年多过去，陶霏没得到回音，已不抱希望。谁料到喜从天降，杨阿姨真的把经济担保书寄给了她。因为担保是给她一人的，她在申请大学时担心被拒，填表时在婚姻状况一栏填的是未婚。

她如愿被纽约一所大学的教育学院录取，还顺利地拿到了学生签证。炜煊在北京的一家西餐馆为她饯行，花去了将近一个月的工资，饭后，还一起分享了一杯哥伦比亚咖啡。两人都是第一次喝咖啡,在奇异的馨香中品尝到了别样滋味。她离开后,他随一家剧组在山西的一个偏远小镇拍电视剧。每次给她寄信,他都得骑自行车去县城的邮局。一路上寒风刺骨,他渴望一杯热咖啡,可在小镇上找不到,只能在渴望中受煎熬。他在信中写道:"这个冬天很冷,因为你不在身边,冷空气就更渗入了骨髓。我试图想象你在美国的生活,但想象是受伤的鸟,总在原地打转,飞不起来。"从县邮局寄出的信,先到省城,然后到北京搭乘国际航班,抵达美国纽约,再由纽约邮局分发,最后被一位白头发的邮递员投进她的邮箱里。她,还有汽车洋房的美国梦,是他戒不掉的"咖啡因"。

他住的小旅社只在前台有一部电话。陶霏打电话给他,因为电话费昂贵,必须长话短说。她的声音果然来自地球的另一边,遥远、陌生。"我有一个坏消息,还有一个好消息。坏消息是杨阿姨和她的丈夫搬到香港了,不再资助我,我没有学费,只好退学;好消息是我正给一位白人律师做事,这个律师可以通过假结婚帮我办身份,'曲线救国'。"他打断了她的话:"你疯了吗?"她的语调冷静:"没有,清醒得很呢。如果我不能维持身份,就必须回国,半途而废,我们的美国梦就结束了。我一旦拿到绿卡,立即和他离婚,把你接出来,我答应你!"炜煊站在柜台旁,周围人声嘈杂,电话里的信号也不清楚,稀里糊涂地便同意了。他在剧组里职位低微,在摄影上也不出成绩,一心梦想去美国发展,尚未出师,怎么可以折戟沉沙?

不久,陶霏悄悄委托人和他办了离婚。

两年后,她托青姐搞到了一本护照。护照主人是一位名叫"黄明"的华裔美国人,因心血管崩裂突然丧生。他的遗孀哭得昏天黑地,清醒过来后发现黄明留给自己一大堆债务和两个未成年的孩子,就决定不注销他的身份,把他的护照卖给青姐,换一笔现金。青姐的部下对护照进行"换人头"处理,不留痕迹地贴上了炜煊的照片。炜煊拿着这本护照几乎大摇大摆地登陆美国,扮演了平生第一个突破性角色:一位死者。

他在纽约肯尼迪机场的出口处,几乎不能相信眼前这位淡妆轻抹、时尚优雅的女人竟是陶霏。陶霏没给他久别重逢的缠绵,把他安排住进了她在唐人街住过的房间,一位叫财仔的隔壁。她已搬进了和她"假结婚"的律师家里,假作真时真亦假。炜煊听说律师姓金西(Kinsey),还特地查了一下词典,Kinsey 意思是 King's Victory(皇帝的胜利),气势夺人。当他第一次在唐人街看到陶霏挽着金西的手亲密地走过,他怔怔地立成了一根冰柱。她的紫罗兰色高跟鞋踩的不是路上的树叶,是他落地跌碎的心。那幅画面在他的记忆中,像刺青扎进皮肤般清晰永久……

送葬车队终于上了高速公路,行驶得顺畅起来,炜煊的心神似乎安定了些。多年来他拍过十几部电影,但眼前的这一部,似乎被一股神秘的力量赋予了生命,正在纽约的大地上穿行。

陶霏

纽约,是陶霏不愿重访的城市。她走出 8 大道上的灰狗巴士站,距离第一次从北京乘飞机登陆纽约,隔了一条二十五年的时光隧道。二十五年,四分之一世纪。

她搭地铁到格兰特街站,到了地面上,走过几条街区,还不时见到中文招牌。不远处新建的高档公寓楼,标出不菲的单元价格。在传统的华人店铺中间,美国银行、咖啡馆、西餐馆屡屡出现。唐人街在明显扩展,也在悄悄西化。她拐进了一条偏僻的小街,立在人行道上,张望对面的"怡芳艺术品店"。小店的门面比记忆中的要窄小寒酸,窗户还是当年的那一扇,中间玻璃上雕着的莲花,在层层灰尘下挣扎着露出半片殷红。

当年陶霏在纽约辍学后,到唐人街的一家职业介绍所找工作。她既不会讲广东话,也不懂福州话,愿意雇她的人寥寥无几,不料却被高老板一眼看中。高老板不到四十岁,头发像睡熟时被人用剃刀推过,从顶部中间整齐地脱落。他矮小瘦削,却有一个响亮的名字:高圣堂。高老板开的"怡芳艺术品店"面积不足二十平方米,摆满从中国大陆运来的工艺品:唐装、字画、瓷器、文房四宝等,其中有很多廉价的仿制品。她是唯一的雇员,既补货,又收钱,整天忙个不停,累得腰酸背痛,一小时只赚五美元。她不时提醒自己只要有收入,生活就有希望。高老板还开了一家装修公司,平常顾不上小店的生意,但只要一露面,就对她动手动脚。她忍受着骚扰,对自己心怀鄙视。在求生欲念这个庞然大物面前,自尊是被针扎破的气球,不停地瑟缩变小。她经常在上工之前或下工之后四处打听,希望能另找一份工,但一直没有结果。

入秋后的一天,陶霏站在柜台后面整理一堆打火机,一只手黏乎乎地贴到了她的后背上,吓得她惊跳起来。高老板是从后门进来的,走路又几乎没什么声音。柜台内窄小,给他创造了天然的靠近她的机会。他假装找东西,一会儿捏捏她的手,一会儿碰碰她的腿,她躲闪着,又不敢太明显,怕触怒他。她的躲闪反倒让他兴奋,他的两眼一齐放出光来,仿佛和她玩一场时断时续的前戏,索性搂住了她的后腰。她终于被惹恼了,奋力地推开他,跑到门外,蹲到地上呕吐起来。听到他的脚步声,她转过头,掩饰不住眼中的厌恶。他显然败了兴致:"你家里死人啦,给我这脸色?你以为你多高贵呀!"她当然不高贵,如果没有这份工作,就付不出房租,就可能会挨饿。

高老板离开了,她的神经才松懈下来,但一想到他下一次的露面,又会绷紧。她扫完了地,看了看墙上的钟,离关店时间还有十分钟。伴随着"哗啦啦"的一阵声响,店门的竹帘被撩开了。一位白种男人出现了,像从某部好莱坞的电影里直接走出来,身材挺拔,蓝宝石颜色的眼睛闪烁光芒,西装挺括讲究,上衣口袋中甚至还露出紫色丝帕的一角。她打了大半年的工,见到的白人屈指可数,何况还是这么光彩照人的一位,立即绽出笑容,礼貌地问候。他看到她,似乎松了一口气,说:"我在曼哈顿当律师,今天是老板萨拉的生日,同事们要给她办一个惊喜派对,但我把这件事忘得精光。我刚从法庭出来,接到秘书的电话提醒,离派对时间只剩下了一个小时!"陶霏有些困惑地望着他,他立即善解人意地放慢了语速:"我飞车上路,看到公路旁的中文招牌,灵机一动,萨拉爱好东方文化,买一份有中国特色的礼物一定会让她开心。我对唐人街的脏乱差早有耳闻,不想涉足太深,看到第一座停车场就停下来,下了车就看到你的这家小店。"

她向他推荐一把纸扇,月白的底色,绘有两只旋舞的墨蝶,还镶着紫绸边,和他的丝帕颜色很协调。她甚至"唰"的一声打开扇面,轻扭腰身,做了一个民间扇舞的典型动作。在那个晦暗的午后,她在几分钟之内,就把店铺里的空地变成了一座小小的舞台。这个美国男人不懂中国成语"红袖善舞",但露出欣赏的微笑。欣赏女人也许从来无须语言。他的目光蜜蜂般"叮"到她的左手无名指上,迅捷而灼热。她没戴婚戒。那时在中国戴婚戒的传统还没被恢复,何况她以单身身份来美。当然,他并不了解这些复杂的细节。

他当即决定买下那把扇子,不过遇到了一个小小的麻烦：扇子标价"9.99 美元"，小店不收信用卡，他身上只有两美元现金。他诚恳地问："我对附近不熟，不知哪儿有取款机，还怕出席派对迟到，能先欠账吗？我三天后大约同一时间还会路过这里，到时一定把现金送来。你相信我！我叫杰夫·金西。同事中还有一位叫杰夫的，为了区别，大家习惯叫我'金西'。"她立即点头同意。金西是她遇到的第一位贵客，给沉闷的小店带来一股新鲜空气，她当然希望再见到他。她找来紫色的包装纸，用心地把扇子包好了，眼中闪出迷人的憧憬的光亮。

三天后的那个秋日，开始得令人烦恼。天空像一夜未眠的赌徒，露出灰涩的倦容。陶霏特地换上紫色的薄毛衣，每隔一段时间就拿出镜子照照自己，坐立不安，期待金西的出现，没想到高老板先露面了。高老板像从面粉袋子里刚钻出来，一身白灰。他开收银机去拿钱，不料老掉牙的收银机被卡住了，就声色俱厉地质问："收银机坏了，你都不管？害我关门倒闭是不是？你过来，我教你修！"她不情愿地走过去。他突然贴到她的后背上，像一只刚出锅的螃蟹，热烘腥膻，指给她看钱箱下面的一个生锈的铁开关，随后用一支铅笔别一下，钱箱就"啪"的一声被打开了。她突然一阵恶心，想摆脱他，越是挣扎，他的"爪子"就在她的皮肉里嵌得越深。她火冒三丈，稍转过身，拼力抽了他一个耳光，跳到了柜台外面。他捂着脸，吐出了一句话："滚！不要再来上工了！"她问："那我这个月的工钱呢？"他瞪起眼："你他妈的还做梦想要工钱？"

陶霏拿起背包，冲出门去。到了街上，她冷静了些，意识到自己没有金西的电话，如果立即离开，大概此生再见不到他，希望会永远落空，于是决定在附近的停车场等候。她从金西的目光中读出了欣赏，那也许是婉转的序曲，会升华成爱慕的主调。在挨过了无比漫长的一小时后，那个西装革履的身影终于进入了视线。金西看到她，吃了一惊，道："你怎么站在这儿？我要付扇子钱给你。"她余怒未息，在秋风中瑟瑟发抖："我刚被老板炒了鱿鱼。"他动了怜惜之心，问："我能荣幸地为你买一杯咖啡吗？"她立即点头。此时一杯醇香的热咖啡，一定有天堂饮品的滋味！

多年后，陶霏再次站在"怡芳"门前，时光的刀剑抽杀金西的身影，剩下记忆中的细微碎片。一个老年男人从店里走出来，把一个小木牌竖到门口，上面歪歪扭扭地写着一行字："香每捆 88 美分"。那是高老板！他弓着背，原本瘦小的身体缩成了一小捆柴火。她看不清他的表情，但从他的姿态中轻易判断出了衰颓。

她转身离开，回到百老汇街。财仔和她打电话约好的，在榕华大楼门口接她。很多人早在附近黑压压地聚集了，等待送青姐最后一程。一辆黑色福特面包车在她面前停下来，车窗被摇下来，财仔露出脸，大声叫道："陶霏姐，快上车吧！"她上了车。财仔的老婆乐珍立即扑过来，把她抱住了。后两排座位上满满当当地坐着他们的五个孩子，大的十几岁,小的四五岁,都埋头在苹果手机或游戏机的世界里。财仔说:"好多年没见了。日子过得太快了。"乐珍命令孩子们"叫陶霏阿姨!",孩子们漠然地从手机上抬起头来,叫了一声。财仔吼起来:"你们热情点!没有陶霏阿姨,你们可能还没出生呢!"几个孩子又叫了一声,语调中明显添了热度。

陶霏在二十世纪九十年代初搬进格兰特街的一幢老屋,财仔立即从地下室跑出来迎接,面带微笑,张口就叫"陶霏姐",还帮她搬家具。他个头不高,但力气不小,动作灵活。陶霏住进了他隔壁的小房间,很快和他熟悉起来。财仔在菜市场打杂,下工后带些卖不出去的菜回来煮,偶尔请她一起吃。茶余饭后,免不了聊聊各自的经历。

财仔的爸爸死在偷渡路上,但他的妈妈并没因此打消送他偷渡的念头,认定去美国要"前赴后继"。财仔妈的好友有一个小巧玲珑的女儿名叫乐珍。虽说"父母之命,媒妁之言"的习俗早被破除,但破除不等于铲除,两家人早早给他们定下了娃娃亲。财仔刚过十九岁的生日,就接到了蛇头青姐的通知,叫他随一批客户上路。财仔妈知道美国华人男多女少,担心他以后找不到媳妇;乐珍妈担心他登陆后花心,忘了乐珍。两个当妈的毫不迟疑,迅速操办了他们的喜事。财仔和乐珍在洞房里厮守三天,就离开了家。

他在偷渡路上车马舟船走了一年多,终于随一队人从墨西哥边境上的阿帕索进入美国,不料被巡逻的移民警察逮捕。这些人身无证件，衣衫褴褛，无所有也就无所畏，倒也没谁被吓得尿裤子，何况出发前都受过"培训"。偷渡最好的结局是悄悄登陆，最糟的结局是去见阎王爷，发生在两者之间的情节都纯属正常。财仔的表哥一路同行，天生瘦小，胡须还没长出几根，谎报年龄不满十八岁，很快被移民局释放，还被当地教会派来的一位慈祥丰满的老大妈接走。财仔诚实地上报年龄，结果被扣押，进了拘留所。他一进门，就在地中央蹲下来，立即惹来一片惊讶的目光。周围人要么站，要么坐，没人摆这姿态。他第一次体验到了"文化休克"，只好一屁股坐下，还模仿身边的黑人，把两腿叉开，入乡随俗。几个星期后，青姐派人把他保释出来。青姐帮他偷渡，不要他坐牢，而是要他打工，早日还清欠下的两万美元的偷渡费。两万美元在当时相当于十几万元人民币，是一笔巨款。财仔的叔叔在老家的县城当科长，一年的工资还不到五千元人民币。财仔想老婆乐珍，渴望搞到一张美国绿卡，把她接出来团聚。

那天陶霏在"怡芳"小店门口等到金西后，欣然接受了他的喝咖啡邀请。他对唐人街不熟，还是她带着他穿过两条街区，找到了一家"星巴克"。她泪光莹莹地痛说遭遇，因为英语不流畅，几次停顿，语调更显委屈。他为她抱不平："你该告高老板性骚扰！"她苦笑一下："谁来做证人呢？店里又没装摄像头。"其实她心里清楚，她的签证已经过期，一个没身份的去控告一个有身份的，显然是自找麻烦。他说:"我虽是哈佛毕业的律师，但只接政治避难移民案件，遗憾不能帮你打民事官司。"她灵机一动,问:"我有个室友叫财仔,偷渡来美国的,想申请政治庇护,正到处找移民律师,你愿意帮他吗?"金西的客户大多来自中东和加勒比海地区,还没有中国人,但乐于尝试。临分手时,他给她留下了一张名片,让她和事务所的秘书预约一个时间,带财仔到他的办公室谈谈。

陶霏回到住处,立即兴奋地向财仔讲了认识金西的经过。财仔初中没毕业,但知道哈佛大学是绝对名牌,把自己的未来交给哈佛律师,错得了吗? 不过他得打电话跟他妈妈商量。他妈妈两脚从没踏上过纽约的土地,但常年生活在侨乡,对唐人街的事情了解得甚至比州议员还多。那些在中国出生的移民律师,连英语都说不利落,怎么可能说服法官?找个白人律师,成功概率要高得多。财仔的妈妈请算命先生测字,结果说"金西"这名字会带来好运! 金西,颠倒过来就是西金,在西方赚金呀。稳稳当当地赚金,当然要先有身份。财仔不到二十岁,还有长长的未来,不可以像地下室里的老鼠似的,全身黑乎乎,永不见天日。

几天后,陶霏和财仔一起走进了"萨拉律师事务所"。金发的接待员身穿既熨帖又飘逸的丝质白衬衣,散开脖子下的两粒纽扣,深邃的乳沟弯出两瓣白玉兰,随着她每一个小小的动作左闪右现。财仔的两眼立即化成了蝴蝶,忙碌地飞旋。陶霏从接待员背后的镜子里看到自己,双排扣大翻领的西服早已过时,保守呆板,怎么看都打着"第三世界"的烙印。

她和财仔被引进了金西的办公室。栎木的办公桌和文件柜,镶金的笔架和名片,无一不讲究。金西依然西装革履,但比上一次见面时更帅气。他从高背皮椅上站起来,和他们握手,温和地问好。陶霏分不清他的温和是出于礼貌,还是善意,只一味地对他纯正的英语声调着迷。他问:"财仔申请政治庇护绿卡的理由是什么?"陶霏事先反复考虑过这个问题。她有备而来,从皮包里掏出一张黑白照片。照片上的场面惊心动魄,她指点着其中一个年轻人的面孔:"这就是财仔!"又举起财仔的左臂,让金西看上面蜈蚣状的疤痕:"他被那些人打伤,留下了这块疤!"财仔猜出了大概,胆怯地低声用中文问:"陶霏姐,这是我和别人打架落下的。这不是撒谎吗?被法官发现了怎么办?"陶霏板起脸反问:"你想在美国黑一辈子吗?"财仔立即闭了嘴。金西仔细看看照片,又端详财仔,半信半疑。他一边提问,一边做笔录,问过财仔常去的教堂名、受洗时间、信仰上帝的原因等。陶霏都一一替他回答了。金西有时从几个角度提问,总算把故事的碎片拼在了一起,随后他问陶霏:"如果将来财仔上庭,你愿意给他当翻译吗?"她几天前还在小杂货店当苦力,现在即将为曼哈顿的大律师工作,难怪有人说"美国遍地都是机会"呢,于是忙不迭地点头:"我愿意!"

一位高个子的白人女士敲敲门,走了进来。西装,牛仔裤,休闲运动鞋,一副中性打扮;头发超短,眉目清朗,不施脂粉。金西介绍道:"这是事务所的老板萨拉。"萨拉对陶霏和财仔轻描淡写地点点头,并不落座,拿起金西的笔录一目十行地读起来。在座的三人不约而同地屏住呼吸,像在等待审判。几分钟后,萨拉抬起头,用锐利的目光把财仔从头到脚扫描一遍,把卷宗"啪"的一声掷到办公桌上,下手并不重,但掷出一股威严之气:"这个案子我们不能接!"金西变了脸色,请陶霏和财仔到门口的接待室去等,让他和萨拉商议。

十几分钟后,金西出现在接待室,脸上的表情无喜无怒,只淡淡地说了一句:"到接待员那儿交定金吧。"

金西承接财仔的案子,总共收四千美元。按照出庭次数算,开案定金、问话各五百美元,见庭一千美元,上大庭后交清余额。申请绿卡、工卡、社安卡、申请家属来美等,另外收费。财仔从裤袋里掏出一捧脏兮兮的现钞,那是菜市场老板发的工钱,油腻,气味可疑。接待员用白皙的手指拈起钞票,露出嫌恶的表情。事务所虽没有明文规定不收现金,但绝大多数客户都使用信用卡或支票。

陶霏带着财仔走出律师事务所的大门,松了一口气。金西和财仔完全生活在两个天地里,但她把他们俩联系起来了。财仔嘀咕:"金西是个白人,能帮中国人吗?只谈了一个小时,就交了五百美元。在菜市场累死累活半个月,才赚那么点。"陶霏劝他:"把眼光放远一点儿。如果你拿到绿卡,别的好处先不提,单说和乐珍团聚、生儿育女这一条,拿多少钱能换来呢?"

陶霏在后来的三个月里恶补英语,尤其是法律用语。她买了一个带叫醒功能的小收音机。只要一睁开眼睛,就开始听新闻、练听力,还把可能用到的英语单词抄到一个巴掌大的小本子上,有空就拿出来背诵。她和财仔、金西做上庭的"模拟演习",由金西扮演法官,向财仔发问。谎言被重复三次,有时就变成了真实。

受理财仔案件的移民法官是福特先生。他六十岁出头的年纪,出生于条件优越的世家,受过良好的教育,一辈子没经历过什么波折。他患有恐高症,极少坐飞机出国旅行,对外国的看法,也就难免受媒体宣传的影响,相信外国人大都身处"水深火热"。法官通过陶霏的动情翻译,听了财仔的"受难"经历,再端详他那张年轻无辜的脸,同情心大发,批准了他的政治庇护请求。财仔听到这个喜讯,当场孩子般涕泪横流。

财仔离开法庭后,立即向他所有的亲朋好友报喜。口耳相传,没过一个星期,连远在加州的福建人都听说了陶霏的大名,当然也少不了气宇轩昂的金西律师。几个月前,金西还为找不到客户犯愁,好不容易说服萨拉接受财仔这个"特别客户",一夜之间他的电话铃声不断。铃声带来生意,比任何音乐更悦耳,更令人兴奋。陶霏协助金西,再接再厉,又打赢了两桩政治庇护案。

陶霏接到了金西的电话邀请，到萨拉事务所附近的酒吧"喝一杯"。这是约会吗？她第一次坐到酒吧的高脚凳上，很不习惯，担心凳子倾斜摔个人仰马翻，闹出大笑话。过了几分钟，才渐渐找到了平衡。她点了一杯啤酒，喝起来不知其味。她坐得离金西那么近，稍微仰头，就撞见了他的蓝眼睛，夕阳般流金的睫毛。她不止一次做过一个同样的梦：赤裸着身体走入了一片湛蓝的海，直至自己被完全淹没，此刻如回梦境，又有海风拂面，清醒过来，才知那是金西致命的喘息。金西诉苦道："'萨拉律师事务所'的生意不景气，但萨拉一直反对我接收华人客户，说'他们有一双撒谎的眼睛'。她自称爱东方文化，但对东方人没多少同情心。"陶霏因为口语不流利，尽量少讲话，免得词不达意。在这个酒气弥漫、被高大的西方男性控制的酒吧里，一位善于倾听的东方女人简直是一杯清茗。金西身心舒爽，又点了一杯加可乐的朗姆酒。

　　陶霏字斟句酌，终于说："你觉得'金西移民律师事务所'这个名字，听起来怎么样？"

　　仿佛在交响乐的两个乐章之间，谈话出现短促的停顿，空气甚至一度缺氧。金西注视陶霏，用他不无困惑的蓝眼睛，像意大利的传教士利玛窦在十六世纪第一次读到《易经》，还像之后进入中国的荷兰人第一次看到一件精致的景德镇瓷器。终于，云雾在他的眼中慢慢散去。他仍不懂《易经》，不懂瓷器，但捕捉到了陶霏眼中的金光，露出会意的微笑,说:"听起来很酷! 我爱这个名字! "在那历史性的一瞬,"金西移民律师事务所"宣告成立,随后金西辞职,与陶霏合伙,在唐人街的榕华大楼租写字间、挂牌,都是顺理成章。

后来在多少个晴朗的早晨,陶霏和金西相挽着走在唐人街上,身着华服,满面春风,而成群结队的福建人早已在街旁翘首等候。这些人大多在中餐馆打工,休息一天,就少赚几十到上百美元,平常哪里舍得? 但为了见她和金西,就咬牙请假了。住在外地的,甚至得请三天假,还要破费买飞机票,下了大本钱。他们为得到大律师夫妇的重视,脱下脏兮兮的 T 恤衫,沐浴更衣。当然也有个别人满身油腻腥膻地来了,像几粒屎,坏了一锅鲜鱼汤。他们对金西的态度是复杂的。有人当面叫他"鬼佬",还以为他听不懂。他懂的中文词儿的确少得可怜,但陶霏教过他"鬼佬"。他们对嫁外国人的中国女子多少有些鄙夷:男人们猜陶霏贪恋金西的钱,或者想通过他搞到身份;女人们猜她迷恋金西的床上功夫。她们连外地人都不肯嫁,何况是长满胸毛的"鬼佬"? 但是,金西夫妇能帮他们申请政治庇护,搞到他们认为至高无上的绿卡,为此他们居然抛弃成见,甚至违心地赞美他们的婚姻。陶霏把他们笑脸下的弯弯肠子看得清楚,不过佯装不知。她相信要和别人打交道,必须先懂得他/她的语言,居然学会了一些福州话;她有不错的文字能力,根据每个偷渡客的性别、年龄、性格等,量身定做,编出一套套的故事来,久而久之,就制造出几种模型,建立起了一个虚构文本的加工厂;为提供佐证,她找到一些街头冲突的照片,用图片处理软件改换人头,把偷渡客的头像移植上去。她和金西自编自导,与偷渡客排练悲情故事,然后到法庭上正式演出。他们的客户一而再,再而三地获得政治庇护的批准,于是更多的人拥上门来,并心甘情愿地递上大把的绿莹莹的美钞。

陶霏整个人像重新投胎过,在一夜之间变得光彩照人。她学会了开车,行动更加自由;到第五大道去选衣服,顺应时尚的潮流。她和金西一起观看各种文艺演出,甚至出席大卫·莱特曼的深夜脱口秀节目;在"主流社会"的高雅派对上盘桓,兴奋地讨论时政、艺术、体育等;去欧洲旅游,学会了享受贵族式的生活……

"陶霏姐!"财仔在车中叫道,把陶霏从回忆中拖出来,"这些年一直想去看看你,但没有时间。"

财仔拿到绿卡后,很快把乐珍接了过来。两人在格兰特街地铁站出口处,支起一口油锅,专卖炸鸡翅和鸡腿。他们家的鸡翅香酥微辣,远超"肯德基"。乐珍手脚麻利,虽然每天累得半死,但不忘面带笑容,赢得了许多回头客。一些纽约人居然不怕麻烦,特地在格兰特站下车,买了乐珍的鸡翅,再返回地铁继续前行。乐珍"革命生产两不误",一口气生了五个孩子。

乐珍说:"我们前几年搬到华盛顿去了,开了一家餐馆,叫'财乐'。"然后咯咯地笑起来:"从我和财仔的名字里各取一个字,发财当然乐了。餐馆有两层楼,刚开张时,每天都有顾客排长队等座位。我们一家人实在太忙了!"

财仔说:"这回还要感谢青姐,让我们有机会聚一聚。"

陶霏点点头。死亡,有时给活人一个相聚的契机,当然不是世间所有的相聚都令人愉悦。她说:"我刚才在'怡芳'门口看到高老板了。"乐珍快人快语道:"高老板前些年生意不顺,把家产卖得差不多了,又在大西洋城连赌连输,最后就剩下了这家小店,赚点儿钱勉强糊口。"

每天有人发达,有人落魄,这是百年来在唐人街永不谢幕的剧目。陶霏望着车窗外慢慢掠过的店铺和路两边的黑衣人,恍若梦中。

上百部小轿车、十几部中巴蜿蜒成一条长龙。驾车来往的美国人从未见过这般阵势,一时走了神,有先行权的等在路口,该转弯的却直行,一时间造成严重的交通堵塞。警察局显然措手不及,派出的人手不够。这时,一位西方面孔男人出现在十字路口,开始指挥交通。男人块头很大,身上的西装小一号,遮不住隆起的肚皮。财仔驾车从男人身边慢慢开过,说:"这个傻老外,跑到这儿来学雷锋?"车内的人都好奇地探头端详。

陶霏突然惊叫起来:"天哪!那不是金西吗?"

那真是从前风度翩翩的金西吗?

金　西

　　金西开一辆旧"尼桑"，挤在送葬的车队里，不免寒酸了些。车里的音响差强人意，正播放着比利·乔尔的《陌生人》。比利唱道："每个人都戴一副隐形的面具，有的是丝绸的，有的是皮革的，只在独处时向自己展示；每个人身体中都藏着一个陌生人，当你陷入爱情时，你会让对方看到这个陌生人吗？"

　　车轮碾过街道，细致缓慢，像执意要丈量每一英尺的记忆。当年他如果没有一脚踏进"怡芳艺术品店"，就不会遇见陶霏，以至于与青姐产生瓜葛，今天也不会来出席青姐的葬礼。那天他以为会遇见一个典型的华人店员，在电影中看到过的，男人干瘦如柴，女人低眉顺眼，谁料却是眼波流动的陶霏。她身上的月白唐装钉着一串保守的纽扣，一路系到颈下，居然不肯露出一寸皮肤，双胸却透过丝质的面料，颤悠悠地悬出，比袒露更令他遐想。

　　他虽西装革履，风度洒脱，其实家底微薄，在经济上早已捉襟见肘。二十世纪六十年代，他的父母为了给儿女创造更好的生活，从意大利西西里的小镇移民到纽约的皇后区。父亲竭力摆脱贫寒出身的阴影，在注册身份时改了姓，把平凡的康特（Conte）变成了贵族气十足的金西（Kinsey）。父亲和西西里著名的黑手党并无牵连，但有一副黑手党成员的坏脾气。他重男轻女，在金西和他的两个妹妹之间，毫无疑问更偏爱金西，但表达爱的方式与众不同：越是偏爱，态度就越粗暴。那时父母打孩子还不犯法，每当金西做错事，他抬手就打。他嗜酒，奇妙的是喝酒后脾气就从狼变成羊。金西从十几岁起也开始品尝这"神奇的甘露"，冀望从中获取快乐。父亲从金西刚懂事时起，就一再训导他长大后要永远离开皇后区，进入主流，到曼哈顿工作。父亲在建筑工地上当工人，汗水淋漓地卖了将近三十年的苦力，把三个儿女供养到上大学。金西从哈佛大学法学院毕业，在曼哈顿当了律师，果然梦想成真，让父亲手舞足蹈地兴奋了好几年。

金西迅速地跻身于"高消费俱乐部"，没还完学生贷款，就换了名车；刚涨了薪水，就娶了贝蒂。他贷款在新泽西买了一套体面的房子，还替贝蒂买了一部新车。贝蒂是一位有着苍白面孔、柔软鬈发的女子，在文化背景上与他贴近，祖上也是意大利移民。她从小学过芭蕾和钢琴，只为陶冶性情，并没指望过成名成家。大学毕业后，在一家时装杂志社谋得了一份秘书差事，拿着微薄的薪水，但培养了高雅趣味。她追逐时尚，每月收到一沓沓的账单，夫妻俩因为钱频繁争执，甚至吵闹。贝蒂开始对他进行感情上的"冷处理"，他索性在曼哈顿找了间公寓独住，宣布正式步入分居状态。眼不见心不烦，额外的房租却增大了经济压力，他每月能勉强支付信用卡的最低额度。他和她耍单飞，坏事倒成双结对。父亲从建筑工地的脚手架上掉下来,摔断了腿。腿是被接上了,但恢复的过程极漫长,接受专业的恢复训练也要花钱。金西无法推卸在经济上支持父亲的责任。美国梦的光环,是用金钱圈起来的,无论如何,他都得把这道光环维持下去。

金西初见陶霏,联想到的不是金钱,而是红酒。陶霏红酒般醇烈,而贝蒂白酒般清冷。贝蒂似乎一出生就要求拥有,拥有的愿望像森林中一簇簇的毒蘑菇,随着岁月的雨淋日晒,一日日疯狂生长。她活在今天,还没养成为明日忧虑的习惯。如果生活中的诸多行动像钓鱼,贝蒂是等男人钓上鱼来煎好喂自己;陶霏会亲自去钓鱼,然后坐下来安心享受。金西在陶霏的协助下,为财仔及两个福建人申请到政治庇护绿卡,从此携手开辟财源。

财仔在"万福酒楼"设谢恩宴,只摆一桌,挑选尊贵的客人和昂贵的酒菜。金西和陶霏比预定的时间迟了半小时,身为贵客,当然要让他人等候。酒楼里照例客满。客人们胡吃海喝,高谈阔论,好不热闹。财仔定的酒席在一扇屏风背后。待一桌人坐定了,正座竟空着。过了大约一刻钟,屏风外响起挪动椅子的声音,众人纷纷起身叫"青姐",声调既亲近又敬畏。接着,伴随一阵爽朗的笑声,青姐出现在屏风旁。她生得粗眉大眼、高颧骨、厚唇,烫着短发,穿着土气。如果金西在其他地方见到她,绝不会把她和名震四方的蛇头联系起来。一桌人站起来致敬,青姐露出笑容,做了个"请坐"的手势。她亲热地摸了摸财仔的头。财仔被她从福建老家带出来，现在"荣获"绿卡，简直是她的最理想的偷渡客。财仔端起酒杯起身，先敬青姐。青姐不摆架子，站起来豪爽地向众人举杯。一桌人立即诚惶诚恐地站起，把杯中酒干了。酒是仙水，能让人转瞬间心花怒放，周围的气氛立即活跃起来。青姐讲不上几句英语，和金西交流全靠陶霏翻译，对他的态度不冷也不热，但和陶霏聊得投机，甚至几次拍拍她的肩膀，一见如故的亲密姿态。金西虽然不懂中文，但懂得肢体语言。

散席后，陶霏不知是因为多喝了几杯，还是因为认识了青姐兴奋，两腮绯红，对金西说："青姐答应以后她的客人一登陆，就交给你我了。"接手青姐的客人，就意味着接手钱袋，而金西和她需要钱。"需要"这个词分量显轻了些，也许"渴望"更准确。他们必须挽起青姐的肩膀，像落水的人渴望抓住一块浮板。只要在水面漂漂，就有生存的希望，还可能爬上一艘豪华游艇，甚至摇身变为主人。

青姐果不食言。过了不到两个星期，就介绍了刚从墨西哥偷渡入境的半打客人。不久，美国国会宣布每年给来美国生育的中国公民一千个移民名额，金西和陶霏便开始安排一些客户申请。两人和青姐强强联手，建起偷渡、办身份、拿绿卡的一条龙服务，这使他们的律师事务所也进入了流水作业。起初陶霏亲自上庭当翻译，后来客户太多，分身无术，就雇用助理客串。金西先在空白的避难申请表上签名，然后让助理们填上编造的故事，自己根本连看都不看。

金西和陶霏仿佛闯进了一座罂粟园，沉迷于金钱和性爱的混合异香。他们在法庭上演撒谎的戏剧，在卧室里也变换游戏的花样。前一夜，他化身全副武装的移民警官，把她变成衣不遮体的非法移民。他用手铐把她的双手锁在栅栏式的床头板上，用眼罩遮住她的双眼，然后把冰块涂抹到她细腻的胸脯上，令她发出一阵阵尖叫。她哀求他进入她的身体，声调越凄悲，他就越兴奋……后一夜，她摇身变成庄园女主人，而他沦为马厩里屡做错事的杂工。她拿起一条皮鞭抽打他，露出母兽般美丽狂野的神情，他不停地恳求她抽得更激烈些……在一场酣畅淋漓的床戏结束后，她谈到了解决身份的话题，他几乎没有犹豫，就答应和她结婚。他在生意上仰仗她，怎么可以失去"梦工厂"的合作伙伴呢？跨族裔婚姻大约三十年前就合法了，虽然还不多见，但他有勇气"前卫"一回，引领潮流。何况陶霏是韵味十足的女人，像金刚石一般，乍被采出来时纯洁无瑕，经过他的雕琢，变得闪耀夺目。他和贝蒂签署了离婚合同，还同意每月支付给她一笔生活费，接着就和陶霏举行了婚礼。

金西不会忘记那个夏日的凌晨，他在梦中被电话铃声吵醒，被一条爆炸性新闻震惊：将近三百名中国大陆偷渡客"抢滩"纽约。半年前青姐和几个蛇头联手，派人把一条被废弃的货船草草修补，还起了一个美好诱人的名字"金梦号"。"金梦号"满载偷渡客，从泰国出发，在海上漂泊了几个月,终于靠近了纽约公海,但不见接应船只的踪影。偷渡客们不想坐着等死,迫使船长向纽约方向行驶,不料在皇后区附近搁浅。这时,伴随着直升机的灯光和轰鸣,美国警察的船只向他们靠近,偷渡客们不甘心被逮捕遣送,顿时混乱不堪。一些人看到美国大陆的隐约灯光,以为离岸边很近了,就跳进海里,可海水冰冷,陆地遥遥,其中几人当即溺水而亡,另外几位水性好的,精疲力尽地爬上岸,立即消失在纽约茫茫的晨雾里。剩下的人被警察们一一押下船,虽然前途未卜,但毕竟踏上了美国的土地。

金西和陶霏赶到了"抢滩"地点。在破晓的熹光中,海滩上现出了一些影影绰绰的"小山包"。凉风吹过,"小山包"们轻微颤动。他们看清那是围毯而坐的偷渡客们。这些人在极度狭小肮脏的空间里经历了狂风暴雨、饥渴灼晒,经历了内部打斗,和死亡多次擦肩而过,终于抵达了梦想已久的大陆。金西被他们的苦难和执着感动,当然也为他们带来的财源喜悦。

偷渡客们被分别关押在纽约州、宾州、弗吉尼亚州等地。按当时的移民法,美国绿卡的拥有者可以担保赎人。金西和陶霏立即招兵买马,派出手下十几名助理,昼夜兼程,先用青姐的钱把偷渡客们担保出来,然后向青姐报告他们的暂住地点。青姐的手下人立即通知偷渡客亲属出钱赎人。同时登陆的偷渡客人数太多,金西和陶霏一时找不到足够的保人,就叫助理们伪造绿卡拥有者的文件出面担保。偷渡客一旦按时去移民局报到,移民局就会退还保金。金西移民律师事务所先扣除应得的四成律师费,才发还余额。

唐人街是藏不住秘密的。很快有人如法炮制金西夫妇的发财模式,很多律师事务所似乎在一夜之间冒了出来。高老板在唐人街混了多年,对"北方人"陶霏的发达不能容忍,也雇了两名律师,如法炮制,做起了移民生意,开始争夺客户。他骂陶霏小气,不信任华人,让金西出场一次收一次费,不管客户输赢,他们都发财。他发明的收费方式是"1000—9000 型",押金一千美元,一直到上大庭,赢了政治庇护案,再收九千美元。他常对客户大拍瘦瘦的胸脯:"我不会让你承担那么大的经济风险,大家都是一条船上的,输赢都绑在一起!"遇到斤斤计较的客户,他甚至抛出更强悍的收费计划:"0—15000 型",一开始只收五百美元押金,输就退还,赢就收一万五千美元。高老板的挑战激怒了陶霏。她在他店里的遭遇是她的耻辱,现在终于有了洗耻的机会,当然接招。道高一尺,魔高一丈。她不但按高老板的方式收费,还制定出夫妻优惠、家庭优惠的模式,不但使高老板门庭冷落,还把其他律师事务所的客户都抢过来了。

钱成千上万地流进来,在印刷厂印钱都没那么快。金西和陶霏开律师事务所还不到三年,就在康州买下了一座豪宅。宅子四层楼,有十几个房间、五个车库,里面的家具都是优质的品牌,标榜时代风尚。他们还在佛罗里达买下临海的度假屋,虽然一年只去住两个星期,但雇了专人打理。

圣诞节前,他和陶霏请人在豪宅四周的树上装了灯,天黑到一定程度,所有的灯就自动亮起来,营造一片辉煌景象。新年夜,上百位盛装的客人前来参加派对,在水晶灯下个个容光焕发。在大厅的一角,一支年轻的摇滚乐队正唱得抒情惬意。香槟酒一瓶瓶地被打开了,溢出的泡沫闪着莹洁的光芒。从曼哈顿专门请来的几位名厨,在长条餐桌上摆满了东西方美食。当金西挽着陶霏从旋转楼梯上走下来,乐队停止演奏,客人们屏住呼吸。金西的黑色燕尾服和陶霏的大红织锦缎旗袍相映生辉,两人立即被赞为"中西合璧的典范"。金西说:"我和霏感谢诸位对'金西移民律师事务所'的支持和厚爱,为回报社会,我们向中国的失学儿童组织、美国的救助病童机构各捐款二十万美元!"客人们听了,都真诚地受到了感动,起劲地鼓掌。随后乐队恢复了演奏,客人们结对在大理石的地面上翩翩起舞。那是一场多么令人难忘的派对啊,几乎完美诠释了"美国梦"。

金西看到了前妻贝蒂。她穿一身吉卜赛风格的碎花长裙,进门就脱下鞋子,打着赤脚走来走去,带来的"伴侣"竟是萨拉! 萨拉是已"出柜"的同性恋者,谁料到贝蒂会有这么戏剧性的转变? 陶霏对贝蒂的"转变"没有异议,居然还流露出赞赏,更让他大跌眼镜。或许因为贝蒂进入同性恋阶段,对她的婚姻就不再构成威胁,精神放松了?他以为自己从一个极端(西方自我中心的女子)走向了另一个极端(东方善解人意的女子),永不会重蹈婚姻失败覆辙,谁料到两个极端会向对方移动。女人真是令人难以捉摸的动物。

陶霏还邀请了被她称作"表哥"的炜煊。炜煊的那套做工粗糙的西装，怎么看都别扭，他的脸色比刚下船的偷渡客好不了多少。金西发现他避免正视自己，又忍不住要打量，于是玩起猫捉老鼠的游戏。他在突然转头的一瞬，截住炜煊目光的去路，看清了其中复杂的谱线。无须陶霏交代，他就厘清了她和炜煊的关系。他原以为相爱的人彼此会卸下伪装，其实爱情中的秘密像中国盒子，一个里面套着另外一个。

金西和客人们谈些自认为重要的话题，一杯接一杯地喝着红酒。在接近午夜，派对达到高潮时，他跑到钢琴旁载歌载舞。这时家里的电话刺耳地响起来，他看见陶霏走进办公室去接。过了几分钟，陶霏出来了，脸色不太好看，把他叫进办公室。她捂住话筒说："电话是偷渡女阿芸打来的！"阿芸二十多岁，长头发，瓜子脸，眼神单纯。两个星期前，她从迈阿密一入境就被移民局扣押，当时金西和陶霏正在附近休假，"顺手牵羊"把她担保出来，又乘同一架飞机到纽约，准确说是"押送"。只有看住阿芸，从她的丈夫江哥那里收到偷渡费，生意才不算白做。

陶霏在唐人街给她安排了一个临时住处，叫青姐的手下人看管，通知江哥上门交钱领人。江哥在布鲁克林开一家中餐馆，起初生意火爆，但前一段时间对面街上新开了一家，连菜单都大同小异，抢走了大半生意。他赔本硬撑着,又欠下高利贷,被债主天天上门催款,拿不出钱赎她,也打听不到她的行踪。阿芸怕被青姐的手下人"撕票",找机会逃了出去,人生地不熟,发现一家仓库的门开着,就溜进去躲了起来。她注意到仓库的房顶上立着一个招牌,印有"日新印刷厂"的字样。

阿芸在电话里声泪俱下,请陶霏向青姐求情,放过她,她以后当牛做马,一定把欠下的偷渡钱还上。陶霏声调犹豫地问金西:"我们怎么办?"金西头晕晕的,还没从派对的狂欢中清醒过来,说:"她坏了规矩,我们怎么可以帮她?惹恼了青姐,我们还有生意做吗?你比我应该更明白!"陶霏当然明白。前移民法官退休了,新法官很难对付,最近他们接手的几个政治庇护案都被拒绝,如果得罪了青姐,再断"货源",后果不堪设想。她咬咬下唇,放开手,拒绝了电话另一边的阿芸。随后,她犹豫片刻,又向青姐报告了阿芸的下落。大厅里的客人们开始高声地新年倒计时:"5,4,3,2,1!新年快乐!"他们纵情地欢呼,互相亲吻,乐队恢复了激昂高歌,转瞬间淹没了发生在办公室里的小小插曲。

当天夜里,青姐手下的两个壮汉赶到日新印刷厂,拿出一把菜刀,残忍地砍掉了阿芸右脚的小脚趾,使她痛得大哭不止。其中一人把她的脚趾装进一个牛皮纸信封,给江哥送去;另外一人见她面容美丽,动手撕开她的衣裙,贪婪地舔舐她细腻的胸部。她拼命地反抗,反倒更激发了他的兽性。他把她一拳打昏,把双腿架在自己的肩头,粗暴地进入她的身体，她右脚流出的血都滴在了他裸露的后背上。他发泄完毕，把她锁在仓库里，出去买夜宵。返回后，发现她已经用捆菜单的麻绳悬梁自尽了⋯⋯

出殡车队经爱惜士街驶向昵称"福州街"的东百老汇，在榕华大楼前完全停止了流动。青姐多年前买下这幢七层大楼，在里面开设地下钱庄。钱庄一度生意兴隆，资产上亿美元。金西和陶霏租下最高的两层做律师事务所的办公室。金西寻找自己伫立过无数次的窗口，试图在记忆的洞穴里挖出一条通向地面的通道。

十年前的那个日子，像在森林中遭遇了一头黑熊，无论他气喘吁吁地向哪个方向奔跑，总会惊心动魄地一次次重新面对。早餐丰盛：小薄饼、培根、煎鸡蛋，还有草莓。他喝了咖啡，陶霏和五岁的儿子弘喝了橙汁。陶霏叫出租车去机场，即将带弘回中国探望她的母亲。他在家门口和她吻别，尝到了她唇上橙汁的味道。他把弘抱起来，亲了又亲，还嘱咐他乖乖地听话。

他在唐人街停了车后，踩着地面上薄薄的白霜，来到了榕华大楼门口，看到了一辆卡车。几天前他因为律师事务所的文件堆积如山，叫一位助理联络一辆卡车，把大部分文件送到郊区的仓库里保存，卡车果然被安排好了。突然，躺在街上的两个流浪汉站了起来，那个送比萨饼的红头发的家伙也突然露面。三人把他团团围住，亮出 FBI 警探的徽章，宣布逮捕他。时间在那一刻定格，仿佛维苏威火山骤然爆发，人生的庞贝古城陷入一片千年的死寂。附近的商贩们从店铺里拥出来，交头接耳，眼里闪动着惊讶和兴奋；事先有预约的客户们露出忧虑重重的神情。红头发的警探接到一个电话，随后问金西："我的同伴已在机场逮捕了你太太，你儿子由一位女警陪伴，你有亲戚可以照顾他吗？"金西猜想 FBI 担心他销毁文件，又要防止陶霏潜逃，所以兵分两路，同时采取行动，可怜的儿子成了全家唯一的"自由人"。他把大妹妹的电话给了红发警探，托她照顾弘。

几天后，联邦以专门严惩帮派的"反黑连坐法"重罪起诉金西和陶霏，同时还起诉了律师事务所的十五位涉案人员……

路两旁的人群向送殡车队迅速靠拢，把灵车四周堵得水泄不通，向青姐默默说声"再见"，有人开始擦泪。殡仪馆人员打开灵车车门，让青姐再看一眼她生前的常住之地。青姐的女儿阿绮从车上走下来，在棺前行叩拜礼。

车队终于再次启程，但挪动得太缓慢了，到了一个十字路口，竟完全停滞。金西感到一阵胸闷，把车窗全部打开，还透不过气来。纽约警署显然对突然出现的庞大车队毫无准备，派不出足够的人手。他把车停到附近的一条小街上，站到十字路中央，开始指挥交通。多年来，他被记忆的黑熊追逐得精疲力竭了，渴望尽快告别一段历史，投身于一条忘忧河，获得一刻轻松的漂浮。

尘归尘

送殡车队终于上了高速公路,出纽约,一直向北。财仔摇下车窗,放进清新的空气。路两边的树逐渐密集,随后出现空旷的绿地,视野变得开阔。陶霏注意到绿色路牌上的飞机图案指向机场的方向。

她看到一架飞机被固定在地面，在记忆的跑道上永远无法起飞。在那个阴冷的秋日,她带着儿子弘登上"波音747"。儿子因为期待平生第一次的国际旅行格外活跃,不停地追问她老家的事情,还有从未见过面的姥姥。临近起飞时间,广播里传来机长公事公办的声音:"因为事先不能预料的原因,抱歉推迟起飞。"乘客们开始躁动不安。半小时后,FBI 警员两男一女出现在机舱口。儿子欢呼起来:"妈妈,你看! FBI! 好酷啊！"不料警员们走到陶霏的座位前,向她宣读了逮捕令。她猜想 FBI 为防止她携子潜逃,采取了果断行动。全机舱的乘客瞠目结舌。她不由自主地搂住了儿子小小的肩头。儿子的眼神从兴奋到惊讶到恐惧,在几秒内完成了一场巨变。她在众目睽睽之下被押下飞机,装进一辆警车。儿子突然挣脱开女警的手,向她跑来。在机场宽阔的跑道上,他的身影渺小,脚步苍老般踉跄。她在那一瞬就被判了刑,后来在法庭上受审似乎变成了过场。在儿子面前,她是永远的罪人……

一个小时后,太阳悬到正空,似乎把寒气都拥入怀中。远山在天空和绿地之间露出轮廓,一座墓园静静地卧在山下。墓园像一位矢志不渝的情人,似乎多年前就等在那里,陶霏想,美国人常说世间只有税收和死亡无法逃避,果然如此。财仔在爆满的停车场里找不到车位,只好叫乐珍带着孩子们和陶霏先下车,自己到附近的街上停车。

　　炜煊命司机把越野车停在墓园的入口处,小康和其他两位助理立即卸下摄像器材,投入工作。炜煊也不拖泥带水,用狩猎的目光在人群中搜索。有上千人聚集到青姐的墓前,许多人在腰间系上白布。转瞬间,人们在墓穴四周铺上绿帐,摆满花圈,立起青姐的巨幅遗像;还用手掬起黄土,搭起一个土包,把灵牌插上去,在灵牌前摆上祭品:一排橙盘、一排红烛罐,还有十八碗青姐爱吃的家乡菜,其中包括清蒸虾、炒田螺、福州鱼丸等。平日素净的墓园骤然增色,还飘散起中餐的特殊香气。十六位壮汉把青姐的灵棺从卡车上小心翼翼地抬下来,放到了墓穴旁。灵棺是上等的红木,在阳光下散发着高贵的光泽。青姐坐牢十几年,对这些中餐可能想疯了,可惜临死也没有尝到。炜煊想,命运折磨人,有时只需调用一个小小的细节。他几乎没费什么力气,就找到了青姐的女儿阿绮,向她提出了拍摄请求。阿绮三十几岁年纪,眉目间和年轻时的青姐十分相像。她披麻戴孝,哭肿了眼睛,声音微弱:“你一定要公平!”炜煊立即点头:“我会安排时间采访你,等拍好了,还要请你审查！"阿绮说："那好吧,你要讲信用！"

炜煊指挥部下选好拍摄地点,架起摄像机,还亲自调整角度。这时,陶霏进入了视线。他以为她早经不起细看,七年的监狱生涯、出狱后捉襟见肘的生活,什么样的女人经得起这样的折磨?她的皮肤的确不如从前紧致,额头出现隐约的波痕,但举手投足间竟有陌生的风韵。他恨过她,此刻身处逝人安眠的墓园,恨意突然变成了生命中不可承受之重。

陶霏来到青姐的遗像前,鞠了一躬。阿绮一抬眼,看到了她,立即冲过来,挡在她面前,厉声问："你怎么有脸来?你不许靠近我妈妈！赶快走！"青姐的亲友们闻声黑压压地拥过来,在悲伤的表情底色上,涂染了愤怒,叫嚷着："要不是你,青姐也不会被判这么多年！"

一个胡子拉碴的高壮男人冲到陶霏面前,指着自己的鼻子问："你还认得我吗?"陶霏迷惑地望着他。男人怒目圆睁,步步逼近："我是江哥！阿芸的老公！"他要是没有自报家门,陶霏真的认不出来了。是冤家总会聚头。她的脸色变得惨白,不停地后退,再退一步,就会掉进墓穴里。他索性推了她一把："你该去给青姐陪葬！"人群中有女人怯懦地哀求："不要再推了！会出人命的！"

这时炜煊挺身而出,厉声叫道："住手！我是电影导演炜煊,正在拍青姐的纪录片,你们这么欺侮人,要受到法律制裁的！"他相信名人、媒体和法律这些字符拥有威严和制

225

约力。陶霏转过脸来看到他，双眼像被马蜂同时蜇咬，立即肿起来。这场"英雄救美"几乎无可挑剔，炜煊在得意间扫视人群，正撞见一个白种男人的目光。男人站在不远处，头发是盐的颜色，挺着小山坡般隆起的肚子，像一头迷路的笨熊，闯入了农家安静的田园，既冒犯又不协调。那不是金西吗？他怎么变成这个鬼样子了？上一次见到他，是在他家的新年派对上，那时他正春风得意，奢华得可耻。炜煊像一位一度溃败的拳击手，重整旗鼓，终于可以无惧地正视，登上擂台，跃跃欲试，可金西并没有迎接挑战。金西的目光复杂孤单，几乎令人心酸。

江哥冲炜煊挥起拳头，嚷道："少拿那些破玩意儿吓唬人，你要不老实，我砸你的摄像机！"这时财仔气喘吁吁地赶到了，拨开人群，用身体挡住陶霏："你们有火，就冲我发吧！陶霏是我的大恩人，谁也不许动她一个手指！"周围人似乎醒悟过来，发出各式感叹："我的绿卡也是她帮我搞到的。""好多年没见到她，变样子了。""要是没有她和她那个鬼佬老公，我早被遣送了。"他们不由自主地制止了跃跃欲试的江哥。

说起"鬼佬老公"，金西已经出现在陶霏身边，对阿绮说："请你给我和霏一个机会，向你妈妈告别吧。"阿绮困惑地看看金西，终于认出了当年那个蓝眼睛的大律师，勉强地点了点头。

江哥怒火未消，高声大喊："陶霏，别以为你从监狱里出来就没事儿了,还会遭报应的!"

阿绮阻止道:"别在我妈墓前吵闹!让她安睡吧。"

"哼!"江哥不屑地问,"你妈做了那么多坏事儿,还想安睡?"一句话,就把自己变成了众矢之的。几个彪形大汉毫不迟疑,左右挟持,把他从墓前拉走,一直"押"到停车场:"马上滚开,别在这儿找死!"

江哥寡不敌众,嘟囔着开着自己的"宝马"车离开了。

人群中有人冒出了一句:"江哥这小子,穷的时候差点儿要饭,现在又发达了起来,听说还做起了房地产生意。"

这时金西转向陶霏,艰难地吐出一个字:"霏。"他替自己向阿绮求情,陶霏心里是有几分感激的,说:"没想到你也来了。"炜煊大方地问候金西,和他握手,还递给他一张印着一堆头衔和美国手机号码的名片。金西叫他的名字,发音还是怪怪的:"抱歉,我没有名片。"炜煊指指摄像机说:"我在工作,回头和你聊。"说罢回到了部下的身边,露出严肃的执导表情。

陶霏和金西上一次这样并肩而立,是大约十年前在法庭上受审。

女法官是一位五十几岁的黑人"洋包公",自开庭以来一直低着头。负责他们案件的白人检察官英气逼人,和许多美剧中常出现的严肃刻板的形象不同。他义正词严,起诉金西和陶霏自二十世纪九十年代起长期勾结走私人口的蛇头青姐等人,从偷渡客与家属身上牟取暴利,经手的将近五千个政治庇护案几乎全部造假,非法牟利一千五百多万美元。他花了整整半小时宣读并解释他们的罪行,中间不得不停下来喝水、喘息。罪行包括"组织偷渡""协助偷渡""伪造文件保释人蛇""捏造政治庇护故事""偷税漏税"等将近五十项,其中最严重的是"合谋绑架""合谋禁锢人质",对阿芸的死负有不可推卸的责任。

大难来临,陶霏作为一位年幼男孩的母亲,或许有更多寻求自保的理由。她的辩护律师是一位姓李的越南华裔,四十多岁年纪,才貌平常,专门受理刑事犯罪案件。李律师把矛头指向金西:"金西拥有律师执照,在纽约从业多年,比陶霏更懂法律,是所有案件的'主谋',而陶霏扮演的不过是翻译和助理的角色。"陶霏听了,似在黑暗隧道中摸索前行,看到尽头的点点灯光,心因为侥幸和喜悦微微颤抖。

萨拉在刑事和移民案件方面经验丰富,竟抛却前嫌,担任金西的辩护律师。她毫不留情地反驳:"虽然'金西移民律师事务所'以金西之名命名,但陶霏才是真正的老板。金西不会讲中文,青姐和绝大多数客户都是中国人,只会讲零星的英语,金西不可能和他们单独交易。"

检察官放了一段录音,是陶霏和一位中国女客户的谈话。陶霏说:"你告诉移民官,你因为婚外孕被迫堕胎。你必须记清虚构故事情节的顺序。不用担心,像你这种情况,用逃避计划生育的理由申请政治避难,简直是探囊取物,太简单了!"

法庭上的女翻译把这段对话如实译过来，陪审员们听了，无不露出惊愕的表情。李律师意识到形势对陶霏不利，立即就阿芸自杀事件追问金西，金西面无表情："我没参与过阿芸的事儿，至于陶霏和青姐怎么发现了阿芸的踪迹，我一点儿也不知道。"陶霏吃惊地注视着金西，不能相信他竟然可以当众撒谎。原来她和他的婚姻建立在谎言的沙堡里，狂风骤起，顷刻倒塌，只惹得尘土飞扬。

法庭里一片哗然。坐在听众席上的江哥突然站起来，叫嚷道："重判陶霏！绝不手软！"他周围立即有人响应："同意！"几个警察冲过去维持秩序："安静！安静！"

女法官这时突然抬起脸，目光锐利，字字如剑："陶霏，和金西和蛇头一样，心狠手辣、不择手段，我要把你们的所有罪行合并执行，最不可宽恕的是你们雇有三十多名助理，成为不折不扣的教唆犯，污染了这些原本清白的人。"陶霏像从黑暗的隧道里爬到了出口处，却被迎面而来的火车撞得头破血流……

太阳稳稳地悬在墓园的上空，照耀着大地上百感交集的人们。突然间，毫无缘由的平地一阵风，吹倒了青姐的灵牌。众人变了脸色，慌忙扑上去把灵牌扶起来。陶霏分明看见一位年轻女子披散着长发，穿着一条轻薄的蔷薇紫色长裙，打着赤脚，在人群中一闪。她惊叫一声："阿芸！"金西顺着她的手指望过去，惊悚地喃喃低语："真是她！"

阿芸一路追随送殡车队，被早春的风送到了此地！陶霏在和众多偷渡客打过交道后,他们的长相在记忆中很快变得模糊,唯有阿芸的面孔是一幅数码图像,在光阴流转中,色彩和线条还清晰逼真。那一年陶霏和金西带阿芸从迈阿密去纽约,在上飞机前注意到阿芸脸色苍白,一副随时能被风吹跑的样子,隐隐有些担心。飞机起飞后,她放下了身段,离开头等舱去经济舱找阿芸。正巧阿芸身旁的座位是空着的,就坐了下来。靠近端详,阿芸的面孔其实姣好,不过嘴唇上凸起的几个白泡,影响了线条的柔和。

阿芸的丈夫江哥几年前偷渡来了美国。他离开时,他妈还在世,只不过身体已经很虚弱。阿芸每天做饭、洗衣、打扫房间,日子似乎过得飞快。江哥通过老乡介绍,认识了做移民生意的高老板。高老板大打包票,说会帮他搞到"政治避难"绿卡。江哥一上庭,立即被法官拒绝,被断定"有一双会撒谎的眼睛";再上庭,还是落败而归。他绝望了,索性"黑"了下来。他还清偷渡欠下的债,从老乡那里贷款开了一家中餐馆,刚开张时生意兴隆,每天半夜收工时数钱数到手软,真是"东边不亮西边亮"。他寄钱给家里盖了三层楼的青砖瓦房,买了全套的进口电器,可惜他妈没有享福的命,在搬进新房的第三天咽了气。江哥在电话里对着阿芸哭了半小时,又寄了一笔钱给母亲办了隆重的丧事。

阿芸的表妹乐珍移民去了纽约,和丈夫财仔团聚了。她传回来一个让阿芸气炸肺的消息:在唐人街的"贵宾楼",江哥和一个又白又嫩的小姐搂在一起!小姐是北京人,卷着舌头说话。阿芸想起有一次她打江哥的手机，接电话的是一个娇滴滴的女声，一时不知该说什么，等对方把电话给了江哥，才确认没打错。江哥解释，自己开车超速吃罚单，必须上交通法庭，请北京小姐也是餐馆的经理当翻译。他说"吃"时卷起舌头，阿芸还嘲笑了他。乐珍透露了更多的细节：北京小姐和江哥开一辆红色敞篷跑车在公路上兜风，只穿了一件大红的小背心、一条短裤，奶罩都没戴呢。以前每到夏天，阿芸受不了天热，在家里不戴奶罩。每次有客人来，江哥总要叫她进里屋穿戴整齐再出来。他竟和穿着暴露的小姐在公路上兜风！他以前说阿芸的小腿比较粗，穿长裙好看一点儿。这几年她见了漂亮的长裙就忍不住要买，盼着有一天能到美国穿给江哥看。名牌时装街的大小老板都摸透了她的心理，见她犹豫不决，只要说一句"江哥一定会喜欢的"，她就连价钱都不讲就买走。

乐珍说更奇葩的还在后面：红跑车是江哥给北京小姐的生日礼物！难怪他半年多没给阿芸寄钱了，推托餐馆生意不好、手头紧。北京小姐不算漂亮，但娇滴滴的性子是武器，轻易打败了干渴已久的江哥，何况她还是一个大学生。乐珍死活也搞不明白，在纽约泡高级妓女都不要花那么多钱，妓女还不会欺骗感情。江哥一身油一身汗地打拼，一年只在"感恩节"休息一天，因为那天美国人在家吃火鸡，不会到中餐馆吃饭，现在就这么轻易地把血汗钱挥霍了！

"北京小姐"这四个字像一根插满芒刺的大棒横在阿芸

的心头上,令她既痛苦又压抑。其实她早有一些预感,只是不愿意去证实。江哥以前在电话里和她重复说一些床话,甜腻热辣的,最近闭口不提了,想必不用再过这份嘴瘾。她想立刻打电话质问他,但知道他绝不会承认。

她一咬牙、一跺脚,决定偷渡,登陆美国后再通知江哥,这样他想反对也来不及了。她找到了青姐手下的小蛇头,说明来意。当时偷渡要三万美元,头期交五千美元,她手里的钱还够。青姐刚开辟了一条新线路:从福州飞北京,从北京坐火车去莫斯科,经捷克、德国到荷兰,再从荷兰到英国,最后从英国飞美国。阿芸听得头晕了。她从小到大去过最远的地方是福州,现在要经过那么多国家,躲过各国海关的检查,稍有差错就会前功尽弃,越想越怕,战战兢兢地问:"会不会有生命危险啊?"立即遭到小蛇头劈头盖脸的一顿骂:"像你这样还想闯美国?哆哆嗦嗦的在过海关时露了馅,还会害了别人。我跟你说,经我手到美国的人里最小的有十二岁的,哪个也没像你这么窝囊!"她不敢再多说,无论怎么样都要上路了。江哥没有身份,不可能离开美国回到她身边,难道她还有别的选择吗?

她在准备行装时费了一番周折。因为要假装普通旅游者,蛇头规定只能随身带很小的一个旅行包。她难过地把几年来买的新衣服都丢在家里,只带上了两条最喜欢的桑蚕丝长裙,一条豆沙色的,另一条蔷薇紫色的。

接下来是漫无尽头的旅途。飞机、火车、轮船、汽车……

乘坐了每一种她能想象出的交通工具，穿过了半个地球。她一天比一天瘦下来，脸色也一天比一天苍白，还担心见到江哥时，他认不出自己了。

到了荷兰以后，蛇头命令阿芸和同行的五十几人把旅行包全部扔掉。阿芸不知道还要过多久才能到美国，路上又不可能有机会买衣服，把三套内衣内裤穿在了身上，但狠狠心，把那两条桑蚕丝长裙丢进了路边的垃圾箱。五十多人沙丁鱼般挤在一辆密封的运货卡车里，抱腿蜷缩坐着。车内黑漆漆的，蒸笼般酷热，只从车厢左上角的通风口透进来一点点天光和空气。因为怕被外面的人听到动静，谁也不敢说话，只发出或轻微或粗重的呼吸声。阿芸全身浸透了汗水，很想脱下两件内衣，但被众多男人团团包围，不可能无所顾忌，尽管没人能看清她。鱼腥气混合人身的汗臭和狐臭，害得她几次差一点吐出来。她特别怀念老家宽敞的房子，还有清新的海水气味。

车里面突然一点天光都不见了，变成了一个完全封闭的黑箱，空气越来越稀薄，大家开始骚动不安。有个男人忍不住站起来，摸索着车厢的左上角，找到了那个通风口，但它不知被什么东西从外面堵得严严实实的。接着很多男人都去试过了，随后又去推车厢后门，但门早被司机从外面锁死了。他们脱下鞋子，拼命敲打驾驶室的内壁，呼喊着求救。女人们开始大声哭起来，男人们便呼喊得更疯狂、敲打得更激烈了。

阿芸躲在角落里发抖，脸上已经分不清泪水和汗水。江哥此刻正在做些什么？会不会和那个娇滴滴的北京小姐在一起？如果他知道她现在连呼吸都困难了，会来救她吗？司机像一架没有听觉和感觉的机器，也许因为车厢的墙壁太厚了，丝毫听不到他们的呼喊和敲打。人们喊得口干舌燥，敲打得精疲力尽，都瘫坐了下来，在逐渐变成真空的黑暗里，陷入绝望的沉寂。不知又过了多久，旁边的一个人突然倒过来，横压在阿芸身上，就一动不动了。阿芸伸出手想推开那个人，但没有一丝力气，她绝望地放弃了努力，闭上了眼睛。就在这时，卡车突然停住了，后门被接应的人打开，她呼吸到了一丝新鲜空气，终于重新回到了人间！

阿芸九死一生，谁料到登陆美国后，因为一系列的变故，竟选择一死，但魂魄多年都没有散去。陶霏坐监狱时，在许多个早晨醒来，发现阿芸站在自己的床前，说："求求你和青姐，放过我吧，我以后当牛做马，一定慢慢把欠下的偷渡钱还上……"陶霏、金西、青姐都得给阿芸一个说法，但是青姐，先一步解脱了。

乐队成员不知什么时候换上了草绿色的制服，还有模有样地扛着肩章。他们奏起音乐，把声调从哀伤转向激越，宣告入葬仪式的开始。阿绮跪倒在墓旁，哭成了一个泪人儿，向青姐告别："妈，我不管别人说你什么，你是我的好妈妈！"两位女老乡扶着她的手臂，低声安慰。一些人持续地低泣，为逝者，也为自己：二三十年前冒着生命危险偷渡来美,至今四处漂泊,无确定身份。时过境迁,偷渡的渠道变了,改成"留学式""考察式""旅游式"等,唐人街的移民律师也换过了几茬。青姐的离去,为一段移民历史画了一个感情复杂的休止符。

陶霏最后一次见到青姐,是在纽约联邦法院。她当时被单独关在一间候审室里,透过小窗口,看到青姐被押进了对面的候审室,就想制造一个接近的机会。她困兽般踱来踱去,终于发现了一个监视器的死角:一堵矮墙后面的马桶。她把一卷手纸塞进了马桶,随即以马桶堵塞、自己闹肚子为理由,要求年轻的黑人看守带她去方便。女看守没多想,把她押进了青姐所在的候审室,又不想闻她的臭气,就等在了门外。

陶霏一见到青姐,就"扑通"一声跪下了,含着眼泪颤声恳求:"青姐,只有你能救我!你的女儿是成人了,我的儿子才五岁,现在我和金西都被关起来了,有可能被判二十年徒刑,孩子不能没有父母啊!"

青姐一脸憔悴,有气无力地问:"我能帮你做什么?我身上的罪也有几十条!我一直都在帮助老乡,落到这样的下场。"

"我最大的罪名是间接害死了阿芸,你我都有错,求你担下责任吧,看在我儿子的面子上!"陶霏全身发抖,涕泪横流。这时她听到了看守的脚步声,立即站起身,慌忙擦干眼泪,走到门边。在看守打开门的那一瞬,她回头期待地望了青姐一眼。现在想来，那一眼即是永别。

不久，陶霏通过李律师得知，青姐揽下了阿芸之死的责任，减轻了她的罪状。法庭审判的结果是她获刑七年；金西获刑五年，被即刻取消律师资格。两人还被没收全部财产，一时间，"落得个白茫茫一片真干净"。

陶霏在被转入正式监狱后，通过监狱律师和金西办了离婚手续。在服刑期间，儿子弘由金西的妹妹暂时抚养。陶霏像一个落入孤岛的人，用书信的木棒打磨石头般冷硬的监狱生活，获取星星点点的火花，维持精神的光亮。她每星期至少给儿子写三封信，像天底下许多普通的母亲，不厌其烦地重复自己的牵挂和嘱咐。她还坚持不懈地给青姐写信，在寄了二十多封后，终于得到了回音。致使几年前出狱后，两人一直保持书信往来。

在墓园里，陶霏从背包里掏出一封信来，突然对众人说："我想给大家念一下青姐给我写的最后一封信。"众人竟安静了下来。她读道："陶霏，我肝痛得受不了，每天抓铁床扶手，快把它抓断了。最近几天我总梦见离开乡下老家的那个晚上，还有一次走过罗浮桥。明天我就要离开牢房，搬进监狱医院。我知道自己不会再回来了。没有了我，我希望亲人们能好好活着。这些年我信佛，把狱友留给我的一本佛经读了上百遍，放下了以前的恩怨。佛经上说，'以一极微为中心，集合上、下及四方等六方的极微而成一团，称为微尘，合七极微为一微尘，合七微尘为一金尘'。人活一辈子,就像一粒金尘,太微小了。我有过的万金,也会随我变成尘土。"

一辆黄色吊车把青姐的棺木吊起,平稳地放进墓穴。阿绮把青姐遗留下的佛经放到棺木上。佛经的封面已经损坏,但被青姐精心修补过。陶霏拿出了自己最喜欢的一只青玉手镯。当年青姐曾夸过它好看,但她不舍得送人。她在出狱后经济最困难的时候,也没狠下心把它送进当铺。这是最后的机会了,她终于把玉手镯放进了墓穴。众人自动地排成一队,依次丢一把尘土,或放一朵玫瑰,向青姐做最后的告别。青姐的亲属们披麻戴孝,齐刷刷地跪下,再次发出痛哭的声音。葬礼结束后,他们又按家乡的风俗,换上大红的腰带,给青姐的遗像扎上红纱,立即给墓园增添了喜庆的气氛。

陶霏在人群中寻找,不见金西的踪影。这时炜煊走过来,声调低沉地问:"你还好吗?"陶霏反问:"你期待听到一个什么答案?"炜煊怔了一刻,他会告诉她自己的真实想法吗?于是顾左右而言他:"你看,青姐生前住在唐人街,吃中国饭、穿中国衣,只说三句半英语,葬礼倒是中西合璧。"陶霏还是反问:"你是来当看客呢,还是来当主角?"炜煊意味深长:"那要看这部电影怎么发展。下午五点在纽约一起喝杯咖啡,怎么样?我早选好了地点,曼哈顿的'沉思'咖啡馆。"陶霏犹豫片刻,答应了。

送葬车队回城的速度比出城时快得多了。黑衣的人们很快下了车,消失在人海中。陶霏想起某位名人说过的一句话:人一生只有两分半钟,一分钟为笑,一分钟为叹息,半分钟为了爱。现在人们又回到各自的"一分钟"或"半分钟"里去了。

夜未央

葬礼过后,陶霏婉言谢绝了财仔夫妇到他们家住几天的邀请,请他们把自己送回到了曼哈顿。财仔一家随后打道回府,他们的餐馆需要人手,容不得耽搁。

陶霏来到了炮台公园,找了张长椅坐下来。太阳在一整日的攀升后,开始缓慢地下滑,把大片的晖光铺洒到哈德逊河上。她以前住在纽约时,一直忙碌,似乎从没在河边安静地一个人坐坐。此时作为过客,却偷得半刻清闲。公园对面隔着河是自由女神岛。一个多世纪以来,无论风雨,著名的自由女神像高高耸立,令无数合法的、非法的移民热泪盈眶。河水挟带着移民的秘密和眼泪,从未停止奔流过。

她想到了杨阿姨。杨阿姨刚到纽约时,是否也坐在这里,望着奔流的河水?她十岁那年目睹的一幕,黑水草般顽强地贴附在记忆的堤岸上。她做了一个噩梦,在夜里惊醒过来,发现母亲不在身边,惊慌中穿着背心短裤出门去找。她先去了凌花江边,因为母亲常坐在那里想心事,不愿意被人打搅。她看到一个女人的背影,悄悄走近了才看清是杨阿姨。杨阿姨怀抱着自己的女婴。女婴出生不到一个月，还没有名字呢。陶霏喜欢抱她，逗她笑，看她张开清亮的双眼和花瓣般的嘴唇。这时，杨阿姨突然跪下来，把婴儿投进了河里。"你干什么呀？"陶霏发出撕心惊叫。杨阿姨转过头，表情很丑很扭曲，和她的目光对峙片刻，颤抖地叫了一声："小霏！"一阵波浪涌来，把女婴卷走了，可女婴清亮的眼睛还在水中似隐似现。陶霏像见了鬼一般，被吓得魂飞魄散，掉头就跑，一路上几次摔倒，爬起来接着跑，终于到了知青宿舍。母亲正坐在一张破椅子上发呆，眼神和杨阿姨的一样悲戚复杂。宿舍不过是一个摇摇欲坠的马架子，挂满蜘蛛网，炕上的砖都被拆走了，炉子里留着残灰。兵团解散后，母亲失去了头顶上的"劳动模范"光环，变成了地道的农妇。她在想些什么呢？陶霏气喘吁吁，终于忍不住大哭起来："杨阿姨把宝宝丢到河里去了！"母亲怔怔地看着她，过了好久才说："你杨阿姨被一个当干部的霸占了，怀上了这个孩子。她这些年种地，把身体搞坏了，宝宝生下来就有病，那男的又不认账。上面规定单身或离婚的才能回城，有小孩的不允许。现在战友们都走光了，你杨阿姨的亲戚好不容易帮她在城里找到接收单位，她没有选择。你答应我，对谁都不要讲这件事！"陶霏费解地点点头。

杨阿姨回城那天，陶霏和母亲没去给她送行。多年后，杨阿姨做陶霏的经济担保人，是出于罪孽感吗？她在搬离美国后，就断绝了和陶霏的联络，是执意要忘却往事吗？陶霏没有答案。逝者如斯,随着杨阿姨的婴儿沉溺的是她的童心……

炜煊在临近下午五点时,叫小康和部下们到第五大道逛逛,甩掉"盯梢"单独去赴约。在路上,他瞥见一家花店的橱窗里摆着一面镜子,驻足片刻。镜中的男人敞开黑风衣,扎一条蓝黑相间条纹的围巾,结合中式的现实和西式的浪漫。

"沉思"咖啡馆在一幢维多利亚风格的建筑里。门比他预想中的重得多,夹层里装着夹层,如记忆里藏着记忆。雕花玻璃、枝形吊灯,还有栎木桌椅,因岁月磨蚀,不免有些沧桑,却无声的优雅,而坐在角落里的陶霏,直发素颜,早脱下了黑风衣,在米色亚麻衬衣外,随意围了一条橄榄色的纯棉披肩,与四周和谐,似乎多年前就来了,一直等在那里。他无意中选了这家咖啡馆,竟为她准备了一个舞台,她只需欠欠身,微笑,露出半排细密洁净的牙齿,就可以入戏了。他完全有经济能力请她到名流聚集的高档餐馆,点一瓶百年前出产的法国红酒,来提醒她目前峥嵘乏味的生活,但他摆出文艺男中年的姿态,决心"复仇"得漫不经心。当他在她面前坐定,竟没能及时亮出舌剑,倒是她不徐不疾地说一句"历史性"的开场白:"你的口味要是没变,这里的哥伦比亚咖啡挺正宗的。"她仍记得他喜欢哥伦比亚咖啡!他突然少年般惶恐起来。他和她在北京的一家西餐馆共饮过平生的第一杯咖啡。人一辈子,能和几个人共享第一次?就在他情绪微漾的几分钟内,一杯哥伦比亚咖啡摆在了面前,感动像倒入咖啡的鲜牛奶,把心情从复仇的墨黑变成了怀旧的暖棕。他离她那么近,只要伸出手,就可以摸到她的脸,找回激情荡漾的感觉。新婚宴尔,他和她不分昼夜地做爱。一轮高潮过后,她常撒娇地把头埋在他的怀里喊痛喊累。他心怀甜蜜,挣扎着下了床,把暖壶里的水倒进脸盆里,兑入冷水,调到最佳温度,把毛巾浸湿,轻轻拧干,然后把毛巾体贴地焐到她痛的部位,她随即发出快乐的呻吟。多年来,她的呻吟偶尔会从记忆的河流上远远传来,他仍会像水草被波涛侵袭般轻微战栗。

他毕竟是见过场面的人,把心中的那个少年赶走,很快镇定下来,问:"你常来纽约吗?"

她摇摇头。这样的伤心地,躲避都来不及。

他轻描淡写地说:"前几年我儿子来美国读中学,我坚持要他去加州,纽约太杂太乱了。我给他在海湾买了一套房子,那里的风景不错。"陶霏期望他成功,他做到了,但晚了十几年。如果真有一位神,告诫她多一些耐心,或许她可以等,要命的是无人能预测命运。他期待她诉说悔恨。人在贫困潦倒时,能维持住多少骄傲?那些曾鄙视过他的人,在过去的十几年里早换了面孔,绽开阿谀的笑脸,陪伴左右。鄙视是一笔债,其他人都还清了,而她当年伤他最重,欠他的债也最多,却偏偏不肯偿还。

他说:"我心碎地离开美国,这次也算华丽地归来。我其实是来参加《金影》首映式的。"

"华丽地归来！"她注意到他穿着昂贵的黑皮鞋，却搭配棕色的腰带。他想造就贵族风范，可在一个小小的细节上就露了怯。她语气直率："不知为什么，这部电影不让我感动。"

"你看了吗？"他问得几乎急切。

"看了，前几天网上就有盗版了。"

"我最近在拍关于青姐的传记片，你愿意接受录像采访吗？"

"我对出镜没兴趣，再说，你对青姐有多少了解呢？也许你还是搞些宫廷戏更稳妥，不面对现实，避重就轻嘛。"

他被莫名的怒火灼烤，居然对这个有前科的女人束手无策，两眼不停转动，想找准对方的软肋。"我看你和金西成了陌路人，"这在美国是一个隐私问题，但他完全可以对此不管不顾，"金西在法庭上对你落井下石，太不讲夫妻情分了，不够男人！"他的不平背后有潜台词：你当年为一个无情无义的人背叛我，是多么不可饶恕的错误！她此时即使不捶胸顿足，也要泪流满面。如果她求得他的原谅，他也许会伸出手拉她一把，甚至考虑赞助她。当然不能让婕知道。婕再聪明，也不可能完全掌控他的财政。

陶霏表情平淡。她多年前做过选择，后面的事情是品尝选择的结果，此时没有必要和炜煊争执。她在监狱里被其他囚犯狠狠教训过，性格中暴烈的一面早平息了。

"你现在住在哪儿，做什么工作？"炜煊执意要保持谈话的流动。

"住在宾州,离匹兹堡不远的一座小城市,当护士。"

这个回答显然不在他的预料之中,他上下打量她:"这我可真没想到。"

"我在里面时就开始自学了。那时想出去之后要有一个饭碗,养活我儿子。"她说"里面",却不说"监狱",也许后一个词在她心里依然沉重如山。

"你实现美国梦了吗?说到底,美国梦到底是什么东西?"当年陶霏讲出的这三个字甘蔗般甜润,现在不过是吐出来的甘蔗渣,乏味枯干。

这时炜煊的手机响了一声,是金西给他发来短信:"我在一家叫'K'的酒吧,你过来吧。猜你正和陶霏叙旧,何不一起聊聊?"他查了一下 K 酒吧的地址,与"沉思"咖啡馆只隔两条街,于是说服了陶霏去见金西。

他们离开了咖啡馆。在路过花店的镜子时,炜煊看到了一个男人,头发有些稀疏,小腹微凸。岁月对女人残酷,其实对男人也常常无情无义。

K 酒吧离唐人街不远,是打工一族廉价买醉的场所,从里到外都不起眼。一位西班牙裔的男酒保正在吧台里忙碌,熟练地翻转花花绿绿的酒瓶,倒出金西心目中的"天使的尿液"。金西坐在吧台旁,为舒缓等酒的饥渴,把目光投向了窗外。酒,像一位永恒暗恋的女人,他在她面前表现得波澜不惊,但内心的渴望却汹涌澎湃。他几进几出戒酒所,最近总算有些成效,暗自定了一个戒律:不到下午六点不端酒杯。但戒律像小孩子搭起的积木,只需用手指轻轻一推,就会轰然倒塌。白日寡淡无味,而夜晚总是来得太缓慢。他出狱后,因为失掉律师执照不能重操旧业,尝试过若干职业,目前比较固定的是教材销售员。他当不上销售明星,赚的薪水和奖金勉强糊口。人穷,生活圈子自然变得前所未有地局促狭小。他很多年没旅游过了。他和陶霏以前经手过几百本假护照,现在自己一本也没有。

天空终于暗下来,房屋和树木的轮廓渐渐模糊,最后定格在窗上。他端起酒保递过来的"朗姆酒"一饮而尽,随后要了第二杯。他听到了渐渐靠近的脚步声,远隔多年,他还能辨识出陶霏的脚步声。他没有立即转身,而是捏紧了酒杯,免得液体抖出来,轻抿一口,不知其味,慢慢回过头,正撞见了陶霏。如花的笑靥藏进岁月的褶皱,那双曾让他沉醉的黑眼睛灰蒙蒙的,诉说着沧桑的况味。他本来在墓园时就想约她见面,但炜煊的出现打乱了他的计划。他不由自主地起身迎接,随后向酒保招招手:"来一瓶纳帕山谷城堡酒庄的红酒!"又指指炜煊说:"这个家伙买单!"

炜煊想:王八蛋,过了这么多年,都不肯叫我一声先生!

陶霏在一张小圆桌旁先坐下来,避免了坐在谁身边的难题。前人说过,爱一个女人,亲吻的不只是她的嘴唇,还有她的伤痕。面前的这两个男人,哪一个懂得亲吻伤痕?

经历一个漫长的白天,三个人都饿了。炜煊点了比萨饼,金西叫了大号汉堡,陶霏要的是鸡肉沙拉。炜煊问陶霏:"你怎么吃这种没滋没味的东西?"陶霏耸耸肩膀:"你连我吃什么东西都要批评吗?"

炜煊在酒桌上转悠了十几年,早把酒量练出来了。在国内,男人喝酒和女人献媚没什么两样,都是逢场作戏,但此刻他轻拈酒杯,矜持地喝着,扮演着二十多年前的金西,成功、镇定,而金西在他眼里已是个稻草人。他问:"为什么要我买单?"

金西无奈地一笑:"我看你像个有钱人!"

炜煊挥舞讥讽的长枪,轻易可以戳穿他的胸膛:"如果你反思过去,会不会同意圣经的说法:金钱是罪恶的根源?"

金西果断地摇头:"我不同意! 这种说法是后人的误解! 把希伯来语《圣经》的有关段落翻译过来,'For the love of money is the root of all evil(对金钱的迷恋是罪恶的根源),not money itself,but the love of money(不是钱本身,而是对钱的迷恋)',这两者之间有巨大差别。钱本身没有善恶,它不过是商品交换的媒介。你怎么定义对钱的迷恋? 就是把赚钱当作人生的最高目的。你赚钱或花钱的方式,才有善恶之分。赚钱不是罪恶,但靠剥削赚钱是罪恶。如果你制造假药,把含毒的油漆涂到玩具上,赚了大钱,但损害了大众的健康,那是罪恶;如果你花钱资助贫困儿童,或者保护生态环境,那是善良。"

炜煊听了金西的一番评论,噤声片刻。婕让女人们把有毒的美容霜涂到脸上,他在自己导演的影片中植入伪劣商品的广告,是不是罪恶?但他怎么可以让眼前这个落魄的酒鬼占上风?他的英语不足以和金西辩论,但足以表达观点:"罪恶也好,善良也罢,钱,可以让人生活得舒适、高贵、优雅,你敢否定这一点吗?你难道不怀念有钱的日子吗?我赚钱,靠的是天赋和勤奋!"他等这一天等得太久了,给了金西一记耳光,无声但有力。

金西不是稻草人,反倒挺直了胸膛,眯起眼看炜煊:"我一直犹豫要不要告诉你。你刚回中国时,不名一文,有人给你投资三百万人民币拍第一部电影,你还记得吗?"

炜煊当然记得。他拍的是一部取材底层的文艺片,荣获一项国际电影节奖,虽没立即获得丰厚的经济效益,但跻身于名导之列,随之而来的是政府和投资者的青睐。他领奖那天,得知金西和陶霏被判刑,还大摆宴席庆祝过。此后他接连拍了十几部电影,有受好评的,也有遭抨击的,但赚下了万贯家产。他说:"是我老婆的一个老乡投资的,还不计回报。"

"是你老婆这样说的?"金西继续追问。

陶霏阻止金西道:"不谈别人的家事,好不好?"

像许多酗酒者一样,金西变得固执起来:"这不是他们家的事儿,是我们家的事儿!"

陶霏的脸色沉了下来:"你开始说醉话了是不是?"

炜煊开始警觉:"这和你们有什么关系?"

金西说:"给你投资的,不是你太太的朋友,而是陶霏!当时她还是我太太,这当然是我们家的事儿啦!她捐的钱也是我的钱!"酒精还没有模糊他的逻辑。"其实我早知道,不想捅穿就是了。"

炜煊用目光惊讶地探问陶霏,她终于艰难地点了点头。炜煊突然涨红了脸,想:婕一直向他隐瞒事实的真相!婕当年甚至还安排了一位老华侨和他见面,老华侨自称热爱电影,愿意为他投资。

金西觉察出炜煊的内心震动,不依不饶:"中国那么大,有才华的人多如牛毛,你不过是其中的一个。如果没有我们当初捐给你的第一桶金,你可能还是一个跑龙套的!"

陶霏再次不无生硬地制止:"金西,我不想再谈这个话题!今天我来,就是希望把过去的事儿和青姐一起埋入坟墓。"

金西有些委屈:"是炜煊逼着我谈的。其实我就想知道我们的儿子过得怎么样。"

陶霏从背包里拿出钱夹,又从里面小心地拿出一张加塑膜的照片:弘十一年级的结业照。弘已是英俊少年,继承了金西的蓝眼睛、高鼻梁,陶霏的秀气嘴唇。金西眼眶一湿,声音如琴弦乍断:"你们还不肯原谅我吗?"

金西在狱中被迫戒酒,出狱时发誓重整旗鼓。他在皇后区租了一间公寓,把十二岁的儿子弘从妹妹家接回来。他痛楚地发现自己错过了儿子的成长,面对这个既帅气又孤僻的小大人,也想过悉心补偿。但是,他被吊销了律师执照,又有前科,找不到像样的工作,靠吃救济过日子,偶尔还得低下骄傲的头颅,向年迈的父亲伸手。没出三个月,就又一头扎进了酒里。"一醉解千愁",前妻陶霏教过他这句古诗。金西酒鬼在灵魂上极容易沟通。他对早变得陌生的弘并不上心,任其自生自长。陶霏重获自由后,立即通过民事法庭争得了抚养权。金西只能在周末和节日把弘接到家里,即便这样,还是胜任不了"半职父亲"的角色,闹出了"溺水事件"。

夏日里,他出于"分享高品质美妙时光"的良好愿望,带儿子到亚特兰大城的海滩度假。那天怪太阳露面太早,还不到上午十点就火辣辣的,他和一群"派对狂"泡在酒吧里躲清凉,饮酒歌唱。弘百无聊赖,一个人下海游泳,不慎呛水,一路下沉,险些丧命,幸好被陌生人救起。金西听说后,似乎立即清醒过来,摔掉酒瓶,奔到儿子身边,跪倒在地,用双拳捶打自己的头,痛哭着忏悔,引来众多游客围观。弘为他的举动感到羞耻,索性闭上了眼睛。陶霏在得知事件真相后,一怒之下,再次把金西告上法庭,彻底取消了他的探视权,还带儿子搬到了宾州小城。

在K酒吧里,金西再次请求陶霏:"我在努力戒酒。你再给我一次机会吧。"

陶霏的语气缓和了些:"让我想想,我也要问问弘。"

金西喝超量了。陶霏只好开上他的老爷车,送他回家。

炜煊担心陶霏一个人"搬"不动金西，自告奋勇同行。陶霏多年不在纽约开车，不熟悉路，又碰上单行线，七转八弯，就到了时代广场。

灯光似乎比十几年前更明亮了。离广场只有两条街区，就是百老汇的一家剧院。陶霏和金西刚开始约会时，曾随他去看音乐剧《西贡小姐》。剧情一波三折。二十世纪七十年代，美国海军陆战队中士克里斯受命保护美国驻西贡大使馆，爱上了夜总会里的越南妓女金。在一间昏暗的小屋里，两人唱起了《太阳和月亮》，还在间歇时热烈地拥抱、亲吻。他们来自东西两个半球。当东半球是日中，西半球却是午夜。他们一个是太阳，一个是月亮，被幸运之神连接在一起；他们是彼此神秘的谜，在浩瀚的天空相遇。当克里斯深情注视西贡小姐时，陶霏侧过脸，寻找金西的蓝眼睛，金西会意含情地迎接她的眼神，日照和月辉刹那交融，闪烁出奇异的光芒。

内战爆发，在美国人混乱的撤离行动中，克里斯与金失散，被迫返回美国。金带着她和克里斯的儿子谭以"船民"的身份偷渡到泰国曼谷，为了生计，再次重操旧业。克里斯和美国女人艾伦结婚，后来从朋友那里得知金的下落，去曼谷找到了她。舞台上，当金得知克里斯已婚，为保证儿子能被他带到美国，过上更好的生活，她选择自尽。在金的悲怆歌声中，陶霏热泪横流，不得不从手提包里找出面巾纸擦拭。金西立即伸出手，安慰地抚触她的肩头。

剧终后,金西牵着她的手来到时代广场上。她仍沉浸在剧情里,突然步入灯火辉煌的世界,不知所措,脸上露出迷茫、哀伤的神情。她这个亚裔女子,迷上了身边的白人,但又不想重演西贡小姐的悲剧。金西读懂了她的心思,停下脚步,把她搂进怀里,安慰道:"剧中的故事发生在跟我们不同的时代、不同的国家,我们想重复都没有可能。"

此时,陶霏从车的后视镜里看看后座上酣醉的金西,嘴角露出朦胧的讥讽的笑意,庆幸自己没成为西贡小姐,随即又泪眼婆娑。爱情有时像草,以为早被斩尽杀绝,天知道从哪儿吹来一缕乍暖还寒的春风,又吐放绿芽。

在炜煊的记忆中,时代广场的灯光辉煌得过于刺眼,因为被阴暗所陪衬。

那天他走进日新印刷厂的仓库,迎面撞见一个悬在空中的长发女子,她脸色紫青,吐出长舌。他惊叫一声,掉头跑出门去。婕看他魂飞魄散的样子,就追了出来,默默地陪他坐在路边的一张长椅上。炜煊当天就了解到自杀者名叫阿芸,而陶霏,那个令他爱恨难舍的女人,对阿芸的死负有责任! 阿芸事件是一场地震,制造出一个深渊,而他和陶霏落在了深渊的两边,永远再无法向对方靠近。他辞了工,打定了主意回国。国内的经济发展了,他相信自己会更有实现电影梦的机会。

临走前一天,他和印刷厂的老板和工友们一起吃晚餐。在饭桌上婕的目光一次次温暖地掠过来,他一次次小心翼翼地避开。他郑重地告诉众人,不想再当纽约的"局外人"了,那个叫"黄明"的男人死了第二回,现在他可以气宇轩昂地恢复自己的名字"炜煊"。工友们慷慨地请他到按摩院"快活"一番,以留下"最后的美好回忆",他婉言拒绝了,说只想一个人到时代广场坐坐,看看灯光。

出乎他的意料,婕在广场中央找到了他,露出少有的勇敢神情,说:"我明年一毕业,就回国去找你。你等我。"

他惊讶得几乎跳起来:"你疯了吗? 多少人做梦都想来美国,你却要回去? 你学的化学专业很实用,留在美国有前途。"

"和你在一起,我才有前途。"

"你并不了解我,我不想要你为我做出牺牲。"

"我了解你!"婕突然拉住他的手,眼里闪动着异样的光亮。

婕诚恳的面容从记忆的暗影里走出,在灯光下越来越清晰了。炜煊想,自己对她也许有些不公平。她做过种种不可理喻的事情,但没人能抹杀她毅然海归追随他的事实。

陶霏停下车,根据手机上的地图定位回到正路上,终于根据金西报出的地址,找到了他在皇后区的公寓。

她和炜煊一左一右把金西搀进公寓,不小心踢翻了室内的一把椅子,制造出令人尴尬的噪声。公寓窄小、杂乱,处处留下单身酗酒者的痕迹。金西一头栽倒在一张小床上,醉眼蒙眬,断断续续:"霏,我怕坐牢啊。我当了那么多年的律师，去监狱里见过那么多罪犯，一想到要和他们整天耗在一起，还可能挨打，我怕死了！要不……我不会推脱罪责……"炜煊恼怒地打断他："你小子要忏悔，也该找个清醒的时候吧?!"金西并不理会，抓起陶霏的手恳求："霏，替我向弘问好！说我想念他！"陶霏慢慢挣脱了他的手，但点了点头。金西毕竟是弘的父亲，何况当年是她，把他引进了唐人街的无底旋涡。

离开金西的公寓后，炜煊不无体贴地对陶霏说："我住四季酒店，我替你在那儿租个房间吧，你肯定累了。"他也累了，断了"鸳梦重温"的念头，在这样的夜晚，肌肤之亲变得那么无足轻重。她摇摇头："我直接去灰狗巴士站，坐夜班车回家。我儿子明天在学校里参加足球比赛，我要去给他加油助威。"说到"儿子"两个字，她露出了明显的笑意。他问，几乎有些急切："有什么可以帮你的吗？如果你想做生意，我可以投资！"她还是摇头："青姐的葬礼是结束，但不是新的开始，我现在只想当个好妈妈。"

他叫了一辆出租车，把她送到了巴士站，在告别时说："四季酒店的酒吧应该还没关门，我现在很想像金西那样一醉方休。"

巴士启动了。黑暗已掌控了山川田园，但借着车灯光，能辨认出一些树木的形状。陶霏因为连续的旅行感到疲惫，昏昏欲睡，一时不知身在何处。她打了个盹儿，突然醒过来，发现身边坐的年轻人不是弘，吃了一惊，心狂跳起来。定下神想想，弘原本就没和自己一起来纽约，这才松了一口气。她想到明天儿子的球赛，心里慢慢有了期待的快意。为积蓄体力，她又进入了休息状态。

当陶霏再次睁开眼，灰狗巴士仍在美国宾州起伏的原野上奔驰。天空在遥远处和地平线相接，铺开一幅无边无际的淡青宣纸，一团橙色的水彩顺着宣纸的边缘无声地濡染，漫延出了太阳的轮廓。